梁平——主编

赵晓梦《钓鱼城》档案

长诗的境界与魅力

四川文艺出版社

图书在版编目（CIP）数据

赵晓梦《钓鱼城》档案：长诗的境界与魅力/梁平主编.
—成都：四川文艺出版社，2021.1
ISBN 978-7-5411-5851-3

Ⅰ.①赵… Ⅱ.①梁… Ⅲ.①赵晓梦—叙事诗—诗歌
评论—中国—当代—文集 Ⅳ.①I207.22-53

中国版本图书馆CIP数据核字（2021）第012804号

ZHAOXIAOMENG DIAOYUCHENG DANGAN: CHANGSHI DE JINGJIE YU MEILI

赵晓梦《钓鱼城》档案：长诗的境界与魅力

梁 平 主编

责任编辑　周　轶
封面设计　叶　茂　宋　旱
版式设计　史小燕
责任校对　段　敏
责任印制　桑　蓉

出版发行　四川文艺出版社（成都市槐树街2号）
网　　址　www.scwys.com
电　　话　028-86259287（发行部）　　028-86259303（编辑部）
传　　真　028-86259306

邮购地址　成都市槐树街2号四川文艺出版社邮购部　610031
排　　版　四川胜翔数码印务设计有限公司
印　　刷　成都勤德印务有限公司
成品尺寸　169mm×239mm　　　开　本　16开
印　　张　14.25　　　　　　　　字　数　240千
版　　次　2021年2月第一版　　　印　次　2021年2月第一次印刷
书　　号　ISBN 978-7-5411-5851-3
定　　价　58.00元

一隅犹守宋山川

——《钓鱼城》创作手记

◇ 赵晓梦

一

那是一场旷日持久的战争，也是一场改变世界历史的战争。

那场战争发生在13世纪中叶的中国南方。那是1259年（南宋开庆元年）的早春二月，在长江上游的四川盆地，嘉陵江、渠江、涪江三江交汇的半岛上，有一个山一样完整的石头城，叫作钓鱼城。其得名于一个巨人钓鱼拯救灾民的神话传说故事，现在这个传说变成了传奇。

面对横扫天下无敌手的蒙古帝国十万铁骑，守城的南宋军民在长达半年的抵抗时间里，创造了以弱胜强、震惊世界的战绩，不仅击毙蒙军前锋总帅汪德臣，更是让一代天骄成吉思汗的孙子、蒙古帝国第四任大汗蒙哥阵亡城下。蒙哥也因此成为中国历史上唯一一个战死沙场的皇帝。正因为蒙哥死于"钓鱼城之战"，世界历史在这里转了一个急弯——为争夺汗位，正在欧亚大陆征战的蒙军各部急速撤军，进攻鄂州（今湖北武昌）的蒙哥之弟忽必烈和进攻潭州（今湖南长沙）的大将兀良合台，以及正在叙利亚与埃及军队作战的旭烈兀均匆忙回师，与留守蒙古草原的幼弟阿里不哥开始了长达十年的内战。蒙古帝国企图急速灭宋的战略计划由此破产，蒙古占领欧亚、侵吞非洲的梦想也被粉碎。因此，这座位于今天重庆市合川区的弹丸之地，被欧洲人誉为"东方麦加城"和"上帝折鞭处"，中国人则称它为：延续南宋国祚二十年的城、独钓中原的城、支撑南宋王朝半壁江山的城、改变世界历史的城。明朝诗人胡应先曾作诗赞曰："孤城百仞接云烟，撑拄巴渝半壁天。率土已为元社稷，一隅犹守宋山川。虽然地利夸奇险，终藉人谋妙斡旋。欲剔残碑寻战绩，苔荒径断总茫然。"（明·胡应先《钓鱼城怀古》）。中国作协副主席、文学评论家李敬泽评价说："钓鱼城在一个世界规模的军事事件中发挥了影响，一根钓竿钓起了世界。"诗人、教授邱正伦则称："钓鱼城是加盖在世界史扉页上的一枚图章。"

毫无疑问，钓鱼城配得上这些溢美之词。因为，它的传奇故事远未结束。在1259年的战争结束后，钓鱼城直到1279年才开城投降，其间经历了大大小小二百余场战斗，蒙古军始终未能攻破此城。最后的投降，既有江山改朝换代的大势所趋，也有天要亡宋的"气候原因"。据史料记载，当年钓鱼城地区连续两年秋旱冬旱，城中断粮缺水，民间"易子而食"的惨剧时有发生，守城将领为一城军民生计不得不开城投降。尽管如此，钓鱼城也是建立元朝多年的忽必烈在南宋大地上拿下的最后一个军事堡垒。钓鱼城投降的第二个月，发生在广东沿海的"崖山海战"结束，左丞相陆秀夫背负年仅八岁的幼帝赵昺跳海自尽，开国三百年的大宋王朝彻底结束，中国进入元朝一统天下的时代。而钓鱼城最后"不能投降又投降"的经过，至今在民间有着各种各样的传说，也是史家争论不休的焦点话题。

从1235年（南宋端平二年），蒙古帝国第二任大汗窝阔台以谴责南宋破坏盟约为借口，命令皇子阔端率军进攻四川，宋蒙战争全面爆发以来，处在四川对敌前线的钓鱼城就一直战事不断，到1279年开城投降，历时近半个世纪，创造了世界军事史上罕见的成功防守范例。明代学人邹智评点钓鱼城独钓中原的意义说："向使无钓鱼城，则无蜀久矣；无蜀，则无江南久矣，宋之宗社岂待崖山而后亡哉。"

我的一千三百行长诗《钓鱼城》，正是以这场改变世界历史的战争为背景，试图用诗歌的形式，还原发生在中世纪中国大地上这场游牧民族与农耕民族之间的冲突与较量。当然，这也是首部以"钓鱼城之战"为题材创作的长诗。

二

以一城之力支撑一个王朝的半壁河山，不仅需要勇气，更需要智慧。面对如此一个具有符号意义的历史事件，我该如何来完成我的创作呢？让我没想到的是，我的写作和当年蒙哥伐宋一样，想好了开头却没有料到结局。

这是一场旷日持久的写作。不仅写作时间长，写作的准备时间更长。因为，我就在钓鱼城下出生、长大，当年宋蒙两军交战的"三槽山黑石峡"，就在我家门口的龙洞沱沥鼻峡。对我来说，钓鱼城是学生时代春游的目的地，是回乡探亲必经的指路牌，我熟悉它古老而又年轻的模样，熟悉它的每一道城门每一段历史。

但越是熟悉就越是陌生。山一样完整的石头城就矗立在那里，从1240年南宋朝廷重庆知府彭大雅命甘润在山上修筑山寨，到1243年四川制置使兼重庆知府余玠采纳播州（今贵州遵义）冉氏兄弟冉璡、冉璞建议，依托钓鱼山险峻地形和嘉陵江、渠江、涪江三面环绕得天独厚的自然条件，修筑钓鱼城，历经数年经营，成为余玠"山城防御体系"中的蜀口关键，胜过十万雄兵。在随后的三十年里，面对横扫天下的蒙古帝国铁骑，历经二百多场鏖战，这座城从未被攻破。

熟悉的城一直都在。但那些在历史中隐身的人，我却猜不透。我知道他们的名字，知道他们的轶闻趣事，但攻城——守城——开城，这么一个并不复杂的环节，却让他们整整博弈了三十六年。至少两代人的青春都曾在这座山上吐出芳华，至少两代人的生死都曾在城墙上烙下血痕。天下很大，唯钓鱼城这个弹丸之地让人欲罢不能。

只有书写能最大限度满足好奇心。于是我开始了长达十余年有意识的准备，有关钓鱼城、有关两宋、有关蒙古汗国和元朝的书籍与资料，收集了几百万字之多。书柜里的书码了一层又一层，电脑里的文件夹建了一个又一个，但那城人仍然在历史的深处捂紧心跳，你能感受到他们的存在，却无法让他们开口。

战争旷日持久，累及苍生；我的写作旷日持久，胡须飘飞。从2018年春节第二天的开始，到9月中旬的基本成型，中间不断从头再来的沮丧，在我和那城人身上拧出水来。直到清晨的淋浴喷头，将夜晚的疲惫洗去；直到一个人的模样突然眉目清晰，将所有的喧哗收纳，将所有的名字抹去。我忽然意识到，钓鱼城再大也是历史的一部分，那城人再多也只有一个人居住，他们再忙也不过只干了一件用石头钓鱼的事。

围绕一块石头钓鱼！这是时代赋予他们的使命，也是他们自己在凋谢世道上的不堪命运。每个人都在钓鱼，每个人都在被垂钓，成为垂钓者，成为鱼，世道的起落容不得他们转身。那些高与下、贫与富、贵与贱的身份，在石头冷漠的表情里没有区别，也没有去路与退路。他们可能是垂钓者，也可能是被钓的鱼，身份的转换来得突然，可能白天是钓鱼人，晚上就成为被钓的鱼。石头与鱼的较量，人与石头的较量，鱼与人的较量，在合州东十里的钓鱼山编织成一条牢不可破的食物链。

所有的纠结挣扎，所有的呼啸沧桑，全都在这里，把这个弹丸之地的时间塞得满满当当。满满当当的三十六年，对他们来说实在太短，短暂得只够他们做一件事，一件钓鱼的事。对后世的我们来说，三十六年是个遥远的数字、漫长的数字，以至于我们要用七百六十年（还会更长）的时间来咀嚼、来回味。

三

2018年9月，我生平第一部长诗、一千三百行的《钓鱼城》终于成型，终于穿越七百多年的时光，让诗歌与那些人、那些生命有了一次隔空对话。记得那是一个秋雨开始绵绵的夜晚，自中午开始蔓延的酒意还未散去，又增添了几分小感动。那个夜晚，我终于睡了一回安稳觉。

但是，醒来的天空，依然在飘雨。醒来的身体里，钓鱼城的石头还是没能搬走。

发生在1259年的那场"钓鱼城之战"，除了绝壁坚城硌得蒙古人生痛，还有百年难遇的极端天气降临，水土不服的蒙古军因痢疾、霍乱大量非战斗减员。没想到的是，当年蒙哥汗遇到的一下就望不到头的暴雨、酷暑和洪水，在七百五十九年后的2018年再次全部归来。他们的战争因为暴雨酷暑暂停，我的写作因为暴雨酷暑暂停；他们暂停是因为连天暴雨迷失道路眼睛，我暂停是因为楼顶搭建的书房漏雨连书桌都不得安生。这些天气的异常和巧合，使我自认为更贴近那座城和那些人。

那是怎样的一城人呢？我无数次登临钓鱼城，每次都想搞明白这个问题。他们三十六年的时间，围绕一块石头钓鱼或者被钓，丝毫不顾及历史在他们的挣扎纠结中改朝换代，也不顾及客观条件的一变再变，明知不可为偏要为，偏要单纯用力。无论是攻城的"上帝之鞭"蒙哥汗，还是守城的"四川虎将"张珏，他们无不与石头拧巴，与自己拧巴。

蒙哥汗围攻钓鱼城受挫，本可以采纳属下建议，用一部分兵力围城，主力继续顺嘉陵江、长江而下江汉与忽必烈汇合，但他没有。他有帝王天生的骄傲和自信。骄傲和自信源于他那些辉煌既往："长子西征"时在里海附近活捉钦察首领八赤蛮，横扫斡罗斯等地；血雨腥风中争得帝位，即位后励精图治，命弟忽必烈南下征服大理等国，命弟旭烈兀率大军西征，先后灭亡中亚西亚多个王朝，兵锋抵达今天地中海东岸的巴勒斯坦地区，即将与埃及的马木留克王朝交战。1258年，蒙哥汗发动全面伐宋战争，与忽必烈和兀良合台分三路攻宋。蒙哥汗亲率的中路军进入四川后一路所向披靡，攻克川北大部分地区。这些辉煌战果让他自信天下还没有蒙古铁蹄征服不了的城池。但现实的残酷和无奈却是，一个皇帝御驾亲征竟然奈何不了一块石头，大军受阻于一个弹丸之地，分明让他感到脸上无光，分明让他觉得劝说的人都在嘲笑他的无能。自己下不了台，他的命运只好下台。

十八岁从军钓鱼城的陕西凤州人张珏，历经战火洗礼，从一个小兵成长为一代名将，人称"四川虎将"。在他坐镇钓鱼城几十年的时间里，不仅有一炮击伤蒙哥的英雄壮举，还多次粉碎蒙古兵的大举进犯，收复附近多个山城，四川形势一度好转，保卫了南宋王朝的半壁江山。如此一个魁雄有谋善用兵的虎将，在任四川制置使兼知重庆府时，元兵围攻重庆他拒绝投降，部将打开城门他巷战力尽，回家欲取鸩酒自杀，左右匿之不与。趁天黑以小舟东走涪州（今重庆涪陵），船开不久，又为自己不能死于重庆而后悔，用手中长刀猛砍舱底想举家自沉，被船工和亲随夺去扔入江中；又想跳江自杀，被人挽持不得死。第二天天亮时，不幸被元朝水军万户铁木儿擒获。被俘后的张珏在关了一段时间后，又被押往大都（今北京），最后死于安西赵老庵。"宋末三杰"之一的文天祥得知张珏之死甚为感叹，作《悼制置使张珏》诗云："气敌万人将，独在天一隅。向使国不灭，功业竟何如？"然而，今天能看到的史书，关于张珏之死法和死地疑点太多，记载也不尽相同。我想，这是因为他的挣扎和纠结，在谁都不会好好说话的混乱年代里，真相没人知道，也不会留下蛛丝马迹。

历史已成过去，我们只能无限接近它，而不能武断地认为我们掌握的就是历史。用今天流行的一句话说：有图未必有真相。我宁愿单纯相信，性格决定命运，每个人都会有扭捏和拧巴的一面，人最难迈过的是自己那道坎。只是这不是一群普通的人，他们站在历史的紧要关头，每一句话每一个动作都会影响别人的命运、历史的命运。

这些"不见棺材不落泪、不到黄河心不死"的人啊，实在太多！在江山改朝换代的时间刻度上，我只选择了其中最具代表性的九个人：蒙哥、出卑、汪德臣、余玠、王坚、张珏、王立、熊耳夫人、李德辉，他们在起落的世道上，都曾有过大好前程，最后都被不堪的命运葬送。

而我的书写，不过是近到他们身旁，以他们的名义开口说话。让我宽慰的是，作为当年战场遗址的钓鱼城至今保存较为完整，让我的追述有了凭据。随着时间的推移，南宋一字城墙、水军码头、范家堰南宋衙署等钓鱼城古战场遗址遗迹的考古发掘不断带来惊喜，深埋地下的历史随着记载时间的文物出土，不断修正着人们对它的认知。它庞大的身躯让我相信，面对侵犯，抵抗不过是出于本能；它一直矗立在那里，从未变节。

四

后人回望历史，无法摆脱过后方知、自以为是的精明。重塑历史，无疑会使历史发生偏差，因为已经发生的历史往往掺杂了后人太多的"私货"，从而让历史在不断复述中被误读。每扒一次，真相就被灰尘覆盖一次，最终成为蚕茧里的蛹。

我写钓鱼城，不是去重构历史，也不是去解读历史。我要做的，就是跟随历史的当事人，见证正在发生的历史。

说通俗一点，就是以诗歌的名义，去分担历史紧要关头，那些人的挣扎、痛苦、纠结、恐惧、无助、不安、坦然和勇敢。试图用语言贴近他们的心跳、呼吸和喜怒哀乐！感受到他们的真实存在，与他们同步同行，甚至同吃同睡。这样可以最大限度还原他们的生活日常，还原历史的本来面目，理解他们所有的决策和决定。

在那场长达三十六年的战争里，最让人难以释怀的，不是战争开场蒙哥汗的意外死亡，也不是中间张珏独钓中原的豪气与担当，而是结尾处王立开城投降的彷徨与挣扎，无奈与痛苦。这是中国历史上少有的"不能投降的投降"的成功范例。三年不通王命的孤独抗战，连续两年的秋旱冬旱，还有当时四川在战乱中仅剩的数十万人中有"十七万人避难钓鱼城"，两千人一年的口粮养活不了那么多人。

我们知道，冷兵器时代的战争，拼的是人和粮食。战国时代的长平之战就是例子。而过去蒙（元）军攻城掠地后抢了就走，现在宋室江山只剩下钓鱼城这个最后的堡垒未陷落，他们有足够的耐心围城，城里军民无法出城耕种，也无法到城下的三江取水。钓鱼城当初开凿的大小十四个天池、九十二眼水井，在连年干旱里，除八角井未枯竭外，其余均断流，这么多人的吃喝问题换谁都无法解决。饥饿和干旱随时会夺去这城人的性命，不投降只有死路一条。但他们投降也是死路一条。因为城下围城的元军不是别人，正是与钓鱼城有着"血海深仇"的元东川军。主帅汪良臣，正是当年被钓鱼城飞石击毙的蒙军总帅汪德臣四弟，而蒙哥临终前所留唯一"遗言"，"我之婴疾，为此城也，不讳以后，若克此城，当屠城剖赤而尽诛之"，成为他们冠冕堂皇的屠城理由。

一方面是以死壮烈殉国成全自己的气节名声，一方面是一城军民困于粮食和水的生死去向，还有敌人的咆哮、城内哀鸿遍野的紧迫现实，如石头一样压得年轻的主帅王立喘不过气来。困惑、彷徨中，一位乱世佳人走到王立身边，用一双手工皮靴解开了他的心结，解开了"不能投降的投降"的死结。这个被后人称为熊耳夫人的女人，真实的名字已无人知晓。几年前王立率兵收复泸州神臂城时，杀守城元军千户熊耳，因见其夫人貌美如花，又自称姓王，便收为同姓义妹带回钓鱼城，当美妾宠养在府中。一城人的生死和王立的魂不守舍，让她动了恻隐之心，说出了隐藏的身份秘密。原来她姓宗，是元西川军王相李德辉舅父的女儿，他们之间是表兄妹关系。熊耳夫人比李德辉小十多岁，熊耳夫人在很小的时候就经常受到这位表哥的照顾，相互关系很好，表哥的鞋子都出自她的手工。正是这样的特殊身份，她建议王立以一城人的生死为重，向元西川军投降，由她表哥李德辉出面，或许能保全一城人的性命。

历史的转折竟然如此简单：一个女人的一双手工皮靴，就轻松做到了蒙哥汗亲率千军万马也做不到的事。城门打开的那一刻，发生在这里的大小两百多场血腥厮杀结束了；固若金汤的钓鱼城被拆除，一个王朝的偏安历史随之结束。有关王立、熊耳夫人、李德辉的功过是非争议却持续至今。在他们身后，有活菩萨的香火赞誉，也有"宋朝的叛徒""汉族败类"和"红颜祸水"的千古唾骂。

这个"美丽忧伤的故事"一直在民间流传。有着各种各样的版本。其中一个，是我初中历史老师讲的。事隔多年，之所以还清楚记得，或许是熊耳夫人满足了小男生对"美女特务"的全部想象。在这位已记不起名字的老师口中，她断然否定了钓鱼城因为干旱饿死人的说法，她说，钓鱼城最神奇的不是大小天池常年水不枯竭，而是护国寺古桂树旁的那口龙井，从山顶直通城下嘉陵江，王坚就是从龙井里钓起大鱼把蒙哥汗吓死的。后来我们每次春游都要趴到井口往下看，黑乎乎的井里什么也没有——因为老有游客往下扔石头听回响，井口现在被石板盖住了。虽然没能看出名堂，但我们还是对那时候的人能从坚硬的山岩上打个三百多米深的圆洞直通江底表示怀疑。夸夸其谈的老师继续说，熊耳夫人其实是元军派来的奸细，故意用美色勾引守城将军王立。一天黄昏，王立在从重庆回钓鱼城的路上，走到现在合川大桥那个位置，看见一个绝色女子欲跳河自杀，连忙把她救起。从女子的哭诉中得知，她被元军糟蹋了，不想活了。女人的身世和美貌，让风华正茂的王立将军顿生怜香惜玉之情，将她带上山，后来慢慢发展为"压寨夫人"。不想这个"狐狸精"暗地里四处活动，煽动城里军民闹事，里应外合传递消息，在一个月黑风高之夜打开钓鱼城城门，围城的元兵蜂拥杀入，钓鱼城就此城破沦陷。讲到最后，女老师给了熊耳夫人一记"红颜祸水"的耳光，用"色字头上一把刀"给王立和我们这些小男生做了"忠告"。

依稀记得，这位身材微胖的老师在讲这个故事的时候，激情澎湃，手舞足蹈，眉飞色舞，肢体语言和口才一样丰富，远比我描写的更精彩。正如她所说，历史一点也不枯燥，巨头开会就是吵架，邦交就是"细娃儿过家家"。她让我们在一个个故事中记住了历史，很有趣，也很好玩。但正如前面我所说，历史的真相在这些有趣、好玩的戏说和复述中走远。

但现实告诉我们，历史的真相或许真的不如有趣重要，因为有趣让历史在民间口头文学里有了强大生命力，而严肃面孔只能躺在书页里泛黄，而且未必就是真相。

所以我说，钓鱼城长达三十六年的战争历程里，其实只有一个人存在。那个人是你，是我，也是他。城因人而生，人因城而流传。在时间的长河里，每个人都有一个城的故事，比如张择端的《清明上河图》，比如孟元老的《东京梦华录》，浩大的人与物，最后都归于一个人、一座城。

　　而城与人终结的地方，恰恰是诗歌的开始。只是放下笔的身体里，钓鱼城的石头还是没能搬走。

2018年2—3月一稿

2019年10月20日

修定于三学堂

目 录

第二辑 《钓鱼城》北京研讨会

第三辑 《钓鱼城》研究文论

附　录

第一辑 《钓鱼城》重庆研讨会

长诗《钓鱼城》重庆合川研讨会实录

主　　题：赵晓梦长诗《钓鱼城》研讨会

时　　间：2019年5月11日

地　　点：重庆师范大学涉外商贸学院合川校区

学术主持：诗人、中国作协诗歌委员会副主任、四川省作协副主席、成都市文联

　　　　　主席　梁　平

2019年5月11日下午，作为"钓鱼城中国名家笔会"重头戏的赵晓梦长诗《钓鱼城》学术研讨会，在重庆师范大学涉外商贸学院图书馆举行。研讨会由中国作协诗歌委员会、中国作协《诗刊》社、四川省作家协会、重庆市作家协会指导，中共合川区委宣传部、合川区文联、合川区文旅委主办，重庆师范大学涉外商贸学院、合川区钓鱼城研究院、合川区作协承办，中国诗歌网、成都市作家协会、《草堂》诗刊社、小众书坊、巴金文学院、成都文学院协办。

一千三百行长诗《钓鱼城》，是首部以"钓鱼城之战"为写作背景的长诗作品，也是赵晓梦作为合川人对故乡深沉的感情的凝结。与会嘉宾们就"《钓鱼城》长诗的境界与魅力"和"新时代长诗写作的精神向度"进行了热烈探讨。

主持人梁平：《钓鱼城》是赵晓梦英雄主义情结的一次完美呈现

大家好！今天对于合川，对于七百多年前的钓鱼城，对于诗人赵晓梦，都是一个特殊的日子。合川有个钓鱼城，有个诗人赵晓梦，这个诗人从合川出去以后，一个背包浪迹天涯，却一直怀揣一个梦想，或者野心，就是要用诗歌再造一座钓鱼城。今天，从北京、上海、吉林、广东、四川、重庆来了这么多学者、专家

和诗人，我们都是为合川的钓鱼城而来，为赵晓梦洋洋一千三百行的长诗《钓鱼城》而来。

我应该是赵晓梦呕心沥血完成这部长诗《钓鱼城》的见证者。从第一稿到最后一稿，我是每稿必读。与赵晓梦同在一个城市，又是乡党，又是文友，这也是他有理由强加给我的"折磨"。其实这种"折磨"才是真正的文友之道，是文人与文人之间久违了的正道。在这个过程中，赵晓梦大多数时候保持了谦虚的姿态，但也有他不能动摇的顽固，这就是诗人的可爱之处。一部长诗的完成来之不易，无论你的写作意图有多么宏阔、多么高端，但你必须要考虑和重视读者的接受，不能自娱自乐，更不能低估了读者的智商。这就是说，我们需要在自己的写作与读者之间找到一条有效的通道，或者说深入可以浅出。为此，《钓鱼城》给出了正确的答案。

钓鱼城作为一个历史遗迹，一个改变和影响世界历史的战场，应该说我们对它的文学书写期待已久。在我看来，长诗《钓鱼城》满足了我们的期待。它的亮点就是在长诗的构架上置事件于背景，精心挑选了几个至关重要的人物，重在写人，写人的情感、人的命运。而这些人的情感和命运始终依托了一条英雄主义的主线贯穿，这条主线确定了这部长诗的完整性，更让我们摆脱了战争、历史和人物遗留下来的纷争。历史是由人来书写的，历史是一面镜子，每一个后来人都会在这面镜子面前得出自己的判断。我在我的长诗《重庆书》里面作为一个节点，写到过钓鱼城，对钓鱼城的历史做过一些功课，所以深知赵晓梦写作的艰辛付出与勇敢，这是诗人的一种担当，也是诗人赵晓梦深埋于心的英雄主义情结的一次完美呈现。

赵晓梦什么时候动议这部《钓鱼城》不说，从动笔到定稿，也有大半年全身心投入。其间也有畏难，甚至也有想放弃的瞬间，但是他终于战胜了自己，完成了这样一部可圈可点的倾力之作。

近水楼台，长诗《钓鱼城》完成以后，自然首先被我截留在《草堂》诗刊首发。这样长的诗全发，也是《草堂》的首例。然后中青社出版了单行本，所以特别值得祝贺，值得今天把大家邀请过来，为赵晓梦的《钓鱼城》"指指点点，说三道四"。

今天我的角色是司仪，自己感觉这个司仪的话稍微偏多了一点，接下来请听各位专家学者、各位诗人的精彩发言。首先有请赵晓梦的授业恩师，西南大学文学院院长、教授、博导，教育部"长江学者"特聘教授王本朝先生，来开"当头炮"。

王本朝：晓梦这首大诗把钓鱼城带进了文学史

谢谢梁主席。晓梦在二十多年前作为文学特招生，直接从合川进入西南师范大学（西南大学前身）中文系。那时的我，就成了他的"中国现代文学"任课老师。虽然按课表规定我只给他们上了一年时间的课，但私下接触却非常频繁，走得很近。当时他写小说、写散文，诗歌反而写得少，后来毕业他到了成都，因为工作原因中断了十多年的写作，几年前开始写诗，每年出版一本诗集，都寄给我，我都看了。这次一下又出了一本长诗《钓鱼城》，给我带来惊喜，当年我对他的期望被实现的惊喜。

赵晓梦这首诗我们一般来说它是一首长诗，在我看了以后我觉得是一首大诗，在我心中是一种精神的、灵魂的、情感的、历史的大诗，是一个大历史写出的大诗。刚刚梁主席讲到"钓鱼城之战"在历史中是相对比较清楚的，但是在文学中，至今没有一个诗人、一个作家把它带进文学，以一种强大的精神和灵魂，穿透这个历史事件。

我们经常说有了沈从文就把湘西带进了文学史，有了鲁迅就把绍兴带进了文学史，同样，因为有了赵晓梦就把钓鱼城带进了文学史。以前的钓鱼城是属于历史的存在，是中国历史中一个伟大的符号，但是有赵晓梦的这首长诗、大诗，就把钓鱼城的历史带进了文学史。

今天我跟卢波部长聊天，我说相信这首诗是能够进入中国诗歌史的。这首诗一个最大的成功就是诗人的主体对历史的穿透力，不是玩技巧，是一种对历史的抚摸，贴近历史、走出历史，最后以他温润而强大的心灵把钓鱼城的历史穿透，带进了这首诗歌。

再一个感受，这首诗在艺术上非常有创新。今天吉狄马加书记讲长诗写作，一般写叙事诗的人很容易受制于事情的局限，受制于历史的依附性，容易被历史牵着走。而这首诗是牵着历史走，是以个人不同的主体、不同历史人物的抒情感知历史。吕进老师说这首诗有两个很有表现力的意向，就是石头和鱼，通过这两个意向巧妙地把他的一些感知和体验融入诗中。一般写历史题材的诗很容易口号化，很容易变成英雄主义的赞歌，在某种程度上也许这种赞歌是需要的，但赵晓梦在《钓鱼城》背后是以个人、以人性的眼光来看历史，这个很宝贵。我们在带进中感受到文化的价值、人性背后的力量。一个历史能够写进人性、写出人性，这首诗能够在艺术上、在结构上有这么大的创造性，算一首大诗。

我愿意下来后为这首诗写一个评论。谢谢大家！

主持人：谢谢本朝先生。本朝先生发言提到了大诗，作为《钓鱼城》这么一个大诗，写了这么一个大历史，并且本朝先生还欣然表态要为此写一篇文章，非常值得期待。下面请中国作协诗歌委员会主任、诗人叶延滨先生发言。

叶延滨：用悲悯情怀写了命运的不可预测性

各位诗友、各位教授，非常高兴参加赵晓梦长诗《钓鱼城》的研讨会。首先代表中国作协诗歌委员会和我本人，祝贺这次会议的召开。赵晓梦这几年来在宣传和促进中国诗歌的发展方面，作为一个媒体人，确实把《华西都市报》办成了一个诗歌的伊甸园，为诗歌摇旗呐喊鼓劲，做了很多工作，非常感谢赵晓梦。

赵晓梦作为一个诗人，用自己的心血、用诗歌为家乡的这段历史做出自己的发言，献上一个纪念碑式的东西。

他还给当下诗坛扔下一块很大的石头，让大家思考诗坛的现状。当下，诗坛空前繁荣，但也空前芜杂，有不少泡沫。人人都可以在手机上发表诗歌，人人都可以评论诗歌，写诗和不写诗的人都可以当评论家。

这部作品让我们感觉到，诗歌还是有它的大道。这种大道守正的精神，对得起我们有着千年文化的诗歌大国的传统。

要对历史进行评价是很困难的，尤其是像钓鱼城这样的战争。但赵晓梦没有去评价它，他充分发挥了诗人的长处。他写了人的命运，写了战争对人性的绞杀。他用悲悯的情怀写了命运的不可预测性。他成功地运用命运、时间、语言三个关键词，把历史文化遗产变成诗歌，形成了属于赵晓梦的诗歌语言。

主持人：谢谢延滨先生对《钓鱼城》文本的深度剖析和赞赏。下面请诗评家、作家出版社编审唐晓渡先生发言。

唐晓渡：《钓鱼城》解决了自发和自觉的关系

首先，感谢主办方邀请我来参加研讨会，当然也要祝贺晓梦。以前我以为蒙哥是在襄阳被击毙的，当然是我的孤陋寡闻，我对钓鱼城之战此前应该是看到过的，当然就是被襄阳之战给带入了，现在我们知道钓鱼城之战不亚于襄阳之战。

长诗难就难在要处理自发和自觉的关系，一首诗没有自发性，就会失去文本的质感，可要是太自觉就会压抑，所以怎么能在这之间达成一个平衡、发挥张力是很难的。

赵晓梦非常好地解决了这个问题，他用九个人物，实际是由九个独白构成了这首长诗，这种结构就解决了自发和自觉之间的冲突。

这首长诗，既有历史的塑造，同时又有对话，诗中人物的设计本身就是一种对话关系。每个人物都是以"再给我一点时间"作为开头，这句话有一种内在的焦虑——时间不够用，但这实际是在忍耐当中度过的无比漫长和充满痛苦、折磨的一段时间。而且每一个人的"再给我一点时间"的内涵是不一样的，有不同的诉求，有不同的遗憾，这又构成了一种不同主题的探讨，每个人都提供了不同主题的可能，忠诚与背叛、苦难与担当，诸如此类。

语言上，这首诗通篇都使用了一种调性，一写到底，这是很难的。要把语言的力量一直保持住，短诗较容易，长诗太难了。

主持人：谢谢晓渡先生对《钓鱼城》文本的解读。下面请诗人、《光明日报》文艺部负责人邓凯发言。

邓凯：历史不会亏待一个真诚的人

特别感谢主办方，也很高兴参加今天的研讨会，晓梦是我中学时的文友。我一路走来只是成为一个报人，但他不忘初心，不但成为一个优秀的报人，还成为一名优秀的诗人。

《钓鱼城》我读了三遍，第一遍，感觉有点透不过气来；第二遍、第三遍读得越来越轻了，就像一片树叶褪去绿色之后就变成了叶脉。一首长诗一旦变得很清晰，结构就一目了然。

钓鱼城之战整整博弈了三十六年，应该说是战争史上的奇迹，为了尽可能还原历史，晓梦在自述里说收集了几百万字的资料，我想这是一种诚恳的对待历史的态度。

诚恳对待历史，历史也会投桃报李。在基于大量的细节研究、甄别之后，把这些材料置于一个结构合理的容器，以充沛的理性来统领。

《钓鱼城》给我们展示了不一样的丰富与深刻，但诗歌不等同于历史，这九个人自说自话，面对历史的质疑，交出了各自灵魂之点状。因此，《钓鱼城》更像是一首个人的心灵史诗。

晓梦说历史已成过去，我们只能无限接近它，而不能武断地认为我们掌握的就是历史。

这是一个很谦虚的态度。晓梦生在钓鱼城，对他的童年来说钓鱼城就是一团迷雾，他在这团迷雾中过了三十来年，终于过不下去了，因为那块石头一直在他的心里，他一直想撩开历史的迷雾，所以他花了十年时间去做准备。

当他开始动笔的时候，我相信他是自信的、笃定的，因为历史不会亏待一个真诚的人。

主持人：谢谢邓凯先生的发言。下面请诗人、历史学博士李瑾先生发言。

李瑾：《钓鱼城》创造史诗新范式

很高兴能在钓鱼城讨论《钓鱼城》。钓鱼城里没鱼、没饵、没钩，我们又讨论得这么热烈，一切都因为七百多年前的那场战争和七百多年后的一本书。

蒙哥在钓鱼城下"中飞矢而死"的前五十三年，即1206年，蒙哥的爷爷铁木真，率领牧民战士军团开始了远征之旅，从此，内陆草原文明全面向欧亚大陆东西方拓展，以新清史学派扛鼎人物杉山正明的目光，这一年，是世界史的开端。他在《游牧民的世界史》中旗帜鲜明地反对西方中心论，指出，以往西方学者将世界史变成西欧进行整合的过程，而游牧民史被偏见性地定义为残暴、粗俗和落后，这是不正确的。他明确排斥国家、民族或者国界线这些西方概念，认为，在蒙元的统治下，欧亚大草原有了游牧、农耕以及海洋国家的混合性格，并以重商主义的取向开启了资本主义的萌芽，也就是说，蒙古远征是近代历史的开始。有意思的是，这本新世纪新出之书，冥冥当中遭到旧世纪即1931年出版的英国学者巴特菲尔德《辉格党式的历史阐释》的抵抗。巴特菲尔德说，历史学家大都具有这样的倾向，即站在新教徒与辉格党的立场上写作，只要是成功的革命就去赞扬，强调过去的某些进步原则，以及编造出一个修正当今的叙述。说到这里，我们就可以看出，历史虽然是人的历史，但其讲究规律正义，喜欢总结规律，按照杉山正明、巴特菲尔德的标准一提起钓鱼城，我们就说历史在这里拐了个弯儿，至于其时的战争的残酷、人性的挣扎、命运的不可捉摸这些诗性的东西统统忽略不计，都潜藏在石头之下，甚至湮灭了。

多亏赵晓梦。正是赵晓梦让钓鱼城在商业化、信息化时代人文地、诗歌地苏醒了。

我不想谈《钓鱼城》的修辞和文艺，不想钻进文本中做寻章摘句的老雕虫。只想谈谈《钓鱼城》的文本意义。我认为，《钓鱼城》一出，史诗拓展甚至建立了一种新的范式。所谓范式，即可以作为典范的形式或者样式。

如果按照现代西方通行的观点或其"史诗"概念标准，中国是没有史诗的。英国学者波拉就武断地指出，中国充其量只有"前英雄诗"或"哀歌"；美国学者海涛华则认为，在中国文学中可以看到欧洲文学中除了史诗之外的所有重要文类。事实确实如此吗？回答这个问题时，必须明确这样一个基本前提，即无论史诗还是历史都有共同的题材和关涉对象，也就是都把真实的或基于现实而虚构的事件、现象人物作为书写"角色"。如此看来，亚里士多德在《诗学》中强调史诗具有叙事性的标准还是恰当的。他认为，史诗作为一种艺术创作可以想象与虚构，历史只能记录已经发生的事情；史诗因集中于"一个行动"可编制情节，历史记载的则是事实。按照亚里士多德的观点来衡量，中国是一个史诗大国，且不说少数民族三大史诗《格萨尔》《江格尔》《玛纳斯》，中国第一部诗歌集《诗经》就是一部华夏文明的史诗汇编。不过，就《诗经》而言，其和西方传统的史诗比如荷马史诗有着本质区别，颂唱、描写的不是英雄人物，而是人民群众和他们展现出来的主体文化精神。

海德格尔曾说："诗人的天职是还乡。"赵晓梦通过诗歌回到钓鱼城，不是要成为无数个离乡者的代言人，也不是以所谓灵魂还乡完成自己的精神救赎，而是试图借助这样一座石头城，展现一个重大历史事件中"何者为人""人能何为"这样一个命题。赵晓梦没有局限于战争的正义与否、人物的忠奸与否、行为的对错与否，而是透过钓鱼城内外的九个人折射华夏人民的苦难辉煌和华夏文化中的集体英雄主义，并借以反思战争、人类，和中国作协副主席吉狄马加老师评价《钓鱼城》时所说的"不可控的命运和人性之殇"。这样，赵晓梦自觉接续了《诗经》这一文明史诗的精神脉络（文明史诗有别于传统的创世史诗、神话史诗和英雄史诗），创造了一种涵盖中华文明特色和世界史诗文体特点的史诗范式，这种史诗描写的主角不再是个人而是人民，体裁不再是神话的而是文化的，风格不再是虚拟的而是建立在事实基础之上的。也就是说，史诗在内涵上已成为一种建立在历史事件、人物、场景基础之上的，弘扬一个国家或民族主体文化和精神的文学样式。

诗人梁平老师曾表示："新时代在呼唤与这个伟大时代相匹配的'风雅颂'。"赵晓梦主动担负起"大国写作"的责任，他通过钓鱼城这个"弹丸之地"，试图跨越狭隘的民族观念走向一个伟大国家价值观念的腹心，这个国家既是文化的共同体，也是人类共同体的一个缩影，借以对人民这个主体和时代这个载体表达出敬畏和关怀。这样，赵晓梦的书写符合苏联作家肖洛霍夫的"艺术家"标准："艺术具有影响人的智慧和心灵的强大力量。我想，那种把这力量运用于创造人们灵魂中的美和造福于人类的人，才有权被称为艺术家。"

当然，赵晓梦的努力不是无根之木、无源之水。要知道蜀地是新诗创作也是长诗写作的重镇，比如吉狄马加的《我，雪豹》、梁平的《重庆书》等作为具有史诗气质的鸿篇巨制，一定程度上滋养了赵晓梦诗歌的精神架构。作为乡党和晚进的赵晓梦无疑会主动接过前辈手中的大旗，且集二家之长将钓鱼城构思成一个会自我言说的"活化石"，它既秉持了时代对历史的反思，也承载了历史对当下的投射。在这个意义上，赵晓梦的"大国写作"或"大时代写作"追求，一定是有自己的主体意识和担当精神的。

如果说诗人是肖洛霍夫所说的艺术家，那么赵晓梦是创造史诗新范式，或者说拓宽史诗表现风格的艺术家。我相信晓梦会开创一个长诗写作的新时代。说到这里我有一条建议，因为我本人是学历史的，晓梦同志《钓鱼城》后面的注释我认真翻了，我希望你依托考据，结合历史考文。

主持人：谢谢李瑾先生引经据典纵论史诗新写作。据我所知，赵晓梦正着手准备钓鱼城的非虚构写作，符合你希望的"结合历史考文"。下面有请吉林省作家协会副主席、《作家》杂志主编、编辑家、批评家宗仁发先生发言。

宗仁发：《钓鱼城》是文学和历史的又一次汇合

晓梦的《钓鱼城》到这里之前没有来得及看完，到这里以后才看完的。在我的感觉中，以为这种题材一般作者很难写明白，往往是通过描述一下历史事件，然后再来点比较生硬的"升华"，不可能有太多感兴趣的东西在里面。但是，我读了《钓鱼城》以后，确实受到了震撼，写得真是不一般。

关于文学和历史的关系怎么理解？晓梦在写《钓鱼城》之前做了那么多功课，搞了那么多研究，除了他是合川人，对家乡的这种感情之外，还有很多学术上的研究。而这些研究之后他采取的方式是舍弃，放弃了很多东西，他并不是被这些历史事件纠缠，找不到自己解决写作问题的方向。他不是这样，他是把很多东西都舍弃掉了，然后找到了他自己写作的一个独特东西。我是觉得文学和历史在这个文本上又有一次汇合，按当代历史学家的一些理念，他们也把文学作为史料的一个组成部分，史料的组成包括文学在内。美国的一位学者写过一本书，其中就说在一个伟大的小说家手上，完美的虚构能够创造出真实的历史。文学创作出的历史，他认为是真实的。包括胡适的弟子唐德刚写《晚清七十年》，也是借鉴了文学的方式，他把自己称作历史的说书人，把历史当作一个文学描述的对象。现在在文学和历史这两个学科上也是有一种互相致敬的方式，一些文学家对历史也是非常敬畏的。历史是真正的诗人和戏剧家，任何一位作家都别想超过历史本身。我觉得晓梦的文学观、历史观在这些方面都非常合适、合理地把握了尺度，然后他在这么一个尺度下来面对钓鱼城这一段历史。这是我认为这首诗能够成功的第一点。

主持人：谢谢仁发先生对《钓鱼城》写作进行的探讨。下面有请中国作协《诗刊》副主编、批评家霍俊明先生发言。

霍俊明：《钓鱼城》更像是一种独白体的命运史诗

首先在四川谈论长诗的写作很有意义，特别不一样。从20世纪80年代开始到今天，在中国的诗歌版图上写作长诗最多、成就最高的肯定就是四川。今天谈到赵晓梦的这首长诗，又提供了一种可能性，因为我们知道长诗，包括刚刚谈到长诗的结构，我觉得赵晓梦这首长诗有一个很重要的特点，就是他的诗歌机制，他呈现出了一个真正的诗性时间和空间的所得。

这首长诗并不是传统诗学的"以诗为史"或"以史为诗"，也拒绝了全知全能的宏大历史判断，而是体现了个人化的历史想象力和求真意志以及精神复原的能力。刚才大家谈到的一些共性问题，比如对人物的心态、对人物命运独白式的舞台化处理，我想到的是自己的一个理解，我觉得这首长诗更像是一种独白体的命运史诗。刚才大家也谈到史诗不是荷马史诗这样的概念，我们一般意义上看到的长诗都是有一个中心和一个主体，但这首长诗突破了以前的诗歌写作方式，在写法上就有一种开创性。

长诗的写作变得越来越困难，在写法上有所创新真正体现了一种难度。近期我们也看到中国其他诗人的长诗作品，我觉得这只是他们个人水准的延续，并没有提供一种可能，所以从写法和可能性来说，晓梦的长诗确实值得深入研究。并且刚才大家也谈到对历史的态度，对命运和生命、诗学的重新考察，他提供了很多中国当代诗歌意义之外的可能，尤其是对历史的理解和处理，他并不是结构和一种解构，他也没有做一种判断，他真正回到了诗人作为想象能力的一个主体互动。所以，这部长诗在今后还值得我们研读。

主持人：谢谢俊明先生对《钓鱼城》开创性写作的认可。下面有请上海交通大学人文学院教授、当代中国文学与文化研究中心主任、批评家何言宏先生发言。

何言宏：这首诗提供的经验和超越性非常丰富

晓梦的《钓鱼城》我最早是在《草堂》诗刊上读到的，读了以后非常欣喜，然后到了钓鱼城采风，也了解到一些情况。为什么特别感兴趣呢？我曾经建议过南京有非常好的两个题材可以写长诗，但他们一直没有写，很遗憾。

看到晓梦的《钓鱼城》以后，我一下子又想到另外一个问题，好像这些年对川渝当地久远历史文化的写作，比如晓梦的《钓鱼城》，可以作为一种值得关注的写作现象，对于中国古远历史的挖掘表现，用长诗的方式表现特别值得关注。

当然晓梦的《钓鱼城》这个题材有其特殊性，这个题材不光是在蒙元和宋之间、两个文明之间的一种冲突，另外还关乎整个欧亚板块格局的变化。蒙古大军征服了很多国家，比如到了中东那一带，但到了以后他们很容易融入当地的文化，包括对我们汉民族也是这样。所以钓鱼城这样一个历史故事，里面包含了很多主题，值得我们充分开掘。一种开掘方式就是用历史的方向呈现，另外一种方式就是晓梦的长诗写作。他的成功也是在于能够对这样一个历史故事超越性的写作，这种超越性可以从好多维度来有所表现，也是他提供给我们类似题材长诗的经验。

我看了《钓鱼城》单行本后记才知道，晓梦生长在这个地方，所以晓渡老师说有一种自我相关性，就是有强烈的个体性。这种个体性使他来营造这样一个事件时的感情充沛、酣畅淋漓，从头到尾有一种充沛的力量，他的一种调性、语言，往往有一种非常自然和谐的气息，可能源自他的个体性，这就超越了对历史的表现。另外马加在序言里谈到了关于人性的一些问题，这可能也是超越民族、政治，超越很多现实层面的东西，这是第二个很重要的层面。

还有一个，他的时间意识，时间主题实际是晓梦的《钓鱼城》值得关注和探讨的。大家也都谈到了，每一章前面有"再给我一点时间"，那种突出时间意识的紧张，这种贯穿性的主题和结构方式，在每个部分、每首诗里面都会以不同的方式来呈现。时间主题可能是超越人性主题，而且这种时间意识在最后一部分，以女性的方式，在最后一段把这种主题消减掉。所以这首诗有关的独白，有攻城方，也有守城方，最后我们从女性的角度来看可能会发现很多很有内在的差异。这九种声音，有蒙古人的声音，有汉人的声音，有两个朝代的声音，另外还有性别的声音，所以这首诗里面所提供的经验、超越性是非常丰富的。

还有简单说一下叶老师谈到的一点，我觉得也很有启发。最近我在编"当代中国诗歌史料"，我在查这些史料的时候就发现，当代诗歌，先锋诗歌毫无疑问是很重要的，但这上面还有一种守正的写作，守正的写作在以往的诗歌书写当中也应该重视。晓梦的写作应该归为一种守正的诗歌写作，诗歌史不仅会有以往常规的先锋写作，也有晓梦这样正在发生的守正写作，也应该去尝试和鼓励。总之，祝贺晓梦，谢谢大家！

主持人：谢谢言宏先生。下面请《解放军报》文化部主任、诗人刘笑伟先生发言。

刘笑伟：《钓鱼城》会为我们留下一座"城"

合川是一个美丽的地方，合川因为钓鱼城而闻名于世，合川因为有了长诗《钓鱼城》必将变得更美。一个是对晓梦表示祝贺，祝贺长诗《钓鱼城》的出版，我想不少人坐着晚班飞机、忍受着旅途颠簸，这么远来参加会议，本身就是最深情的祝贺。二是，我想表达对活动主办方、协办方、承办方，包括出版方表示深深的敬意。这是一次非常有价值、有意义的活动，因为《钓鱼城》是一部非常有意义、有价值的长诗。

《岳阳楼记》是一座楼，像这样的文学作品千年之后还能焕发出精神的光芒，让大家记住它。我想《钓鱼城》也会为我们留下一座"城"，一座文学之城、诗歌之城。谢谢。

主持人：下面有请《解放军文艺》主编、诗人姜念光先生发言。

姜念光：《钓鱼城》既是一个军事题材作品又超出这个题材

刚才几位专家都从评论家的角度来评论了作品，我是作为一个读者和诗歌写作的同道来谈谈自己的看法。和晓梦认识不到两年时间，以前也看过他的一些作品，这次很完整的，前段时间看过电子版，这次又看了单行本，确实让我"半年不见，刮目相看"。这部作品给我很大的冲击，我感觉它的精神气质上有很强的个人色彩，也有很强的地域色彩。我们把川渝地区的朋友统称为四川的朋友，他们的精神气质里有特别磊落的一面，有那种开敞的一面，还有很勤劳、有担当的一面，还有非常乐观的一面。另外，和我们山东人有一点比较像的，就是有血性的一面，还有比我们山东人多出来一些瑰丽。《钓鱼城》这首长诗其实在他的精神气质里体现了这些方面，所以我很喜欢这个作品。

有一句俗话叫"川人自古不负国"，从历史上到现当代都是，川渝人在武功上很厉害、在文化上也很厉害，在十大元帅里，有四个是川渝人。为什么我要谈到这个呢？我是把这首诗当作一个军事题材的作品来看，事实上它就是一个军事题材的作品。军事题材是很难写的东西，作为战争来说，战争是非常残忍的，它毁灭一切生命，但在这部作品里面，晓梦很好地把这个问题放下了，这是非常聪明的做法，也是很有智慧的做法。他超越了具体的战争细节，超越了具体的胜负，而回到了人自己的生命本体。所以，这个作品既是一个军事题材的作品，又超出了这个题材。

主持人：谢谢念光先生从军事题材写作分析《钓鱼城》这个作品。下面请岭南师范学院文学与传媒学院副院长、教授，诗评家张德明先生发言。

张德明：《钓鱼城》提供了一种新的长诗结构形态

谢谢主持人。晓梦的这首长诗我读了很多遍，应该说每读一遍都有不同的收获，我也为这个长诗写了一篇比较长的评论。

我觉得21世纪以来长诗写作蔚然成风，有不少人他是以历史为抒情原体展开的，当然以历史为抒情原体展开的长诗写作有一个非常重要的技术环节，就是对历史事件的处理和情感抒发这两方面怎么搭配的问题，这是一个很重要的技术环节。我认为赵晓梦在历史的抒情和搭配上做了一个成功的尝试。我这里从三个层面对他这部长诗进行剖析。

首先，从历史呈现的角度来说，我认为赵晓梦的《钓鱼城》是一个多重历史的交汇和辩证。应该说历史从来都不是单一的、简单的，从来都是多重的、复杂的，这就意味着我们对于历史进行重新回眸的时候，应该从多角度、多侧面考量和理解，全方位地理解，简单的思维判断价值是不大的。所以赵晓梦这首长诗，对历史有了全方位、多角度的展示，写出了历史的复述形式，最大限度挖掘了历史深藏的深意。我们知道钓鱼城战役是一场富有传奇色彩的战役，这场战役是由很多历史层面构成，包括有进攻的历史、有防御的历史、有攻城的历史、有守城的历史、有战胜的历史、有战败的历史，有战场中的历史、有战场外的历史，等等，种种历史在这场战役中交汇，赵晓梦用他的诗歌呈现了这样一种多重的历史面貌，这是他第一个成功的地方。

第二，从结构安排上来说，刚才有诗人、批评家都谈到他的结构，我认为赵晓梦他的结构应该说是富有匠心的，为了历史的有效场景，同时又有效抒发诗人对历史的无限体味，长诗采用了以历史当事人为铺展的单元结构，按照战事发展的时间顺序，让历史的相关当事人分别出场，各自站在自己的角度来讲述一段历史的具体情节，以及他们对于历史的感触和体验。这种结构方式我把它称作是一个"抒情的复调"，以往很多长诗因为它的抒情主体就是诗人来担当，是诗人一个人完成的，所以我认为以往好多长诗都应该称为是独白式的长诗。赵晓梦他给我们提供了一种新的长诗结构形态，这就是抒情的复调。这种复调性的结构形式，在《钓鱼城》长诗采用，确保了历史叙述的多元展开，从而呈现历史的复述形式，彰显了历史的丰富性，价值也是非常突出的。

第三，我认为他在处理历史过程中采用了现代的视角，构成了历史和现实的有机对话，所以他对历史作了现代的阐释，这也是他做得很成功的地方。赵晓梦在对古代历史进行现代阐释的时候，主要采用了三个策略，这是我自己通过阅读所感受到的。一是用现代性的情感体验重写历史；二是用现代的思想重新照亮历史；三是在古代历史中发现古今共通的联系。对于古代历史进行现代阐释，既让历史的多样性精神内涵和丰富意义潜能在现代观念的土壤下得到充分释放，又能以历史为媒介，借助历史史诗抒发现代的情感，在此基础上尝试着历史抒写与情感表达，才得到合理配置和有机统一，我认为这也是《钓鱼城》获得成功的重要方面。

主持人：德明先生从三个维度解析了《钓鱼城》，特别是结构上采用"抒情的复调"的观点很新颖。下面请重庆市作协副主席，西南大学教授、博导，诗评家蒋登科先生发言。

蒋登科：《钓鱼城》是赵晓梦对于时间、命运、战争的思考

非常高兴参加这样的活动，晓梦的《钓鱼城》我是读过几个版本，从最初的电子版本到《草堂》诗刊，到今天拿到这个单行本，每一个版本都有一些变化，包括今天这个书后面的注释更加详细丰富。从跟晓梦的交流中我感觉到，他为了写这个诗做了非常长时间的准备，非常用心收集到大量的资料，这当然有情感的因素，他是合川人，另外一个，他是想在艺术上给自己寻找一条路。

我读这个作品之前，读过很多长诗，各种各样的长诗，整体性的、采风性的、任务性的等等，读过之后总觉得似曾相识，都是一些任务之后加两句自己内心的感受，读完之后往往是单线条的感受。很难给人留下很深的印象。但是这个作品我读了以后感觉作者是进行过认真的研究、设计和策划的，短诗可能是灵感爆发，长诗作品一定要有设计策划。不然你写一段想到什么，下一段又变了，这很容易让一个作品显得零乱，这是整体上的气韵不贯通。我觉得长诗气韵的通透、通畅是非常重要的。

首先从宏观来讲就是结构的设计，它是三个部分，每部分几个人物，这种设计从头坚持到最后，而这些人物在作品中出现的时候都是以"我"的身份出现的，他们每一个人都用自己的方式、以诗的方式在那儿演出、表演，最后达到的效果是什么呢？就是多线条的、多性格的、多命运的组合。通过时间串起来，形成了一个对于命运、对于时间的思考，当然其中也包括对于战争的思考。这是我们常常说的戏剧化效果，就是演出，但是演出的导演是谁？赵晓梦。不管怎么演，都在他的掌控之内，所以最后达到的效果是赵晓梦对于时间、命运、战争的思考。当然这中间还有很多问题可以探讨，我也写过一个思考的提纲，但时间关系我就不谈了，下来以后再跟晓梦继续交流。

主持人：谢谢登科先生对《钓鱼城》结构的分析。下面有请西南大学教授、博士生导师，重庆市文艺评论家协会副主席，诗人，评论家，书法家邱正伦先生发言。

邱正伦：《钓鱼城》凸显了东方诗人"抒情史诗"的写作模式

我今天接触到这部长诗是靠一个契机，客观地说是今天上午的解说，我从重庆市文化遗产研究院副院长袁东山的讲解里还原那段历史，我觉得这些石头似乎有了呼吸，这些石头产生了疼痛感，每一块石头都在与我交流，我觉得一切都获得了生命。我认为钓鱼城是加盖在世界史扉页上的一枚图章，仅仅是一阵钓鱼的工夫，这座城池就改变了整个世界史，让我受到很大触动。之后我才看到这本书。翻了之后，使我有话要说。

第一个，我们的写作老是停留在叙事文学的基础上，我正好认为赵晓梦《钓鱼城》打破了惯常的叙事史诗手法，凸显了东方诗人的写作模式，是"抒情史诗"，我觉得这个话题很有意义。

第二个，他整个写作里将教化伦理学转化成为纪实的抒情伦理学。这他是有思考的，而且这种布局体现了诗人的逻辑水平。以前在我的印象中赵晓梦的逻辑水平是比较差的，但是这部史诗他是在宏观上构成了一个书写的人文逻辑在里面，所以显得确确实实在文本上解放了以前的写作史诗路数。

第三个，我很不习惯用西方对史诗的阐释学理论来解释赵晓梦的诗，如果这里面要提点什么，就是把抒情史诗写成了每一句都是诗歌，如果每一句都是诗歌，对诗性是有伤害的。

主持人：谢谢。有请诗人尚仲敏发言。

尚仲敏：《钓鱼城》没有落入英雄主义圈套里

赵晓梦是我的好兄弟、好朋友，他这首诗一稿、二稿、三稿我都看过。这首诗相当不容易，我肯定是写不出来的，让我抄也抄不出来。这首诗我反复看了，首先他写的是历史、写的是英雄人物，但是他没有落入英雄主义圈套里面，这是其一。其二它首先是一首诗，不是写历史，写历史他写不过那些历史学家。其三我觉得九个人物里面写得最好的是熊耳夫人，里面最好的一句叫"如果你想我／

就到后院的竹林来吧"。

最后我想说，《钓鱼城》作为一首近年来诗坛罕见的长诗，无论从谋篇布局、史实考察、人物研究，还是典籍运用，作者无疑是下了大功夫的。"再给我一点时间"，整首诗以这句话作为庞大结构上的支点，传承启合，一气呵成。既有激情澎湃，又有沉静叙说，语言干净平实、隐喻叠加、想象力爆棚，显示了作者高超的诗歌技艺，驾轻就熟的诗歌才华。

主持人：谢谢仲敏。下面请成都市作家协会主席、《青年作家》杂志与《草堂》诗刊执行主编、诗人熊焱发言。

熊焱：《钓鱼城》借鉴小说结构的笔法进入诗歌创作

前面各位老师已经讲得很充分，讲得非常好了，由于时间关系，他们讲的那些我就不赘述。刚才各位老师提到结构这个词，我再进行一点小补充。《钓鱼城》这首诗围绕着几个重要人物，分别以第一人称进入，通过多层次的时序倒置、空间分割，以此展开波澜壮阔的战争书写，其实这种方式在小说中是比较常见的，但是在诗歌中，尤其是长诗中却几近于无，所以晓梦借鉴小说结构的笔法进入诗歌创作，让这首诗在结构上显得别有意义。

另外，晓梦是我多年的朋友、兄弟，我还是有一点个人的想法、建议，与他一起探讨。第一，有的语言上还可以再简洁，把一些相对空泛的抒情给去掉，比如"脊梁""一个王朝的没落"等大词来表述的句子，可以试着换一下方式，因为这首诗已经通过对历史的再现来呈现了这些主题，无须再过度强化。第二，我认为还需要增加细节，尤其是再引入一些叙事，比如截取部分战争场景来展示战争的残酷、惨烈。再比如增加对历史背景的陈述，更加清晰地还原线索，让读者清楚战争的前后脉络。虽然我认为诗歌写作是需要有难度的，当我们每个人在阅读这首诗的时候，都要查阅钓鱼城之战的相关资料，那么就有可能会让读者因为这样的阅读障碍而失去了再阅读的兴趣。第三，我认为还有一点就是没有描写小人物，是这首诗的一个缺憾。战争的主体是士兵，战争不是帝王的战争、将军的战争，而是广大士兵、民众的战争，因而战争文学的一个重要意义，就是要展现士兵、普通百姓在战争中的境遇、命运、心灵感知和灵魂隐秘，这样也更符合对战争中人性的全面剖析。一家之言，供参考。

主持人：谢谢熊焱的真诚建议。下面有请四川省检察院政治部主任、四川省检察官文联主席、诗人刘红立先生发言。

刘红立：物质的钓鱼城能存在多少年，精神的钓鱼城就会存在多少年

我就一句话，我今天实地去听了考古学家的解说，又参加了这个研讨会，一句话就是物质的钓鱼城能够存在多少年，那么我们精神的钓鱼城就会存在多少年，或者还会比物质存在的时间更长。晓梦这本书就是物质和精神的融合，所以这部长诗是会长久地存在下去。祝贺晓梦。

主持人：谢谢红立。下面两位嘉宾的发言，系会前通过微信发给晓梦，我这里简单念一下。

诗歌批评家、北京师范大学中国当代新诗研究中心主任谭五昌：赵晓梦的长诗《钓鱼城》以诗人故乡的一座历史名城作为书写对象，诗人以历史见证人的身份与心态重新叙述宋元之际一段血与火的惨烈战争史实，穿越千年时光的出色艺术想象，如临其境般的真实细节描写，呈现了一幅极具中国历史文化色彩的战争与和平的壮阔画卷。宏大叙事与个体抒情的有机融合，历史意识与生命体验的互渗互补，让一段沉重残酷的历史充满了人类心灵的体温，成就了一种血色浪漫的审美特质。这是赵晓梦近年诗歌创作中少见的既厚重大气又灵性充盈之文本，于诗人的创作生涯而言，可以说具有某种里程碑的意义。

诗人、重庆师范大学美术学院党委书记、教授刘清泉：我认为抒情是未来中国长诗的唯一正确走向！叙事不过是抒情的手段而已。为此，必须回答三个问题：如何把长诗写短，把大诗写小，把史诗（主要是有关生死的长诗，也可称"死诗"）写活。正好，赵晓梦的《钓鱼城》在写作实践中精准地给予了回应，堪称蓝本甚至范本。

主持人：下面有请中国作协副主席、书记处书记、诗人吉狄马加先生给今天的研讨会做总结。

吉狄马加：非常高兴，刚才大家谈了一些很好的意见，很多意见对赵晓梦进一步完善修改这首长诗是很有帮助的。其实开这样一个研讨会，我觉得最重要的还是要从赵晓梦的这首长诗文本出发，另外一个就这首长诗本身的得失谈一些建设性的意见，我觉得这是最重要的。

我想，开这样的研讨会，大家就是在探讨长诗的写作，探讨长诗在语言、在整体的结构，包括长诗在当下的写作处境，从文本上有哪些东西是长诗的优势，是别的文体不可代替的？我觉得还要创新。已经经典化的，我们看了20世纪以来的长诗，对我们来说是有启发的，但是我个人认为，怎么面对现代汉语写作，尤其是现在写作的水平、诗人本身的写作能力和过去相比都有很大的提升，怎么样更理性，对一些长诗的写作从精神层面、语言层面、形式层面上更好地探索，这可能才是更有意义的。

另外，我想今天大家谈了很多有关长诗的建议，包括有一些对长诗的评价，我个人认为赵晓梦这个诗还可以做一些完善，我想他会把文本做得更好，这也是我的一个期待。

总之，一个是向研讨会的成功举办表示祝贺，另外也要向刚才各位发言的朋友们表示感谢，特别是对合川区委区政府，以及对重庆师范大学涉外商贸学院的感谢，因为有大家的支持研讨会才能成功。我想对于赵晓梦的长诗，《钓鱼城》给我们提供的话题，实际上是更好地利于我们来推动当下诗歌的创作、来推动长诗的创作，我相信今天的发言都是有意义的。

主持人：谢谢马加书记的总结。今天下午的《钓鱼城》研讨会圆满结束，谢谢大家！

新时代长诗写作的精神向度

——在《钓鱼城》合川研讨会上的总结讲话

◇ 吉狄马加

非常高兴。其实大家谈了很多很好的意见，就像我刚才说的那样，开这样一个研讨会，我觉得最重要的还是要从赵晓梦的这首长诗文本出发，就这首长诗本身的得失谈一些建设性的意见，我觉得这是最重要的。

刚才大家谈了一些很好的意见，对赵晓梦进一步完善修改这首长诗是很有帮助的。其实这种长诗通常也需要不断地进行修改完善，在中外诗歌史上有很多长诗实际也在不断修改，有些长诗甚至到了最后出版的时候还在修改。

我想谈什么呢？为什么说大家对赵晓梦的长诗有这么多话来说？最重要一点，现在长诗的写作确实应该形成一些基本的认同，每个人可能有不同的看法，但形成基本的认同很重要。就像刚才大家说到的那样，实际上现在长诗写作，我认为在今天文学分工更详细以后，其特殊品质是别的一些文学类型不可替代的。20世纪以来我们看到的那些最好的长诗，现在几乎已经都成为经典，比如帕斯的《太阳石》是大家公认的一首在结构上非常成功的长诗，像艾略特的《荒原》，埃利蒂斯的《献给在阿尔巴尼亚牺牲的陆军少尉的英雄挽歌》等，都是长诗中的精品。

我在多个场合说过这样的话，现在的长诗最难的并不是对内容的呈现，而是如何将这些内容放入一个合理的结构中，所以说，要写好一首长诗，其结构和形式有时候甚至要比别的因素都更重要。当然这并不是说要忽视诗歌的思想性以及丰富的内涵，现在我们经常看到一些刊物和出版社出版的长诗，大都是无数的短诗集合在一起的，根本就谈不上有什么结构。所以我说20世纪以来那些经典诗人的长诗，给我们提供的就是标准的范本，就创新来说，我们只能向他们学习，而不能简单地步其后尘，对范本的学习，主要是学习他们成功的经验，而不是重复这些经验。

第二个方面，也是刚才大家谈到的，一首长诗是需要气韵的。如果一首长诗是不断打断的气韵，没有形成一个完整的整体——气韵上的整体、节奏上的整体，甚至形式上的整体，这首长诗我个人认为不一定是成功的。所以非常有意思的是，20世纪以来的长诗很少超过一千行，基本上是在四五百行，六七百行。有一些文本，我们不作一般的判断，比如有一篇文章叫《现代俄罗斯的史诗和抒情诗》，我认为这篇文章很值得一读，因为我们很长一段时间都会对一些经典诗的认识，由于不同的政治形态等原因，对这些诗人作出不同的评价，有些评价完全离开了本来的文本。这篇文章很长，大概两万多字，我们已经请人翻译，很快《诗刊》要登载（已刊于《诗刊》2019年8月下半月刊"茶座"栏目，编者注）。扬尼斯·里索斯的《希腊人魂》当年也是五百多行，他把诗歌作为一种反抗工具，来表达人类的精神意识，他是一个非常伟大的诗人。

赵晓梦的《钓鱼城》让我很感兴趣的地方，一个正是这首长诗的气韵，另一个是它告诉了我们当代诗人如何依托重大历史事件写作。我首先要向赵晓梦和他的《钓鱼城》表示祝贺，这两点都非常好。现在我们对重大历史事件的文学书写，包括我们对一些文化遗产、包括在更大的精神背景依托下的长诗写作，有的时候是需要契机的。所以对晓梦的长诗我们要延伸来谈这个话题。客观地说，这部长诗具有他自己作为诗人主体的精神。我想我们之所以是诗人，我们必须赋予我们所写的这个事件、这些人物以意义，而使它提升到一种精神的高度，这是诗人的责任，否则的话他就是一个考古学家或者一个历史学家。诗人与历史学家、考古学家最大的不同点，就是诗人会在他所描绘的历史事件中注入他的精神，而这个精神是需要形而上的东西，所以这是赵晓梦这部长诗的可贵之处。

另外，我在序里面也谈到了，如果从更高的角度来看，赵晓梦在长诗的结构、气韵的连贯性等各个方面做了很深的探索，也做了很多努力。如果认真去读《荒原》，仔细去读它的文本，你就会发现这种清晰度，它的节奏前后呼应，整个文本上的、形式上的前后连接，让你一目了然，但这种情况实际上也不是偶然形成的。当然，一个诗人在写一首诗的时候，可能最后出来的结果未必是他最早预想到或者设计好的，这就是诗歌创造上的奇妙。所以从赵晓梦写的诗，尤其是《钓鱼城》给我们一个启发，就是我们怎么能对当下的长诗创作进行一些思考。

有些诗歌我们在看的时候，比如马雅可夫斯基的《穿裤子的云》，包括他在20年代写的《列宁》，绝对是天才作品。我刚才说了，有的贡献可能纯粹是修辞上的，有的则是语言结构上的革命性贡献。这也是为什么他们在对诗人进行评价时，会站在一个更广阔的高度，从语言结构、修辞、节奏等各个方面来判断诗人的成就的原因。就是现在来看《穿裤子的云》，诗的冲击力和语言变化，不管是谁翻译的，我个人认为都是非常了不起的作品。所以我个人认为现在我们在长诗的写作探索方面，虽然非常活跃，写长诗的诗人也很多，但真正哪些诗歌最后可能被经典化，这是需要时间检验的。现在有一些作品给我们提供的借鉴、参照，对我们长诗的写作还是有意义的。

前一段时间我让他们帮我找过一部长诗，作者是希腊现代诗人卡赞扎基斯，长诗的名字叫《新奥德赛》，现在还没办法翻译，写法就像德里克·沃尔科特的长诗《奥梅洛斯》。这个长诗里面写到了很多人，写到了耶稣、写到了孔子、写到了列宁、写到了穆罕默德，还写到了弗洛伊德，诗集的名字之所以叫《新奥德赛》，那是因为他想像当年荷马写史诗《奥德赛》一样。我看了一些小的片段，虽然叙事性很强，但在形式上已经完全不同于荷马史诗。卡赞扎基斯后来与一个美国翻译家合作，把这首长诗从希腊语翻译成了英语，在美国用英语出版。我想说的意思是，现在这种长诗不可能再像过去历史上所谓的英雄史诗（我所说的英雄史诗是过去古典的英雄史诗写法），现在的很多讨论、包括很多对长诗的看法，实际上很不一样。但是我个人认为，现在确实有一部分诗人有这样的抱负，也确实写了很多很好的长诗出来。

我想开这样的研讨会非常有意义。无论是大家刚才对赵晓梦《钓鱼城》文本的研讨，还是对当下长诗写作的探讨，都谈了很多很好的意见和建议。对赵晓梦本人而言，我希望他在听取专家意见后把文本做得更好更完善；对当下的中国诗坛而言，大家今天的探讨无疑对推动诗歌的创作、推动长诗的创作都非常有参考价值。

即席发言，2020年6月10日改定

〈作者简介〉

吉狄马加，中国当代最具代表性的诗人之一，同时也是具有广泛影响的国际性诗人，其诗歌已被翻译成近四十种文字，在几十个国家出版了八十余种版本的翻译诗集。主要作品有诗集《鹰翅与太阳》《身份》《火焰与词语》《从雪豹到马雅可夫斯基》《大河》（多语种长诗）等。曾获中国第三届新诗（诗集）奖、郭沫若文学奖荣誉奖、肖洛霍夫文学纪念奖、南非姆基瓦人道主义奖、欧洲诗歌与艺术荷马奖、布加勒斯特城市诗歌奖、波兰雅尼茨基文学奖、英国剑桥大学国王学院银柳叶诗歌终身成就奖等。创办青海湖国际诗歌节、青海国际诗人帐篷圆桌会议、凉山西昌邛海国际诗歌周以及成都国际诗歌周。现任第十三届全国人大常委会委员，中国作家协会党组成员、副主席、书记处书记。

梦想之翼：诗人穿越历史之隧

◇叶延滨

　　这首诗我最早是在《草堂》上读到的，读到以后第一个感觉是，赵晓梦胆子太大了，整这个玩意儿。我当时第一个想法"可能死定了"，读到后边我觉得赵晓梦自称"梦大侠"，还是有一点道行在里面，能够把历史和石头关联起来。所以我非常有兴趣来听听各位专家的意见，同时来参加这个会前又把有关评论读了，昨天一上午又把这个书重读一遍，非常有感触。

　　赵晓梦作为一个诗人对自己家乡最值得骄傲的历史文化，用自己的心血去书写，叫作长诗也好、大诗也好，献上一个纪念碑式的东西，如果这样的东西，就像刚才侯书记说的一样，不是引进一个项目或者是投资一个建筑，而是为家乡的文化献上一个结结实实的东西，无论人们对它的看法怎样，都不可能绕过去。赵晓梦的《钓鱼城》是用诗歌为这段历史作出他自己的一种发言。为自己家乡做这件事情确实要有赤子之心，要有对家乡刻骨的热爱，才能下这样的功夫去完成这件几乎不可能完成的事情。

　　另外，前段时间赵晓梦把他这几年的短诗编成诗集《时间的爬虫》，请我作序，我看了也写了，对他这几年的创作有一个大概的了解。我觉得赵晓梦作为一个诗人，除了对家乡做出贡献以外，就像今天吉狄马加讲的一样，他对当今诗坛扔下一个很大的石头，让大家思考新时代长诗写作的精神向度。当然今天的诗坛比以前确实有了很大的发展，人人都在手机上发表诗歌、人人都评论诗歌，写诗和不写诗的人都在当评论家。在这样的情况下，中国诗坛确实是空前的繁荣，也空前的热闹。同时，诗歌也有非常多的泡沫、非常扁平，让我们感觉到一片雾霾的状态。我觉得赵晓梦这首诗，一下扔下这个石头，让我们感觉到诗歌确实还有大道，写诗确实还要守正，要守住诗歌的本原和每一个写作者自己的初心，这种大道守正的心，才对得起我们千年诗歌大国的传统。

所以他这两个奉献，对诗歌也好、对他的家乡也好，都是非常有意义的。同时，赵晓梦通过写《钓鱼城》这个诗，罗列了他自己的语言，对他自己的写作也是极有难度的，也是一次冒险，这首诗的出现对我们来作研讨是非常有意义的。这是我想讲的第一个方面。

第二个方面，我想讲他这首诗的成功和值得我关注的地方。当时我觉得他冒险的地方有两个，一个是钓鱼城，尽管今天大家觉得它是一个有定论的事件，尽管大家讲钓鱼城改变了世界的历史，但是钓鱼城这场战役作为实证的东西确实不多。今天我去看了才让我原来的一个疑问得到了解决，他们都讲钓鱼城坚守了三十几年，我想这么小一个地方怎么坚守三十几年，进攻这一方实在太傻了，围着不打就把他们困在里面饿死了？今天看了以后才发现，我们钓鱼城的概念实际是被缩小、误导了，它其实是一个很完整的防御体系。写这样一个历史，赵晓梦没有去澄清或者说明，他并没有解惑的意思，没有去讲故事。另外，他也不是在评价这段历史，评价这段历史是很困难的，比如今天早上考古专家说了这是宋元之间的战争，这样的战争评价是很困难的。钓鱼城前半段叫坚持精神，后半段叫维护统一、顾全大局，因为朝代已经变为元朝了，你还为一个消失的王朝固守，这个东西很麻烦的，前半段和后半段不一样的，这些东西都很难讲的。但是，钓鱼城精神是毋庸置疑。在这种情况下赵晓梦没有去评说，我觉得他太聪明了，他到底是搞媒体的，知道哪个地方有地雷，他不去踩，尽管踩了很英勇，但他不踩地雷。

他写的什么呢？他写了诗人最能表达的：人的命运和人的灵魂，这就是他的长处。他写了九个人，这九个人中间又分为三组，进攻方、固守方，最后一个退守或者叫妥协方、和平方。而且把进攻方表述在了前面，我觉得这也是有道理的。当然这场战争我不评价，是两个朝代的换代。在这个时候我们在这场战争中客观来讲看到的是一种对人性的绞杀，包括进攻者他们的人性，他们中间的苦恼，赵晓梦在这上面发扬了他的长处。这就是开掘人性，写出人性的复杂、悲凉，甚至命运的不确定性，最厉害的、最强大帝国的蒙哥汗（皇帝），就那么一块石头解决了。钓鱼城的一块石头就把这个历史转过去了，真是不得了的事情，具有不可预测性。我们诗人就是去探讨我们的内心、我们的灵魂所不可预测的命运，这是非常聪明的切口。这个切口很难切的，这样一个重大的事件中，这刀怎么切下去、怎么去组织？赵晓梦切了，切成九块，而且还很均匀，进攻方他写了三个，固守方的三个，然后求和的三个，他们各自的命运，这样就把一盘棋摆了上去，结构就形成了。而他把一个诗人的所长表达出来了，诗人就是探索人的命运。考古学家也不能说赵晓梦的考古是不行的，他没有这样想过。所以我觉得他的切入点很好，在这样重大的事件中，他选择了三方关键人物内心最值得去探讨和想象的，一个诗人的想象空间就在这里展开了。

另外，在赵晓梦的诗歌中有一种内在的探索，同时也有最强烈的时间观念，这种时间线索在他对时间和灵魂的拷问中不断交错进行。这九个人通过时间串联了起来，串成了进攻、固守、求和的过程，同时在他们的命运中间，他们的命运最后是有时间的，这条线索把毫不相关，甚至有复杂背景的九个人用时间串联起来了。

再有，这首诗可能会被很多人高度评价，也可能会被很多人质疑，因为它作为一种长诗结构上确实有很大的不同。一个普通的读者读下去，中间有很多岔道，没有指路、没有路标，这个人直接跳到那个人的想法，读者肯定会有一些阅读困难。但成功的是赵晓梦在写这些的时候，他的语言上确实是为我们提供了一个警示，比如诗人的语言应该具有张力，应该具有磁性，并且富于想象，所以今后这些语言的沉淀都会成为整个长诗中间让我们记住的重要的引路路标。比如他写的一些内容都是他自己内心的语言，非常抽象、非常具象，又让人思考。"这是鹰和石头的对峙，需要时间发现对方的软肋"，"用山的形状做成鱼钩"，就是在这种叙事中，他不叫议论，同时他又不是白话的表达，他在叙事中打磨了自己的语言，让这些语言非常有张力、有磁性，提供读者想象的空间。

赵晓梦的诗歌语言如果认真研究的话，会给很多诗者提供给写诗的基本方向。我们有许多需要反思的，我们既要继承传统，同时在创新的时候，我们怎么把活泼的语言变成诗歌的语言，而不要把诗歌的语言变成口号标语，我觉得这是非常重要的思考。在这个时候我觉得非常成功的有很多，我记了一个关键词，叫作命运，他用命运来解惑这个大的历史事件，用时间把这个事件推进，然后中间又用实际的语言、有张力的语言，把他的文字像一块一块的石头砌成了属于赵晓梦的《钓鱼城》。

即席发言，2020年6月5日改定

〈作者简介〉

　　叶延滨，当代著名作家、诗人，正高二级专家，首批国务院政府特殊津贴获得者，现任中国作家协会诗歌委员会主任，中国作家协会全委会名誉委员。1978年由西昌考入北京广播学院新闻系，大学期间被吸收为中国作协会员。曾先后担任《星星》诗刊主编、北京广播学院文学艺术系主任、《诗刊》主编。历任中国作家协会第六、七、八届全国委员会委员。已出版个人文学专著五十多部，作品自1980年以来先后被收入了国内外五百余种选集以及大学、中学课本，部分作品被译为英、法、俄、意、德、日、韩、罗马尼亚、波兰、马其顿文字。代表诗作《干妈》获中国作协优秀中青年诗人诗歌奖（1979—1980），诗集《二重奏》获中国作协第三届新诗集奖（1985—1986），有诗歌、散文、杂文获四川文学奖、十月文学奖、青年文学奖等五十余种文学奖。

《钓鱼城》是诗人精心组织的一场战役

◇唐晓渡

　　我研究长诗持续了三十年，从20世纪80年代开始，到1992年就开始编长诗，到现在三十年。我没有做过统计，不知道出了多少部长诗。这也意味着长诗在被探索，当然当代是很难评价当代的，我们说照这样写下去一定会出现大作品。

　　最早给我们在长诗写作的可能性上提供了启示的，是如埃利蒂斯《理所当然》这样的作品。北岛曾经说过长诗是不成立的，但他后来自己也开始写，说明长诗还是有一种巨大的感召力。它有一种召唤的力量，长诗的特殊性是有巨大元素的召唤和伟大的材料，这两个是长诗的基本要素。

　　长诗毕竟是一个经过长期策划的战役，不是脑袋一拍就能写一首长诗，当然也可能有人有这样的能耐。因为它是诗人精心组织的战役，所以它要处理自发和自觉的关系，一首诗要没有自发性，就会失去文本的质感。可是它要是太自觉会压抑，怎么在这之间达成一个平衡，发挥这个张力是很难的。而赵晓梦的《钓鱼城》非常好地解决了这个问题。

　　其实大家都注意到了，晓梦很聪明，他说他花了很长时间，想破了脑袋想出了这种结构，因为你不可能去正面还原钓鱼城之战的过程，这是干不了的事情，但是怎么表现呢？最后晓梦说他想出了用九个人物，实际是由九个人独白构成的长诗。他本身不是在塑造人物，但实际也是通过揭示类型在塑造人物，他们的语言我读起来很像诗句，这种结构就解决了自发和自觉之间的冲突。

　　这里面有两个人物我觉得特别有意思，一个是出卑，因为晓梦的原因我这次看了一些资料，我没有看到这个人物，后来我去查了是蒙哥的第三个皇后，这个人物实际是跟他一起来出征的，她本来不是钓鱼城之战的一个主角，但是她在里面的作用明显。诗歌提供了进攻、固守、求和三方，出卑提供了非常柔性的思想。还有就是熊耳夫人，我知道好像有一个歌剧就是以熊耳夫人作为主角写的。熊耳夫人在这首诗里面的功能恰好也是可以和出卑形成对照，她不是国家的符号，她是一个女人。所以这里面既有历史的塑造，同时又有对话，人物的设计本身就是一种对话关系，这个很好。

刚才延滨也说到时间，不仅仅是说这首长诗的跨度，而且是每个人的开头都是"再给我一点时间"，它有一种内在的焦虑，时间不够用，但这实际是在忍耐当中无比漫长和充满了痛苦、折磨的一段时间。而且每一个人的"再给我一点时间"内涵是不一样的，有不同的诉求，有不同的遗憾，这又构成了一种内部不同主题的探讨，每个人都提供了不同主题的可能，忠诚与背叛、苦难与担当，诸如此类。这里面最有意思的就是钓鱼和被钓鱼，这首诗当然是一首为钓鱼城之战立传的诗，可以说是一种精神立传，具有艺术性。钓和被钓就像石头和鱼的关系，鱼和石头的关系发生了反转，钓和被钓的关系也发生了反转，这里面更多体现了诗歌的力量。

结构和语言方面，晓梦的语言通篇都使用了一个调性，这个是很难的。我脑子里过了一下这些年的长诗，大家其实都发现难度在于你要把语言的力量一直保持住，短诗很容易，长诗太难了。晓梦是一个节奏写到底的，但我读的时候基本没有觉得乏味，我基本是一口气读完。我觉得可以称为"永续调"。中国实际以前是诗史固正的，长诗只不过是史诗换了一种说法。我专门也谈过史诗在当代的变化，不是以印度诗作为模板的史诗。而晓梦的这首长诗，实际上所谓一切历史都是当代史，我们在处理历史题材的时候，一切历史的事都是当下的事。

最后，我简单说一下，晓梦这首诗有一个贡献所在，就是它有一种强烈的自我相关性，这又溢出了一处我们通常认为不属于史诗的地方。晓梦自己也说到了他写作的过程，我昨天特别担心，我怕晓梦这首诗是一个项目。他说完全是他自己自发写的。晓梦在后记里面讲到了和当年战争的相似性，这种天气、这种纠缠、这种疾病等等，这是一个层面，最重要的是这里面除了他全身心投入进去，他还有一个写作的身份和写作的因素，很有意思。因为一开始我读的电子版，我也不知道谁在说话，我是后来自己梳理出来的，我就发现这里面有九个声音。后来我就觉得晓梦为什么要这样分节呢？分一、二、三章里面又连续分节，每个诗行也不一样，后来我想他是有九个声音的。那诗人的声音在哪儿？我读到汪德臣那一段，关于鞭子和石头那一节，我很奇怪——这是诗人本身（的声音），因为诗人某种意义上他的工作也是"上帝之鞭"，你的良知和内心的表达欲望，语言的欲望，在这个鞭策下工作。还有余珧出走和回归这种困境中的窘迫，这其实都是诗人当下的元写作。

在一部长诗里，同时又出现了元写作，这是这首诗长诗的特点。

即席发言，2020年6月5日改定

〈作者简介〉

唐晓渡，诗歌批评家。江苏仪征人，1982年1月毕业于南京大学中文系，曾任中国作家协会《诗刊》编辑、副编审，现为作家出版社编审。中国作家协会会员，北京大学新诗研究中心研究员，海南大学、扬州大学文学院兼职教授。1981年开始发表作品，主要致力于中国当代诗歌，尤其是先锋诗歌的研究、评论和编纂工作，兼及诗歌创作和翻译，著有诗论集《不断重临的起点》《唐晓渡诗学论集》等，译有米兰·昆德拉文论集《小说的艺术》等，主编"二十世纪外国大诗人丛书"多卷本、《灯芯绒幸福的舞蹈——后朦胧诗选》等十余种诗选。

《钓鱼城》是对历史的书写，也是一次文学的创造

◇宗仁发

在我过去的经验中，用诗歌抒写历史题材，作者是很难写明白的，往往通过描述一下历史事件，然后再来点比较生硬的"升华"，这就不可能有让人感兴趣的东西在里面。但是，我读了晓梦的长诗《钓鱼城》，确实受到了震撼，写得真是不一般。

我想，《钓鱼城》中是不是有这么几个方面问题可以进一步探讨：

第一，关于文学和历史的关系怎么理解。晓梦在写《钓鱼城》之前做了那么多功课，搞了那么多研究，除了因为他是合川人，对家乡有深厚的感情之外，还有很多属于学术上的研究，而做完这些研究之后，他采取的方式是舍弃或者说放弃了很多东西。他并不是被这些历史事件纠缠不休，然后迷失在里面，找不到自己解决写作问题的方向，他不是这样。他是很坚定地找到了他自己写作需要的一个独特东西之后，把有可能干扰他写作的部分果断抛弃掉了。我是觉得文学和历史在这个文本里又有一次全新的汇合，按当代历史学家的一些新的理念，他们也把文学作为史料的一个组成部分。

美国的一位学者写过一本书《历史学家的三堂小说课》，其中有个重要结论就是：在一个伟大的小说家手上，完美的虚构更能够创造出真实的历史。文学创作出历史，他认为是真实的。包括胡适的弟子唐德刚写《晚清七十年》，也是借鉴了文学的方式，他把自己称作历史的说书人，把历史当作一个文学描述的对象。历史的文本实际也是一种文学的文本，倒过来说也一样。当然，《史记》大家都知道，鲁迅称之为：史家之绝唱，无韵之《离骚》。我们也都知道，文学和历史在中国过去的各个朝代都是不分家的。现在，文学和历史这两个学科上，也是

有一种互相致以敬意的方式，一些文学家对历史也是非常敬畏的。茨威格认为，历史是真正的诗人和戏剧家，任何一位作家都别想超过历史本身。我觉得晓梦的文学观、历史观在这些方面都非常合适、合理地把握了尺度，然后他在这么一个尺度下，来面对、认识钓鱼城这一段历史。这是我认为这首长诗能够成功的第一要素。

第二，《钓鱼城》这首长诗重点写的是人，不是执着于事件。而且每个人物内心中最纠结的部分是什么，诗人都找到了。蒙哥就不用说了，包括守城的人也不用说了，包括汪德臣这位攻城队伍中那样一员大将，有一句诗说："我所谓的天赋就是鞭子给予的尺度。"在蒙哥的指挥下，你个人再有能力也没有办法，不可能由你来左右局面。所以把历史现场中，每个人内心最纠结、最悲凉、最困难的那些东西，都找到了，就把这些东西写出来，这个作品就完成了。

第三，晓梦对历史和人两方面都有深入思考。包括刚才谈到的钓和被钓的关系，包括人的命运，包括人和自然。有趣的是《钓鱼城》里面写到了战争与天气的关系。下雨、干旱都是和战争的结果有密不可分的关系的。当然，更重要的是，人在自然面前，你能够左右和做到的东西是非常有限的，但有可能就是这部分有限的东西决定了历史的走向和命运。大家都知道的滑铁卢战役，格鲁希将军的三分钟决定了战役的胜负。《钓鱼城》中的人物蒙哥的决定，也决定了这段历史。

今天来讲，我们每个阅读这首长诗的人，在阅读过程中就不仅是阅读历史事件本身，而需要由此引发出对自己、对命运、对时代、对现实的新思考。如果不是着迷于这些思考的话，这个长诗就没有很好产生现实意义。我们还原历史干什么？不是为了还原而还原，"一切历史都是当代史"，肯定是为了我们对人、对命运、对现实有更深入的理解。

当然，《钓鱼城》是对历史的书写，同时它也是一次文学的创造，更可贵的是它还包孕了很多思考的种子。

即席发言，2020年6月2日改定

〈**作者简介**〉

宗仁发，1960年11月出生，吉林辽源人。现为中国作家协会全委会委员，吉林省作家协会驻会副主席，长春市作家协会主席，《作家》主编、编审。著有文学评论集《寻找"希望的言语"》《陶罐·路灯·纪念碑》，诗集《追踪夸父》，随笔集《思想与拉链》等。

长诗《钓鱼城》为神奇钓鱼城增添魅力

◇邓　凯

　　《钓鱼城》前后读了三遍，第一遍仿佛置身于双方激烈交战的现场，读得有些透不过气来，一是因为对这段历史不熟悉，诗中不断出现的"我"需要一一甄别身份；二是常常为诗中人物在生死攸关时的艰难抉择而感同身受。第二遍、第三遍就越读越轻松了，就像水落而石出，就像树叶褪尽绿色，只剩下叶脉，这首长诗的筋骨也越来越清晰。

　　一首长诗的筋骨一旦变得很清晰，它的结构的优劣就一目了然了。现在市面上的长诗很多是短诗的合成，缺少一种内在的贯通的气韵。一首优秀的长诗，很多章节是可以独立成篇的，就像一座美轮美奂的巨大建筑，每一处细节，甚至一个好的意象，都有足够的自信独当一面，擎天一柱，自成一体；但把几十上百首短诗像搭积木一样拼在一起，是不可能拼起一首气韵充盈、上下贯通的长诗的。这是一个不可逆的过程。《钓鱼城》很机智地规避了这个陷阱。攻城、守城、投降，三个部分环环相扣，既忠实于历史，又给长诗的叙事结构立下了四梁八柱。这是《钓鱼城》第一个重要的特点。

　　其二，我觉得《钓鱼城》具备了史诗的品格。关于史诗的品格，按照恩格斯的定义，需要具备"三个要素"。一是有历史内容，二是有思想深度，三是有生动的情节。那场整整博弈了三十六年的钓鱼城之战，堪称战争史上的奇迹。除了令人称奇之外，还有很多令人费解的地方。为了尽可能还原那段历史，晓梦在自述中说："我开始了长达十余年有意识的准备，有关钓鱼城、有关两宋、有关蒙古汗国和元朝的书籍与资料，收集了几百万字之多。书柜里的书码了一层又一层，电脑里文件夹建了一个又一个，但那城人仍然在历史的深处捂紧心跳，你能感受到他们的存在，却无法让他们开口。"我想，这是一种诚恳的负责任的对待历史的态度。诚恳地对待历史，历史也会投桃报李，也会呈现更多的细节。在基于大量史实的研究、甄别、挑选之后，把这些材料置于一个结构合理的容器内，再以充沛的诗意和理性来统领。从这首长诗中，我们可以读到存在和虚无，读到胜利和失败，读到光荣与耻辱，读到勇敢与怯懦，读到忠诚与背叛，读到果断与犹疑，读到光明与黑暗，读到性格与命运，等等，《钓鱼城》为我们展示了不一样的丰富与深刻。当然，诗歌不等同于历史，在这首诗中，九个人：蒙哥、出卑三、汪德臣、余玠、王坚、张珏、王立、熊耳夫人、李德辉，自说自话，面对历史的质疑，交出了各自的灵魂自辩状。因此，《钓鱼城》既是一部战争史，也是一部个人的心灵史。

其三，这是一次充满雾气的写作。我们把了解历史、还原历史比作拨云见日，但有谁真正能够穷尽历史？正如晓梦在自述中说："历史已成过去，我们只能无限地去接近它，而不能武断地认为我们掌握的就是历史。用今天流行的一句话说：有图未必有真相。"历史的真相，只有那块石头知道，只有滔滔江水知道。晓梦生在钓鱼城，对童年的他来说，那场七百多年前的战争，就是一团嘉陵江上的迷雾，那个被女老师说成是"红颜祸水"的美丽的熊耳夫人，更是一团令他神往的迷雾。他在这团迷雾的笼罩中过了三十来年，终于过不下去了，因为那块石头一直在他的心里躁动，因为他一直想撩开历史的面纱，所以花了十年时间"上穷碧落下黄泉，动手动脚找东西"。当他开始动笔的时候，我相信他是自信的，他是笃定的，因为历史不会亏待一个诚实的人。晓梦写这首长诗的过程，让我想起西西弗斯推石上山：写完钓鱼城，晓梦以为他与那块石头达成了妥协，然而，正如他的自述："放下笔的身体里，钓鱼城的石头还是没能搬走。"嘉陵江上的那团迷雾依然挥之不去，这也许是诗人的存在的价值和宿命。

祝贺《钓鱼城》问世。这首长诗，我感觉是近年来众多长诗中的一个优秀文本，它将为钓鱼城这个神奇的地方增添魅力。

即席发言，2020年6月7日改定

〈作者简介〉

邓凯，湖北人，被中国人民大学中文系免试破格录取，文学硕士。少年时代开始写作，作品散见于《星星》诗刊、《诗歌报月刊》《诗神》《诗潮》《飞天》《新华文摘》等，并入选教材和选本若干。后从事新闻工作，现为《光明日报》文艺部负责人，高级编辑。数次获中国新闻奖。国务院特殊津贴获得者，全国文化名家暨"四个一批"人才。北京师范大学新闻与传播学院兼职教授，封面新闻人文智库专家。中国作家协会会员。

《钓鱼城》对新时代诗歌创作有借鉴意义

◇刘笑伟

  《钓鱼城》在《草堂》诗刊首发时，我即拜读了，后来出了单行本后，我又再次认真阅读，感受比较深的有以下几点。第一，正因为钓鱼城值得书写，所以晓梦"钓到了一条文学的大鱼"。钓鱼城被称为"上帝折鞭处"，是一个改写历史的地方。在中国历史上，能够被称为改写历史的地方并不多。举个例子，赤壁之战的赤壁，就是改写历史的地方。因为赤壁之战，吴蜀联合在水上战败曹魏，才使三国鼎立的局面得以形成。所以赤壁这个地方留下了很多文学作品。无疑，钓鱼城之于历史的意义，比赤壁显得更宏阔，更曲折，更幽深，也更博大。因此，晓梦选择这个题材进行创作，我认为本身就是一种文学题材选择上的成功。

  第二，晓梦对钓鱼城进行了成功的书写，使这座城"咬上了诗意的鱼钩"。我这样说是有根据的。首先长诗《钓鱼城》的结构就很独特，是深思熟虑的结果。一般长诗的书写选择的是正面强攻的方式，而晓梦放弃了这样的书写，通过九个人物的内心独白，写出了一段震惊中外的历史。这是一次文学上的冒险，类似于诗歌创作的"诺曼底登陆"，取得了成功的"战果"。三个章节，九段独白，以文学的、诗歌的方式，而不是历史的、记叙文的方式，书写了一座城。还有，这部长诗的语言也很考究，一读便知是反复锤炼的结果，这里就不展开讲了。总之，长诗《钓鱼城》是用诗歌雕刻出的一座艺术之城。

  第三，长诗《钓鱼城》的文学范本和精神意义值得深入挖掘。我认为，长诗《钓鱼城》对于新时代诗歌创作是有借鉴意义的。在相当一段时间以来，诗人们回避时代，回避英雄，造成了诗歌创作精神气象上的"一地鸡毛"。诗歌创作的精神格局和气象变得十分狭小，诗歌创作成了喃喃自语，成了脑筋急转弯，成了文字上的"抖机灵"。长诗《钓鱼城》给新时代诗歌创作的启示,正在于诗歌的精神气象要宏大,要雄伟。这个时代,既需要花花草草,更需要高山大川。长诗《钓鱼城》就是矗立在诗坛上的一座山,很厚重,连绵起伏。

最后一句,风景名胜会因为文学插上翅膀。在中国历史上,亭台楼阁何止千万,但人们能记住的就是醉翁亭、幽州台、岳阳楼、滕王阁等。为什么?就是因为有《醉翁亭记》《登幽州台歌》《岳阳楼记》《滕王阁序》。因为有了像这样的文学作品,这些地点数千年之后还能焕发出精神的光芒,让大家记住它。我想,《钓鱼城》也会为我们留下一座城,一座文学之城、诗歌之城。

即席发言,2020年6月9日改定

〈作者简介〉

刘笑伟,1971年出生,河北石家庄人。中国作家协会全委会委员、军事文学委员会委员,现任《解放军报》文化部主任,大校军衔。先后出版诗集《美丽的瞬间》《表情》《想象力》《歌唱》《刘笑伟抒情长诗选》《强军强军》,长篇纪实文学《梦醒时分》《世纪重任》《震撼世界的和平进驻》《家·国:"人民楷模"王继才》,长篇纪实散文《又见紫荆花儿开》《情满香江》《边走边看》,长篇政论体散文《中国道路》等近二十余部著作。曾获第七届、第九届全军文艺新作品奖和第十一届全军文艺优秀作品奖,全军抗震救灾题材文艺作品评奖优秀作品奖,多次获得《解放军文艺》年度优秀作品奖。2009年被《诗选刊》评为首届"中国十佳军旅诗人",2017年在新诗百年全球华语诗人诗作评选中被评为"百位最具实力诗人"。

长诗写作一个可资参照的例证

◇姜念光

对于赵晓梦的长诗《钓鱼城》，各位评论家和诗人们就其结构、体式、语言和风格已经有了非常具体的全面的评说，我就从一个读者和一个较多涉及同类题材的诗歌同道的角度，谈几点我的看法。

首先，这部作品给我很大的内心冲击，这种冲击来自一种文化气质和精神力量的充分彰显。作为一位诗人的心力之作，这部作品固然有着独特的个人色彩，同时在这种个性之中，又涵纳了丰富的历史文化与地域文化内容，包含着强烈的精神意味和心灵动力。我一直视川渝为一体，它的文化中有一种奇崛险峻、坚毅卓绝的特质，精神气象有特别磊落的一面、爽朗开敞的一面，又有不辞勤苦与牺牲、勇于承担的一面。有一句话叫作"川人自古不负国"，正道出了那种忠诚豪壮、血性昂扬的性格特点，由此也就不难理解，川渝之人为何能征善战，人杰辈出。远的不说，中国人民解放军的十大元帅中就有四位出自川渝——朱德、刘伯承、陈毅和聂荣臻，而且都是文武兼备，武略指挥若定，文韬章句咸通，有一种奇异的奔放和人生的瑰丽。而读《钓鱼城》这首长诗，我就清晰地、强烈地感受到这种脉传和发扬，被这种热烈、激奋和瑰丽深深打动。

其次，这部长诗写的是一次影响中国乃至世界历史进程的旷日持久的战争，从题材上来说，毫无疑问是一个军事文学作品，但它富有智慧地很好地处理了题材，在开辟此类诗歌的写作空间上做出了卓有成效的努力。战争是人类一种特殊的社会状态，是历史发展的基本动力之一，在历史书写上占有绝对重要的地位，但战争又是非常残酷的，无数财富毁于一旦，众多生灵涂炭。所以在以具体战事作为文学创作对象时，通常便会浓墨重彩于对这种残酷和毁灭的渲染，写战事双方的排兵布阵，写黄昏日暮中前途渺茫的时空感受，写将领与士兵血肉纷飞的阵前生死，而且大多还要更具体地写到兵器、战术、搏斗与战斗的细节——这几乎成为军事题材写作必不可少的征象。如果没有战场经验和对军事的研究与理解，便容易写得空疏荒诞，事实上许多战争文学作品，涉及这部分内容的也多是凭空想象，看起来热闹丰富，实际上虚假空泛。而赵晓梦在作品里避开了这个套路，很好地把这个问题放下了，非常聪明地直接突破了军事题材的坚硬外壳，而进入历史与战争的人性层面——实际上，战争最深的根源与最激烈的活动，存在于人的生命的本体。这个作品虽然超越了具体的战争细节，超越了具体的流血牺牲，超越了胜负，超越了这个题材，但它仍然确凿无疑是一部军事文学作品，我在阅读中仍能见到金汤之城池、玄铁之利器，视野里仍有战云笼罩，仍有矛盾互现，杀伐相交。

再次，这个作品给当代汉语长诗写作提供了一个可资参照的例证。应当说，所有的诗歌写作者都有写作长诗的野心，但真正能写成长诗的并不多。常见的，或者是许多首短诗的集合，其实只是组诗，或者是篇幅很长其实只是拉长的短诗。之所以说写作长诗是一种"野心"，主要在于长诗的难度较短诗写作是几何倍增的。像音乐一样，它不是许多单曲的排列堆叠，而是结构复杂、体量宏大、体式完备的交响曲；像建设一样，它不是一条路的延伸和几栋楼宇的建筑，而是许多交叉的道路和众多亭台楼阁的整体呈现。赵晓梦这首作品诗稿是一千三百行，确实是一首真正的长诗，我阅读的感受是结构很完整，而气息又非常贯通，诗思纵横漫流，心目之间，意气干云。他当然有自己的办法处理结构，但是这种表达的强度，所要维持的那种写作的力量，在我，就是觉得太难了，让人惊讶。

晓梦本人肯定有许多感受，也肯定有他具体的方法，但我认为最根本的还是，作者本人有史有见，胸中风云鼓荡，才有那种持续标榜、辞气俱爽的状态。这也印证了大家提到的作者在作品中所表现出的特质，所谓：赤子情怀，历史眼界，诗人胸襟。

即席发言，2020年6月9日改定

〈**作者简介**〉

姜念光，山东金乡人，先后毕业于某军校军事指挥专业、北京大学艺术学专业。中国作家协会会员。20世纪80年代末开始诗歌写作，作品见于各种文学报刊与图书。2000年参加《诗刊》第十六届"青春诗会"。著有诗集《白马》《我们的暴雨星辰》等，另有散文随笔、批评文章及学术文章若干。曾获第二届丰子恺散文奖，第七届鲁迅文学奖提名。现任《解放军文艺》主编。

"世界历史的紧要关头"，诗人何为?

◇何言宏

　　赵晓梦的长诗《钓鱼城》最早我是在《草堂》诗刊上读到的，读了以后非常兴奋，然后就多方了解钓鱼城的有关情况。说实话，这方面的很多情况，以前并不了解。所以非常感谢晓梦的长诗。发生在13世纪宋朝末期的这场宋蒙之战，诚如晓梦所说的，是一种"历史的紧要关头"，而且还是"世界历史的紧要关头"，具有直接扭转世界历史的巨大意义。一个诗人，不管是其所置身其中的现实，还是其所面对与处理的题材，能够相遇"世界历史的紧要关头"，无疑是非常幸运的。晓梦就有这样的幸运，而且还非常珍惜这一幸运，为我们奉献了这样一部令人荡气回肠的长诗。

　　关于以长诗的方式处理历史题材，尤其是重要和标志性的历史题材，使我想起自己曾经建议过两位诗人朋友，好好写写南京的石头城和夫子庙，我至今还认为这是两个非常好的长诗题材，可惜他们一直没有写，很是遗憾。我以为这方面，还是四川的诗人们做得好。看到晓梦的《钓鱼城》后，这一印象更加强烈。这些年来，对川渝一带久远或近期历史文化的书写，像梁平、龚学敏，都曾有过长诗杰作，现在又有了晓梦的《钓鱼城》，已经构成了一种值得关注的诗歌现象。

　　晓梦诗中钓鱼城的故事，很容易让我想起荷马史诗《伊利亚特》所写的特洛伊战争，而且钓鱼城之战的世界历史意义，显然要大于后者，很有挖掘性。这场战争发生在蒙宋之间，不仅具有文明冲突的意义，还关乎整个欧亚板块格局的变化。蒙古人特别有意思，他们虽然征服了很多国家，但都只停留在武力和版图的意义上，根本不是文明意义上的征服。比如他们到了中东一带以后，很容易就融入了当地的文化。所以，这个题材包蕴的内涵特别丰厚，值得我们充分开掘。至于具体的开掘方式，一种就是用历史写实的方式呈现，拘泥于历史铺排；另外一种方式，就是超越性的写意。晓梦长诗的成功之处，就在于能够对这样一个历史故事进行超越性的写作，在大的框架、人物形象、历史细节的基础上，用现代性的人性价值观、出色的历史想象力和内心独白为主的叙述方式进行多维度的超越，这也是他提供给我们类似题材长诗创作的重要经验。

晓梦给我们的经验，很重要的一点就是强烈的个体性，这种个体性，使他书写这一历史的时候酣畅淋漓、饱满充沛。晓梦的《钓鱼城》为什么从头到尾会很充沛？诗的调性、语言，往往有一种非常自然和谐的气息，像是一曲协奏曲或交响曲意义上的音乐。我以为这源自他的个体性，而且这种个体性的核心，还是他的人性价值观。《钓鱼城》对历史有自己的个体性理解，这是一种以人性为核心、奠基于人性的历史理解。王立和熊耳夫人在最后打开城门降元，实际上就是他不愿意让自己和数十万钓鱼城里的民众"殉宋"，做气数已尽的宋朝的陪葬品。宋乃赵家的天下。唐、宋、元、明、清，一朝一姓，对于百姓来说，兴亡皆苦，所以王朝更迭，不干甚事。这样一来，降元的王立，以民为本，历史紧要关头王立的选择，倒更是一种让人钦佩的英雄壮举。《钓鱼城》贯穿始终的，都是晓梦的人性立场与人性关切。晓梦是以人性来面对、深入和评价"世界历史的紧要关头"的。所以，在世界历史的紧要关头，我们应该坚守人性价值观，我们应该体恤百姓民众，这是晓梦给我们的另一个非常重要的经验与启示。

还有一点，就是其中的时间意识。时间主题实际上是《钓鱼城》中非常值得关注和探讨的重要问题。大家也都意识到了，诗歌中经常会出现"再给我一点时间"这一诗句，主旋律一般地贯穿始终。这种突出时间意识的紧张，这种贯穿性的主题和结构方式，在每个部分、每节诗里面都会以不同的方式来呈现，我们知道，时间意识内在于人性，但也可能超越人性。时间无限，而人，却是有限的。而且这种时间意识发展到诗的最后一部分，是以女性的方式，把时间和历史的紧张给消解掉了。所以这首诗的诸多独白，有攻城方，也有守城方，最后再从女性的角度来结束一切。诗歌中的多种声音，有蒙古人的声音，有汉人的声音，有两个朝代的声音，另外还有性别的声音，这些不同的声音混成交响，而以人性的、女性的方式结束，意味深长。诗歌中的所有人物，都处身在世界历史的紧要关头，当然他们并不自知；诗人和现在的我们，目前所面对的，也是"世界历史的紧要关头"。诗人何为？我们何为？晓梦的经验，值得我们认真思考和学习。谢谢大家！

即席发言，2020年6月18日改定

〈作者简介〉

何言宏，江苏淮阴人，文学博士后。现为上海交通大学人文学院教授，当代中国文学与文化研究中心主任，中国当代文学研究会理事，江苏省文艺评论家协会副主席，江苏省当代文学研究会副会长。主要从事中国现当代文学研究。著有《中国书写：当代知识分子写作与现代性问题》《介入的写作》《知识人的精神事务》等。主编有"中国当代著名作家评传丛书""二十一世纪中国文学大系：2001—2010"等。曾获中国当代文学研究会优秀成果奖等。

第二辑

《钓鱼城》北京研讨会

长诗《钓鱼城》北京研讨会实录

主　　题：赵晓梦长诗《钓鱼城》研讨暨分享会

时　　间：2019年6月9日

地　　点：北京小众书坊

学术主持：青年评论家、《人民文学》编辑赵依

　　主持人：非常荣幸咱们能够齐聚在小众书坊，在端午节假期的最后一天来参加赵晓梦长诗《钓鱼城》研讨暨分享活动。

　　我们都知道端午节是为了纪念屈原而设立的中华传统节日，正如敬泽副主席前些日子说的，咱们在这样一个日子进行诗歌的分享交流可谓是恰逢其时。

　　以诗歌的名义致敬屈原，以诗歌的名义回望历史，传承中华传统文化，是我们今天活动的主题。

　　而我们今天的相聚，源于四川诗人赵晓梦新近创作出版的一部一千三百行长诗《钓鱼城》。这是首部以改变世界历史的"钓鱼城之战"为背景写作的长诗作品，前不久由小众书坊策划出品、中国青年出版社推出，一面世即取得不错的口碑，受到广泛关注。

　　今天的活动也是嘉宾云集、高朋满座。首先请允许我为大家介绍到场的嘉宾和朋友们。（以下略）

　　在嘉宾研讨发言之前，我简单给大家介绍一下赵晓梦创作《钓鱼城》长诗的源起。

　　位于重庆市合川区的钓鱼城是我国保存最完好的古战场遗址。1259年，蒙古大汗蒙哥亲率大军攻打钓鱼城，在当地将士顽强抗击下，蒙古大军不能越雷池半步。"钓鱼城之战"历时三十六年，写下了中外战争史上罕见的以弱胜强的战

例。蒙哥汗亦在此役中身亡，迫使蒙古帝国从欧亚战场全面撤军，世界历史在这里转了一个急弯，钓鱼城因此被欧洲人誉为"东方麦加城"和"上帝折鞭处"。这段历史传奇也因此吸引无数文人墨客感叹书写。在钓鱼城下出生、长大的诗人赵晓梦，用十余年的时间收集钻研史料，写作大半年，创作出一千三百行长诗《钓鱼城》。这部长诗，既是赵晓梦的第一部长诗，也是他对故乡深沉的感情的凝结。他从诗人的角度去感知、表现重大历史事件，用娴熟的诗歌技艺对复杂历史进行诠释解读，表现出罕见的长诗掌控能力。当然，这些只是我作为一个读者和批评家的看法，重要的是我们得听听在座各位老师们的看法。

下面就进入我们今天的研讨、分享环节。

首先有请作家、诗人、中国作协书记处书记、主席团委员邱华栋老师开篇。

邱华栋：晓梦收获了此生写作中一个耀眼的作品

感谢主持人的精美主持，我觉得她刚才念大家的名字，这么长的名字，这么多的名字，加起来就是一首很好的诗。今天来的朋友绝大部分都是诗人和喜欢诗的人，也都是喜欢晓梦的朋友和喜欢晓梦诗的人。

我和晓梦认识时间很长。早在1986年或者1987年，我们还在读中学的时候，就开始互相通信。当时我们都是中学生诗人。那时候，在《语文报》和《中学生文学》杂志上发表诗歌会在作品下面附上一个地址。我的地址是新疆昌吉州第二中学。晓梦是重庆合川盐井中学的。我们就这样联系上，互相给对方写信。

从20世纪80年代写诗到现在，我们一直保持着文学创作的激情，一直持续到今天。因为工作或学习的原因，中间有一段时间跟诗歌疏离、疏远、中断了。但最终我们又回归了，我们变成了新的"归来的一代"。所以我觉得今天借他长诗这样一个研讨与分享会，大家再聚在一起，真的充满了诗意。也充满了我对20世纪80年代的回忆，一直延续到今天的温暖感。

我认为，长诗《钓鱼城》是晓梦写作三十年来一个非常大的收获。作为一个读者和写作者的理解来讲，我觉得晓梦在《钓鱼城》里面探索了当代诗坛少有的一种叙事性。在座的朋友们中，抒情诗人很多。我们写诗抒情的能力和抒情的成就，非常高。但是我觉得，在"叙事性"方面，这些年比较少了。在诗歌的写作上，当代诗人探索的也少。也许是我视野有限，没怎么注意。我觉得晓梦在这首长诗里面，非常棒地尝试了将一个历史事件以一种叙事性的方式把它结构成一首一千三百行的长诗，而且是非常成功的。

我最早是在《草堂》诗刊读到这个作品的大部分（他删了一点），非常震惊。我心想：晓梦可以啊。从20世纪80年代一路跌跌撞撞走到今天，他终于成就了自己此生写作中一个耀眼的作品。我在这个地方，向晓梦兄弟表达隆重的祝贺、亲切的祝福以及巨大的肯定。

千言万语，祝贺晓梦，谢谢《钓鱼城》。

主持人：谢谢华栋书记对赵晓梦《钓鱼城》的巨大肯定，当年那个文学少年，收获了此生写作中一个耀眼的作品。下面有请诗人、《诗刊》主编李少君老师发言。

李少君：《钓鱼城》已经构成了一个"诗歌事件"

赵晓梦的长诗《钓鱼城》，这段时间我觉得已经构成了一个"诗歌事件"，主要是两个方面：

一、复活了一段历史。这段历史要不是赵晓梦写出来，很多人不知道。我前段时间讲课经常举例，其实很多伟大的事件，如果没有文字的记载，就相当于不存在，就会被我们遗忘。比如成吉思汗打到东欧的黑海海滨这样的战争，到目前为止我们还没有一场战争可以与之相比，因为人类历史上目前没有超越这场战争规模的。但关于这场伟大的战争，我们知道的东西非常少，就是因为文字记载非常少。倒是一些很小的战争，因为有了文字的记载，反而成了很伟大的战争，最典型的就是《荷马史诗》歌颂的特洛伊战争。特洛伊战争，其实从战争规模来说是非常小的，但是由于有《荷马史诗》的吟诵，它不仅成了一场伟大的战争，而且成了西方文明的一个起点，西方文明史的介绍都要从《荷马史诗》开始。赵晓梦复活的钓鱼城之战，是一场伟大的自卫反击战，打了三十多年，坚守一座城，这本身是一个惊天动地的事件。赵晓梦可以说复活了一场史诗般的战争。从这个角度讲，《钓鱼城》的出版堪称一个诗歌事件。

二、《钓鱼城》本身的写作，如果按后现代主义的说法，围绕这个文本已经有众多的阐述，而且这本诗集与合川钓鱼城"申遗"关联在一起，可以想象这个文本会不断引发新的事件、行动、文本。很可能还会拍成电视剧、电影，搬上舞台，演出舞台剧、音乐剧，这都是有可能的，而且我觉得赵晓梦很可能还会继续把这个题材写下去。关于《钓鱼城》，已经有很多的阐述，在重庆举办过一个研讨会，今天在北京又举办研讨会，众多文学界诗歌界的朋友纷纷发言表态，可以说《钓鱼城》这首长诗已经构成了一个"诗歌事件"。

按法国哲学家巴迪欧的说法，只有事件才是历史中最重要最有意义也最值得分析的，所以，钓鱼城无论其历史本身，还是赵晓梦用诗歌的形式在当代表现出来的，都值得我们认真对待。

谢谢大家！

主持人：少君老师称赞赵晓梦的长诗《钓鱼城》构成了一个"诗歌事件"，提出了《钓鱼城》文本不断生长的可能性，就是关于它的改编的问题，正好这里有改编的专家一会儿可以做对话。

《钓鱼城》如何处理历史资料和个人抒情性的问题，包括一千三百行的文字怎么样来分行，我觉得接下来老师们可以解答一下创作的疑难。

下面有请作家、人民日报海外版副总编辑李舫女士发言。

李舫：这是一部现象级作品，也是一部具有里程碑意义的作品

今天下午是个美好的下午，大家冒着暑热来一起分享晓梦的《钓鱼城》长诗，我觉得首先要感谢晓梦带给我们的缘分，给我们这样一个诗歌饕餮的机会，我们不能辜负这样一个美好时刻。我们更祝贺晓梦这部作品的问世，让很多老朋友在这里相聚，让我们大家共叙机缘。

跟晓梦认识很长时间，他是一个很纯粹、很简单、很轻灵的人，这是我们所熟悉的他生活中的一面。可是，从这首长诗，我们却看到了他的另一面——他的深沉，他的宽阔，他的不畏艰难、负重前行。

晓梦跟我一样，兼具新闻工作与文学创作双重身份，但新闻工作与诗歌创作

是两种完全不同甚至相斥的语境与话语体系，而赵晓梦把这两个角色都做得非常出色，我觉得这样的人非常少。

我认为长诗《钓鱼城》有这么几大特色：首先，整首诗的结构性。他用了三章九节写了九个人物，这九个人物是相互有关联的，他用关联性写了整个钓鱼城之战的叙事，长达三十六年的战争的残酷。其次，创作的抒情性。晓梦的长诗非常不一样的地方就在于他的抒情性，他每一节里面都用一个"再给我一点时间"，其实"再给我一点时间"是死去的人对生命的呼唤：再给我一点时间，我还有很多事情没有做；再给我一点时间，我要守卫我的故土；再给我一点时间，我还要上马征战。他用"再给我一点时间"，串起了三章九节九个人物。赵晓梦这部长诗用他独有的抒情方式打动人心。第三，晓梦这首长诗的语言非常漂亮，作为一个文学编辑，我常常编诗歌，能够让人回味无穷的诗行不多，让人记下来的诗行更是很少的，但晓梦这部长诗，很多优美的诗行让我忍不住画线作记号。

当下的长诗作品非常多，大家都有写长诗的野心，也有征服长诗的雄心。但是有与这种野心和雄心并驾齐驱的才气和能力的人不多，赵晓梦是其中之一。对于当下的诗歌创作来讲，我认为这是一个现象级的作品，一个具有引申话题意义的作品，对于赵晓梦本人来说也是一个具有里程碑意义的作品。

再次祝贺晓梦。

主持人：李舫老师跟我们谈到了结构当中的节奏问题，就是晓梦在诗里面经常重复的那句与时间有关的诗，这对于长诗的推进，它复调的形成，它的时间意识，还有整个的结构把握，都非常重要，谢谢李老师。

李老师也谈到了晓梦本人是一个现象级的人物，我们今天见到晓梦的时候还在打趣，说他好一个双肩包，恰同学少年；好一身白衬衫，书生意气；好一个烟斗客，故作深沉。

下面有请诗人、评论家杨庆祥老师发言。

杨庆祥：《钓鱼城》提供了区别于历史叙事文本的人类视角

大家好，刚才听了几位老师的发言，非常赞同。其实特别想听一下敬泽老师的发言，我以为他是第一个说，没想到安排到后面压轴了。

以前我没有读过赵晓梦的任何作品，这是我读的他的第一首诗。他寄了三个版本给我，所以我觉得应该是非常重要的，就认真地拜读了。借今天这个机会，我谈几点自己的感受。

第一点，他这首长诗其实有一个非常平等的视角，我觉得这个非常重要。里面写了几个人物，但是这几个人物的地位，他们在历史中的位置，还有他们的出身，很多都是不一样的。比如说有的来自蒙古，有的来自南宋，还有蜀地的，有不同的生活语境。但是在这个作品里面，这些人他们在精神层面都是平等的，我觉得这个非常重要。这种平等性在某种意义上，我觉得是一个人类的视角。

所以我觉得晓梦的这本书，首先提供了区别于历史叙事文本的人类的平等的视角。因为在历史的叙述里面，基本上是成王败寇的叙述，但是在这个里面没有，这个里面只是有一个个具体的鲜活的个人，这是我想讲的第一点。

第二点，跟这首诗的叙述方式密切相关。赵晓梦没有采用完全客观的叙事的方式，而是采用偏向抒情的内心的独白集，这是历史和诗歌的本质区别，历史可以记载行为，但是诗可以记载行为背后的精神的内在。这首长诗有一种精神的内在的东西在里面，我觉得当代长诗有个很要命的问题就是空有其形、空有其长，似乎越长越好。但是"长"不是衡量一个长诗的标志，那个"长"应该是它在它精神的内在的深度上有一个长度、宽度和强度。我觉得在这一点上，赵晓梦的这首诗不能说是完美的文本，但是我觉得已经是完成度非常高的文本，在这样一个内心的精神方面提供了很好的范本的东西。

另外我在想赵晓梦，"庄生晓梦迷蝴蝶"，他为什么写这样一首诗，这很有意思，我们不能仅仅相信他是合川人，从小听了很多故事，然后想写一首长诗，这个有点简单。我觉得在这里面有非常有意思的地方，就是历史的意志和个人的意志之间的搏斗或者并存的呈现。在某种意义上，我觉得历史的意志是非常强权的，每一个人在历史的意志里面都是不平等的。但是赵晓梦在这个诗里面，要用个人的意志性的东西，来和历史的意志进行一个较量，然后在这个里面获得一种，我觉得用一个词表达比较合适，来获得一种自由。我觉得这个自由非常重要。

有时候我会觉得他是想说这是叙事文本，里面有几个核心的意象，几位老师都提到了，还有一个是鱼。但是鱼这个字非常有意思，不管是钓还是被钓，不管是作为主动者去钓鱼，还是被动者被人钓，都是不自由的状态。所以鱼在中国的历史文化典籍里面是非常核心的有象征性的东西。

另外就是时间，这是很重要的。刚才几位老师提到了，"再给我一点时间"，我们其实都是时间的囚徒，邱老师好像有一本小说就叫《时间的囚徒》。我们都是被时间所控制的，蒙古的大军、宋朝的守城将领，他们都被三十六年的时间所控制。其实他们在历史的位置和历史的意志里面，他们只能生活在那三十六年里面。

在这里面有赵晓梦的书写，好像赵晓梦不在里面，其实赵晓梦无处不在。作为一个书写者，他就在这个诗歌里面，他本身和这些历史人物之间形成了对话，他补充了历史人物在那个时候的对话。赵晓梦站在几百年以后，和那一段历史、和那一段历史中的人物的对话，我觉得这是特别有意思的地方。在某种意义上，这是对整个历史的一个反观和深思。

历史其实是一个轮回的过程，我们被这个轮回所控制。所以历史是不断在强化一个轮回的概念，就是你不停地要去夺取你在历史中的位置，受苦受难去争夺。他们都在争夺，但是在争夺的最终，他们为了什么？最后我觉得这个长诗有一个非常让我感动的地方，就是它最终是为了获得一种更自由的状态，那么这个自由的状态不是历史意志，也不是个人意志，而是一个回到自己的起源的回家之旅，我觉得这个特别重要。

赵晓梦的这首诗歌在这个意义上，在自由的意义上，在普遍的人类精神的追求的意义上，我觉得提供了一个非常好的启示性的探索。

祝贺晓梦兄。

主持人：谢谢庆祥老师带来人类视角、历史意志、叙述方式的深度解读。接下来有请诗人、《解放军报》文化部主任刘笑伟老师发言。

刘笑伟：《钓鱼城》解决了历史叙事中诗意缺失的问题

很高兴能来参加这个活动。我觉得今天这个场合，既是晓梦长诗《钓鱼城》的研讨会，也是朋友之间的见面会，更是诗人之间的交流会。所以我觉得还是很有意义的。

刚才，几位老师和前辈从文学的角度谈了《钓鱼城》的价值和意义，这里我也就不再重复了。我从军事学的角度来分析一下钓鱼城之战的战场意义和钓鱼城之战的精神意义。

钓鱼城之战，如果没有读过这段历史就找不到感觉。我举个例子，如果说到今天的马六甲海峡，大家就有感觉，因为马六甲海峡是交通战略要道，石油等物资就是通过这里运到中国，所以这里是"咽喉"。实际上，当时对于南宋来说，钓鱼城的意义就是跟今天的马六甲是一样的。守住这个地方，实际上就是把蒙古大军运送物资的水道扼制住了，会大大滞后他们前进的速度。

钓鱼城之战不光是一个城池的战斗。看一下钓鱼城的地形，三面是江，嘉陵江、涪江、渠江三江在此汇流。如果说蒙古大军取得了钓鱼城的控制权，那么意味着蒙古大军的粮草可以通过嘉陵江、长江，源源不断向前推进。那么它会在军事上大大推进蒙军的前进速度。因为在古代，打仗主要打粮草。如果他们的粮草跟得上，他们的推进速度就能够大大提高。大家都知道，水路的运力是大大高于陆路的。所以钓鱼城之战的意义不在于这个城池，而在于水道。现在叫制海权——那个时候，制水权跟现在的制海权是一样重要的。

钓鱼城之战同样具有它的精神意义。当时，蒙古大军所向披靡，谁能想到他在重庆合川这么一个小地方，居然三十多年推进不下去，就是攻不下来。他们甚至攻到了西亚、多瑙河流域，马上要往北非打，马上要过海。在这种所向披靡的大军铁蹄下，一个小小的钓鱼城，一个方圆几平方公里大的小城，为什么坚守了三十六年呢？难道这不是精神意义吗？这不是坚守的意义吗？这难道不是面对着所谓的强敌勇于斗争、敢于亮剑的精神吗？这种精神的坚守，实际上比物质的坚守更重要。

所以，钓鱼城之战的精神意义，在于呼唤着军人的战斗精神。这种面对强敌绝不屈服、不被吓倒的精神意志，即使放在今天也是很重要的。

讲到这两个意义以后，我就觉得很有意思了——晓梦这个长诗完成的东西，一个是巧妙，一个是坚守。

为什么说巧妙呢？就像当时蒙古人选择钓鱼城这个地方向前推进，看中了旁边的嘉陵江水道，南宋的守将不约而同重视到了钓鱼城这个地方，说这个地方是控制水道的一个完美的地方一样，晓梦也看到了、找到了一个巧妙的地方。这个巧妙的地方，就在于找到了九个人物，九个在钓鱼城之战当中非常有代表意义的人物。有进攻方、有守卫方，还有最后决定"不能投降的投降"这一方，这九个人物，形成了九段人物内心的独白。这样的话，很好地解决了历史叙事中诗意缺失的问题。这样的书写，把叙事性跟抒情性、文学性跟历史性很巧妙地结合在一起了。我觉得，晓梦找到的书写这段历史的方法，很有意思，很巧妙。

为什么说坚守呢？据说晓梦是从上中学的时候就有写作钓鱼城的欲望和想法，直到现在，已经有几十年了，一直念念不忘。最后还是完成了，这实际上就是一种文学的坚守。在这种众生喧哗，文学的地位和吸引力在物质面前节节退守的时候，晓梦兄完成了一千三百行的大作，我觉得这也是给了我们，也给了这个时代一个精神上的意义，那就是坚守的意义。

所以从这个角度来说，祝贺晓梦兄长诗的出版，也相信随着时间的推移，这部长诗能够逐渐地完善，引起更多的关注。谢谢！

主持人：笑伟老师谈到了"军事文化"，包括钓鱼城里面的军事地理，包括联系到今天的制海权，我们也贴心地在《钓鱼城》书中看到一些地图，可以帮助我们更好地理解这首诗的历史意义和当下的现实的思考。

下面我们将请几位诗人发言，有请诗人喻言。

喻言：用现代诗歌抒写钓鱼城之战，晓梦冒险成功了

晓梦的这首诗，我可能是最早的读者。他第一稿出来之后就给我发微信。一口气读完之后，我对晓梦说了句话：晓梦，你可以把前面几本诗集烧了。从文本的角度看，他的这首长诗进入了新的高度，以前的分行文字可以忽略了。

在写作这首诗之前，晓梦有一天与我喝茶，就透露要请长假安心写一首大诗。当时我开玩笑说，那就不要辜负这个长假。

这首诗让我重新认识晓梦。我认识他那么久，他的诗歌、他的文字，我都比较熟悉，但这首诗让我觉得有必要重新认识晓梦。

我是重庆人，与晓梦是老乡，对钓鱼城那段历史也较为熟悉的。蒙元军队

进入四川实际上是经历了大约五十多年，从成都平原的云顶石城开始到钓鱼城结束，仅钓鱼城的战争就经历了整整三十六年，从1243年到1279年。这场战争对整个人类历史产生了巨大影响。因为蒙哥身亡，导致庞大蒙古帝国崩溃，正在征服欧洲的多支军队纷纷返回蒙古抢夺汗位。当时，蒙元军队正准备进入非洲，向西已越过地中海，去到多瑙河地区。整个世界格局因这场处于四川（现在划归重庆）一隅的局部战争彻底改变了。这场战争也同时把南宋王朝的命延续了二十多年。蒙古人的战略是打下四川之后顺长江而下，南宋王朝的长江防御体系就自然解体。可以说，这座小小的城堡，这场持续三十六年的局部战争对整个人类历史的走向有着无可估量的巨大影响。

在赵晓梦之前，没有人以现代诗歌的方式书写这场战争。之所以没有人用诗歌的方式来写这么重大的题材，不外乎大家对这段历史缺乏深入的了解，最重要的是对这场战争缺乏情感的深入。而生于兹长于兹的赵晓梦恰恰具有这方面得天独厚的优势。另一个原因，这场长达三十六年的战争，情节繁复、人物众多，诗歌的方式很难把握，用诗歌来写这场战争，对于任何一个诗人都是一场冒险。

非常幸运的是，晓梦这场冒险成功了。

汉语诗歌，抒情一直是主流，换种角度讲，汉语诗歌没有史诗传统。晓梦在写这首诗之前，对谋篇布局整个结构做了非常系统的思考，最后选择了一个非常巧妙的切入点。他也摒弃了西方史诗的惯常叙事写法，摒弃繁复的历史细节，而是选择了这场战争的三个关键时间节点，在每个节点上又从众多的人物中撷取了三个最核心的人物。他没有简单地写人物，写人物的故事，而是写他们各自的内心活动。通过这些人物的心灵对话，推动了人物命运的变化、历史情节的发展，展示出这场战争的宏大、惨烈、悲壮、残酷。诗人站在历史的天空高处来描述了这场战争，诗人的激情都在人物的心灵对白中饱满绽放，而他的笔触却保持着客观冷静。这种冷热交错的文字，产生了特别的感染力，让读者身不由己陷入其中，神游七百多年前这场战争。

不仅是钓鱼城成就了赵晓梦这首诗，也许在未来的某一天，赵晓梦这首诗会反过来成就这座古城。诗人笔下的"钓鱼城之战"是重现历史的"钓鱼城之战"，更是属于诗人自己的"钓鱼城的保卫战"。事实上我们已经无法复原历史，而我们笔下的历史只能是"自己的历史"。因为这首诗，赵晓梦这个人就与这场战争、这座城池变得不可拆分；还是因为这首诗，这座城、这场战争就与这首诗变得不可拆分。

"赵晓梦的钓鱼城"或"赵晓梦的钓鱼城之战"，这是这首诗的价值所在，也是这个诗人的价值所在。

主持人：下面有请诗人蓝野发言。

蓝野：这是一部创作激情与结构理性共同构筑的奇异之作

我对晓梦的双肩包印象特别深。第一次见到晓梦，他背着双肩背包，活力四射，他的欢快和热诚感染着同行的诗人朋友们。后来，每次见到晓梦，他都是背着双肩包，都是这样一副不知疲倦的样子。几次相逢，都是采风、论坛等诗歌活动，晓梦在活动中背着双肩包到处走、到处拍照，他对工作、诗歌、生活的热情，洋溢在每时每刻笑着的脸上，他对工作的责任心和对写作的热爱，也背负在每时每刻勒在肩膀上的沉甸甸的包里。每次参加活动，大家还没解散，活动消息就已经在他的封面新闻冒着热气新鲜出炉了。

晓梦的热情劲儿、精神劲儿，让我觉得好诗人就应该是这个样子，肩上有理性的责任，心里有诗意的激情。

《钓鱼城》是一部创作激情与结构理性共同构筑的奇异之作。刚才各位老师都谈得非常仔细，都没有脱离我们面对的这个诗歌文本，可见这首长诗的文本独特性，本身就是非常吸引人的。这首长诗创作特别有想法，在结构上找到一种非常好的方式，虽然诗人晓梦是在构建史诗，但因为结构的匠心，使文本的基础非常牢固，不空泛，不飘忽，由人物心理活动而呈现出的历史细节，生动、细腻。由于战争本身的历史属性，晓梦一落笔就有高远、宏大的地方，但笔触细腻之下，无论是写山河、写历史、写人物命运，语言丝毫不空洞，不只求表面的人河汇人事件，随处都是小处见大的细节与心思。

《钓鱼城》的基础牢固到什么程度呢？我觉得这是一首拆开也不至于散掉的诗！我们分开看，跳着看，都能被人物的细腻心理所投射出来的情景所吸引，所打动。一节一节地来看，每一节都是一首非常好的抒情短诗，描述具体细密，情感丰沛充盈。《钓鱼城》的三章中，每一个人物的视角与感受里，抒情短诗的有力和准确，我都能感受得到。但这不仅仅是因为晓梦的描摹与刻画能力，更是因为，《钓鱼城》三章中九个人物的视角，虽然角度和立场不同，但都是普遍的人性与生命的视角。这是诗人赵晓梦先生站得高，守得住的人类共同的情感、共同的阵地、共同的"钓鱼城"！

祝贺晓梦，祝贺这首长诗的完成与出版。读过这首长诗，才知道背着背包的诗人赵晓梦不仅有乐呵呵的积极与热情，还背负着更高的担当与使命。

主持人：下面有请诗人邰筐发言。

邰筐：这首诗给当下的诗歌写作带来了某种可能

首先祝贺晓梦的《钓鱼城》终于出版了，今天的场子很大，我们的敬泽主席、华栋书记等都来了，并且北京这么多诗人，尤其是在假期都赶来了。

第二我要批评你一下，庆祥说那句话的时候我的心像针扎一样。他一段时间收到了三本书，你一本也没有给我寄过。我是要了一本来看的。

这几年我晚上有睡不着觉的时候，我经常想我的诗人朋友不是很多，虽然写诗，反而朋友更多的是批评家、小说家。不多的诗人朋友中大部分是四川人，晓梦兄就是其中之一。

记得有一次在四川，晚上饭后到晓梦家里，他跟我们说他要搞一个"大东西"，我一直很期待。所以《钓鱼城》出来后，我第一时间要着看了，看了很激动。

我是同意喻言的说法，我觉得你前几年的诗可以打包烧了，你这本诗集对于你自己来说，我特别欣赏你这种勇气，你用今天的自己把昨天的自己一锤锤倒了。

这首诗为什么重要呢？它适合当下这个特别生活化、特别具体化、特别细节化的时代，你这首诗它隔开了一段距离。我们写东西一般哪怕写当下，也要瞬间把它形成回流的能力，我们写东西都是一种回望，你写《钓鱼城》也是。我跟晓梦在职业上很相像，都是资深的媒体人，他在生活中看到很多真实的东西，对现实的处理能力可能比一般人要稍微巧妙一些，所以针对当下他写的东西，截取了一段历史来写。现在我们处于一个麻雀时代，这个评论时代，没有灵魂出现。但是我在晓梦的这首诗里，看到了这种迹象。

他的《钓鱼城》是一首"垂钓"之诗，垂钓的是一种理想之光。我觉得现在的诗歌都太具体化了，包括像我写的也一样，也不缺细节，也不缺生活，也不缺技巧，但是好像就觉得离地面太近了，缺少那种我们最早在诗歌里的那种理想的光芒。我在晓梦的诗里，至少找到了这种迹象。

第二，我觉得它是一首"沉淀"之诗，他沉淀的是一种历史。他给我们提供了处理现实题材的一种可能性。

第三，它是一首"过滤"之诗。我通过对这首诗的阅读，就像找到某一种念想。有一个比喻，诗人是一个怀揣图纸在这个世界上左冲右撞、找不到一个地方开工的人，赵晓梦也是这样一个人，有幸的是他揣着这个图纸，有一天他把它带到一本书里完成了，他用诗人的眼光去完成了图纸，他用汉字垒墙。

我在深夜读这部诗的时候，会突然听到时而急促、时而缓慢的一种鼓点，我觉得这种鼓点是不是在写这首诗的时候这种内在的节奏？有时候我恍惚能感受到这里面的某些人已经活了，那种厮杀声，那种战马的悲鸣，我都能感受到。可能这就是一首诗带来的力量。

我觉得这首诗最大的功劳是给当下的诗歌写作带来了某种可能，如果我们立足当下，沉淀沉淀，再去处理现实题材的话，可能会找到一个更好的途径。

谢谢大家！

主持人：又到了众星拱月的时候，下面有请敬泽主席作总结讲话！

李敬泽：《钓鱼城》值得写，赵晓梦做了个"大梦"

想表达几个意思：

一、《钓鱼城》确实值得写。赵晓梦做了个大梦，写的是钓鱼城这么一件大事。对于我们中国的历史，实际上我们还是知之甚少。比如我们大家都会觉得宋朝很没出息，南宋尤其没出息。其实客观地说，南宋打得是不错的。你看看蒙古大军向北、向西，一路打过去，所向披靡。面对这样的蒙古大军，南宋打得是不错的。1259年，蒙军南征，重庆这边是蒙哥亲征。湖北那边，忽必烈奔襄阳。钓鱼城这边打得很好，襄阳那边打得也很好，也是苦战好几年都顶住了。放在全世界来看都不容易，一点不丢人。所以当时南宋的将军不是白给的，南宋的士兵也不是白给的。

当时战争的规模和行动具有世界性规模，东方这边打南宋，西方那边已经到了伏尔加河，到莫斯科了。这个时候确实就像刚才所讲的，钓鱼城之战确实是蝴蝶效应，产生了世界性的影响。我记得以前看史书印象很深的是旭烈兀，说旭烈兀本来要打埃及，两军已经互相都看得见了。这个时候忽然蒙古人撤了，扭头走了，为什么呢？就是因为旭烈兀接到了蒙哥升天的消息，要回来争夺汗位。

从这个意义上说，钓鱼城确实是在一个世界规模的事件中，发挥了重要的影响，确实是一根钓竿钓起了世界之重。

所以我们历史上，真的是有很多至今不为我们所熟知的惊天地泣鬼神的英雄事迹。现在有多少人能说出钓鱼城守将的名字？恐怕是很少。

所以我觉得晓梦选这样一个题材非常好，尽管对他来说同时是他个人经验的一部分，但是《钓鱼城》确实值得写，这是第一个感想。

二、写这个特别难。确实特别难，看之前我就在想象晓梦会怎么写。现在看了，我觉得他想了一个很巧的办法，也就是说九个人，三个人一组，攻城的、守城的和最后开城的，然后基本上他不是叙事性的，是一个内心独白的，是把每一个人的内在性打开的这样一种写法。这样的写法有他非常巧的地方。选了这样九个点，然后从不同事件的层面上去谈，打开内在性这样的角度去做，我觉得是蛮有意思的，而且这九个人物写得也都很饱满。

当然也带来了问题。像这种长诗，尤其是事关历史的长诗，叙事性与抒情性怎么去平衡、怎么去兼顾，它是个问题。比如说现在如果你对钓鱼城这段历史不熟悉，你看这个文本肯定有困难。晓梦把笔触都放到了每个人的内部，也就是说人对人的外部的观察舍弃了，直接从内部去看，这个我觉得是一个非常大胆和非常有意思的办法。

但是由此带来第三个问题。从内部把它打开，对晓梦真正的考验是这九个人物能不能自己跟自己构成对话关系，构成一个内在性的冲突，然后这九个人相互之间能不能构成冲突和对话？这个很重要，这个是保证整个诗形成一个壮阔又复杂参差的整体的根本点。在这方面，晓梦处理得还是蛮好的，确实我们能够看到九个不同观点，九个不同的内在性之间的对照、参差、丰富、对话，蛮有意思的。

当然我觉得他还可以做得更好，可以打得更开，胆子还可以更大，让这九个人对话性更强，甚至这九个人要发生争辩，这种争辩不一定是面对面的争辩，是世界观的争辩。实际上发生在钓鱼城的就是这个冲撞，这样的对峙，我觉得如果把它变得更突出、更鲜明，形成一个内在性的多声部的交响乐，可能会更好。

这就说到了第四点。刚才有朋友们说赵晓梦你别的诗都撕了吧，你撕就撕吧，撕了也是你的书。但是这里有一个意思是对的，我认为《钓鱼城》没写完，我认为《钓鱼城》不能画句号。而且不要说什么长诗、短诗，谁说诗写得长就伟大，诗写得短就不伟大？像《钓鱼城》这样的一个史诗，值得反复斟酌，反复去写，反复发现、丰富、扩充它。

所以在这个意义上，我觉得赵晓梦可以把前面的诗都放下，慢慢写《钓鱼城》，我觉得还可以进一步写，还可以写得更好。这个《钓鱼城》是第一版，还可以写到二、三、四版，写到六十岁、八十岁的时候，我们可能会看到一部真正的铭刻着我们民族的伟大业绩和记忆，同时又蕴含着我们这个时代对于时间、空间、历史、文明、生死等一系列基于我们民族生活的深刻思考这样一部伟大的史诗，我们非常期待。

谢谢！

主持人：谢谢敬泽主席的倾囊相授。
接下来有请这部长诗的作者赵晓梦来回应各位老师对你作品的点评。

赵晓梦：不是回应，我想最后要表达的是感谢。北京这么大，能来北京搞这么一个活动，需要很大的勇气，就像写《钓鱼城》一样。好在在这个过程之中，敬泽主席给了我支持，华栋给了我支持，少君也给了我支持，在微信上李舫也给了我支持，还有合川区作协、重庆伍舒芳健康产业集团（希尔安药业）、成都迪康药业的支持，以及从美国、宁夏、成都、天津和北京赶来的诗人朋友和老师同学们的支持，这是我最感动的，如果没有你们的支持，不可能在北京做这样的一个活动。当然也非常感谢小众书坊给我出了这么精美的一本书，提供了这么好的一个场地。

去年写《钓鱼城》，花了我大半年时间，一直想把它写完，以为写完以后就放松了。但实际上就像刚才敬泽主席讲的，《钓鱼城》还没写完，压在我心底的那块石头还在；也正如少君和各位老师们讲的，《钓鱼城》系列文本的写作和打磨，将是我接下来继续要做的事。

再次感谢大家！

主持人：最后一句话由我来说，《钓鱼城》研讨暨分享会到此结束，非常感谢各位来宾。

钓起世界之重

——关于《钓鱼城》的发言

◇李敬泽

钓钩虽小，但钓住了大鱼。钓鱼城也不大，但在历史上曾使天地为之惊、鬼神为之泣。赵晓梦做了个大梦，写了一部《钓鱼城》。

对中国的历史，我们还是知之甚少，现在网络史学又特别发达，对我们共同的过去经常会有一些破碎的、简单化的、知其一懒得知其二的刻板认识。比如我们大家都会觉得就打仗而言，宋朝很没出息，南宋尤其没出息，因为它毕竟是彻底输了，灭了国。其实客观地说，南宋是能打的，打得还是不错的。当年蒙古大军向南、向西，一路打过去，所向披靡，在前现代具有绝对的军事优势，平地上没有敌手，他们唯一的障碍是大海，打日本没有成功。这种情况下，南宋打得是不错的，很顽强。1259年，大军南征，重庆这个方向是蒙哥大汗亲征，湖北那边，忽必烈打襄阳。结果钓鱼城这边坚决顶住了，放在全世界来看都很不容易，一点不丢人。襄阳那边也是苦战好久坚决顶住了，不是靠郭靖郭大侠，当时南宋的将军不是白给的，南宋的士兵也不是白给的。

蒙古人的战争具有世界规模，那是前现代的世界大战，一边是南下灭宋，另一边已经到了伏尔加河，到了中东。所以，钓鱼城之战，久攻不克，蒙哥死在军中，确实产生了世界性的影响，从总体上迟滞了蒙古的攻势。

我记得以前乱翻书，有件事印象很深，说旭烈兀本来要打埃及，两军交战，互相都看得清楚了。这个时候忽然蒙古人撤了，拨马走了，为什么呢？就是因为旭烈兀接到了蒙哥升天的消息，要赶紧回来争夺汗位。

在这个意义上，钓鱼城之战是一个世界性事件，一根钓竿钓起了世界之重，改变了很多地方的历史命运，如无此一战，蒙古大军很可能就冲到埃及北非去了。

我们历史上有很多惊天地泣鬼神的英雄壮举，至今我们还不熟悉，还没有充分地进入我们的历史意识。现在有多少人能说出当时钓鱼城守将的名字？恐怕很少。

所以，晓梦选的这样一个题材非常有价值。当然，这个题材对他来说，不是外在的，不是纯历史，他就是钓鱼城的人，这对他来说同时是个人记忆、个人经验。

写一部《钓鱼城》一定特别难，此事庞大而遥远，传统上只有以史诗那样的规模和尺度才能把握它，但也很难想象一个现代诗人写一部《伊利亚特》。现代诗人更倾向于举重若轻，一根钓竿钓起世界之重，而不是直接移山倒海，晓梦就想了一个很巧的办法，九个人、九个视角，三个人一组，攻城的、守城的和最后开城的。和传统史诗不一样，《钓鱼城》不是叙事性的，九个人都是内心独白，打开每个人的内在性。

于是，这样时间持续很长的、非常复杂的大规模事件，通过这九个点被透视出来，而且把整个事件心灵化了，变成了不同人物的内在体验。换了我，我也很可能用这样的办法，而晓梦把这九个点都写得相当充沛饱满。

但叙事性与抒情性怎么达到平衡，这始终是个麻烦。有的历史事件属于不言自明的公共知识，你不说大家也都知道，比如你写一部三国的长诗，那么少叙事而纯粹抒情，这是可行的。但钓鱼城这段历史大家不熟悉，直接读这个文本就会比较困难。晓梦削弱甚至剔除叙事性，这是对史诗传统的大胆背离。史诗书写大规模的人类行动，行动就是叙事，你就要讲故事就要交代来龙去脉，这一定是外在的、总体性的视角，游吟诗人或者上帝的视角。现在晓梦把视角放到了每个人的内部，是主观的、有限的、当下的，力图从内在性抵达史诗效果，这非常大胆，也很冒险，这就面临如何提供一个总体性叙事背景的困难。或许还可以再想想办法，比如这九个人是主歌，或许还可以考虑一个超越性的副歌，调子也不一定是主观的，甚至可以是白发渔樵的，是牛背牧童的，由此提供一个总体性、背景性、具有时间纵深的视角，把九个当下的视角串起来。

还有一个问题，就是这九个人的内部空间能不能充分打开。对晓梦来说，真正的考验是，这九个空间能不能有内部的丰富性，然后这九个人相互之间能不能构成对比、冲突和对话。这很重要，保证整个《钓鱼城》形成一个壮阔的又是复杂参差的整体。晓梦对此颇具自觉。比如蒙哥的视角就是草原的视角、草原的感受；余玠则是农耕之子，是农耕文明中的士大夫，这里有世界观和感受力的强烈对比。《钓鱼城》有力地展现了九个不同视角、九个不同主体之间的对照、参差、冲突、对话，这是它特别成功之处。

晓梦或许还可以打得更开，胆子还可以更大，让这九个人有更强的对话性，甚至展开争辩，这种争辩倒不是一问一答，而是世界观的无形争辩。比如蒙哥的世界观是空间主导的，一往无前的，地有多远马就要踏多远，风吹到哪儿我的马就要到哪儿，这是一个草原大汗的世界观。余玠的世界观是深深扎根在土地里的，这样的一个儒者，不动如山。发生在钓鱼城的就是不同世界观的冲撞对决，这样的对决，如果展现得更突出、更鲜明，可能更有力量，更有一种抒情的史诗性。

还有最后，王立要投降，还有熊耳夫人，都面临抉择。三个人参差对比，把那种艰难表现得特别有力。但是这种对比和对话也许还可以更尖锐更宽阔。这个时候不仅仅是决断降或不降，不仅仅是权衡现实的各种可能性，而且是内心幽深惨烈的天人交战。

有一个细节特别有意思，临安已经陷落了，已经另外立了少帝了，皇帝正在流离，正在逃亡，这个时候张珏做了一件事特别有意思、简直就是超现实的事：他在钓鱼城给皇帝修了一座行宫，还派出人前往东南沿海寻迎少帝。我不知道张珏是怎么想的，他是真的觉得这事儿可行，流亡的皇帝会来，还是说我就是要立起这个宫，使皇帝的不在变成在。皇帝在这时不是一个人，甚至不是一个皇位，而是一种根本的价值认同。张珏这个人太不简单了，他的坚守和被俘都是宽阔深邃的，涉及人生和世界的基本意义。

从这些地方可以看出来，历史中的这些人、这些英雄，他们的行动、他们的选择、他们的内心之浩瀚，真的是比我们现在的想象所能抵达的更为雄奇。

和王立相比，熊耳夫人是个女人，在战乱中颠簸、受难的女人，而且是我们河北女人，燕赵儿女，北方的、具有辽金背景，她在此时此刻的感受和想法肯定很不一样。这样一种内在性的多声部的交响，正是晓梦选择的这种形式的力量所在。

有朋友说，赵晓梦你写了《钓鱼城》，你别的诗都撕了吧。朋友有时候就是看热闹不嫌事大。但是这里有一个意思我是赞同的，我也认为《钓鱼城》没有写完，《钓鱼城》不能画句号。像《钓鱼城》这样一部史诗，应该反复写、反复斟酌，不断丰富它、扩展它。

在这个意义上，我觉得晓梦确实可以把以前的诗都放下，慢慢写《钓鱼城》。现在这本《钓鱼城》是第一版，以后可以写到二、三、四版，写到八十岁的时候，我们可能会看到一部伟大的史诗，铭刻着我们民族的英雄业绩，同时又蕴含着我们这个时代对于时间、空间、历史、文明、生死等一系列基本问题的深刻省思。

即席发言，2020年6月20日改定

〈作者简介〉

李敬泽，作家、文学评论家。毕业于北京大学中文系，曾任《人民文学》杂志主编。现为中国作家协会党组成员、书记处书记、副主席，兼任中国现代文学馆馆长。曾获中华文学基金会冯牧文学奖青年批评家奖、鲁迅文学奖文学理论评论奖、华语文学传媒大奖年度文学评论家奖等。著有《青鸟故事集》《咏而归》《为文学申辩》《反游记》《小春秋》《平心》《致理想读者》《会议室与山丘》《颜色的名字》《纸现场》《河边的日子》《看来看去和秘密交流》《冰凉的享乐》《读无尽岁月》《见证一千零一夜》等多部文集。

《钓鱼城》探索了当代诗坛少有的一种叙事性

◇邱华栋

我和晓梦认识时间很长。早在1986年或者1987年，我们还在读中学的时候，就开始互相通信。当时我们都是中学生诗人。那时候，在《语文报》和《中学生文学》杂志上发表诗歌，会在作品下面附上一个地址。我的地址是新疆昌吉州第二中学，晓梦是重庆合川盐井中学的。我们就这样联系上，互相给对方写信。

我们通信多年，一直没见过面。实际见面，是二十多年以后的事情了。我们是书信交往的一代。有一次我们专门搞了一个聚会，大概十年前还是八年前，江小鱼组织的，来了四十多个诗人，全是那时的校园诗人。

从20世纪80年代通过写诗，我们一直保持着文学创作的激情，一直持续到今天。因为工作或学习的原因，中间有一段时间跟诗歌疏离、疏远、中断了。但最终我们又回归了，我们变成了新的"归来的一代"。所以我觉得今天借他长诗这样一个研讨与分享会，大家再聚在一起，真的充满了诗意；也充满了我对20世纪80年代的回忆，一直延续到今天的温暖感。

我认为，长诗《钓鱼城》是晓梦写作三十年来一个非常大的收获。我对他的写作非常熟悉，他一共出了八本书，有小说集、散文集、报告文学集等，但诗集有五本，占了一半多。五本诗集里面大部分都是抒情诗。这首长诗《钓鱼城》是一首叙事诗。这首诗我经常把书名忘记了，我念成"钓鱼台""钓鱼岛"，最后是《钓鱼城》。这个名字很有意思，钓鱼台、钓鱼岛、钓鱼城之间有关系，有时候又没有关系。有关系是因为语言上有联想，也有跟现实、历史、地名和历史事件的相互联系。

作为一个读者和写作者来讲，我觉得晓梦在《钓鱼城》里面探索了当代诗坛少有的一种叙事性。我们写诗抒情的能力和抒情的成就，非常高。但是我觉得，在叙事性方面，这些年比较少了。在诗歌的写作上，当代诗人探索的也少。也许是我视野有限，没怎么注意。我觉得晓梦在这首长诗里面，非常棒地尝试了将一个历史事件以一种叙事性的方式结构成一首一千三百行的长诗，而且是非常成功的。

重庆市合川区钓鱼城是我国保存最完好的古战场遗迹。发生在中世纪的"钓鱼城之战"时长逾三十六年，写下了中外战争史上罕见的以弱胜强的战例。因为一代天骄成吉思汗的孙子、蒙古帝国第四任大汗蒙哥在此役中身亡，这场战争间接改变了世界格局，正在欧亚大陆驰骋征伐的蒙古大军，纷纷回到草原争夺汗位，钓鱼城也因此被欧洲人誉为"东方麦加城"和"上帝折鞭处"。这段历史传奇，自然吸引了无数文人墨客感叹书写。

钓鱼城的历史很复杂。解释或者评价钓鱼城的历史，都可以诞生出很多学术论文。但作家、诗人的本职不是解释、评价历史。晓梦深知这一点。他是聪明的。他选择的道路是，用想象和诗意的语言，"跟随"历史的当事人，用文学"还原"曾经发生的历史。因为我们看到，晓梦把笔触聚焦到了攻城者、守城者和开城者身上，他选择了蒙哥、出卑、汪德臣、余玠、王坚、张珏、王立、熊耳夫人、李德辉九个代表人物，以他们的名义开口说话。于是从整首诗的阅读中，我们看到了生动的在场感，听到一个一个鲜活的声音，历史的声音。读这首长诗，钓鱼城的那些人物好像就站在我们身边，诉说他们各自的野心、喜悦、悲哀。而这背后的导演，是晓梦。从这个意义上看，这首诗也是一幕历史的诗剧。

晓梦是重庆合川人，而占地2.5平方公里的钓鱼城就位于合川的嘉陵江南岸五公里处。他曾说自己少年时代春游，钓鱼城是常去的地方。从那时候开始，或许一颗诗歌的种子就落在这位少年心里。之后他成为少年作家，资深媒体人，再次回到写作现场，一步一步走向自己写作的成熟期。这部《钓鱼城》长诗，可以说是中年的晓梦，发挥他这么多年不断增长的文学才华，浓缩进他多年在媒体中积累的见识，对自己少年时代的一次深情回望和高度升华。这首长诗既是晓梦写作生涯中一个耀眼的作品，更是他生命的一个重要里程碑。

谢谢晓梦给我们这样一个很好的长诗。再没有比一个诗人、一个作家找到自己的写作方向更值得庆贺的了。

即席发言，2020年6月1日改定

〈**作者简介**〉

邱华栋，小说家，诗人，文学博士，研究员。祖籍河南，1969年生于新疆昌吉市。十五岁开始发表作品，十八岁出版第一部小说集，被武汉大学中文系免试破格录取。曾任《中华工商时报》文化版主编、《青年文学》杂志主编、《人民文学》杂志副主编、鲁迅文学院常务副院长等。现任中国作家协会书记处书记。出版、发表有各类文学作品八百多万字，单行本近百种，获得各种文学奖四十多项。多部作品被翻译成日、韩、俄、英、德、意、法和越南文发表或出版。

《钓鱼城》是一个很独特的文本

◇李少君

在赵晓梦长诗《钓鱼城》北京研讨会上，我说过两句话，一是从复活历史角度，《钓鱼城》的出版堪称一个诗歌事件；二是从围绕《钓鱼城》这个文本已经有众多的阐述角度，《钓鱼城》这本诗集已经构成了一个"诗歌事件"。这里，我想重点谈谈这部长诗的写作与文本。

从写作上来说，我觉得赵晓梦敢于去写这么一个题材，需要很大的野心或者雄心，是一种很勇敢的行为。因为这样的一个题材是很难把握的。当然钓鱼城是他出生的地方，他从小对这个事件耳熟能详，而且一直酝酿在心。他敢于处理这样一个复杂题材，而且选择了很独特的艺术方式，一种独特的诗歌手法。他完全是用战争中最重要的九个人的内心独白的方式去写，客观讲不能完全说是叙事诗，抒情的成分大于叙事成分。

但是这种写法，在史诗创作里面，是非常罕见的。莎士比亚戏剧性的写法，经常会有大段的独白和抒情，赵晓梦也许参照了这个。这是诗歌的表达方式，这种诗歌不同于历史的传记或者历史的叙述这么一种形式，而是一种诗意的叙述方式。这一点，是赵晓梦这个作品一出来，引起广泛关注包括诗歌界注意的原因之一，这是一个很独特的文本产生的效果。

如果说到《钓鱼城》具体写法上面，我觉得有几个人物写得很好，包括蒙哥、蒙哥夫人、先锋元帅汪德臣等，每个人的特点都结合得很好。比如说蒙哥的叙述，蒙哥开始非常具有雄心壮志，"再给我一点时间"，这个不断的反复非常好，有一种紧凑感。从战争来说，每个人都觉得时间不够，这边攻不下来，但其他地方节节胜利，"钓鱼城之战"是最终要失败的一个保卫战，因为整个的大势是挡不住的。实际上每个人都希望时间不断地往后拖一点，这个表达得非常好。包括蒙哥的这一段叙述，一方面写了他早期的雄心壮志，从六盘山"追逐大雁的秋风一路向南"。那么到了后来，他发现时间还是不够，"没有进取心的道路，照亮不出马蹄的脚步"，"天下再大，不过是马蹄的一阵风"。最后，时间仍然让他感觉到了一种失败，因为他没有能够坚持到最后。

面对时间，每个人都感到那么无力和挫败。蒙哥夫人出卑，随蒙哥出征，最后带回的却是蒙哥的尸体，那种失去的痛苦让泪水榨干了她的心房。作为先锋总帅，汪德臣想了很多办法，想攻进钓鱼城，包括挖暗道，但是最后也都没有取得成功。

第二部分三个守城的将领，写得非常好。余玠建立了整个四川的山城防御体系，如果没有这个坚固的体系，很难坚持三十多年的。但是他最后实际上是被诬陷并且被朝廷很轻率地免去职务。还有一个是王坚，这是南宋抗蒙名将，时任兴元府都统兼知合州，主持钓鱼城防务。这个人是一个坚决的抵抗者，把蒙哥的招降使者当场处决了，所以中断了谈判的可能性。还有一个就是坐镇钓鱼城时间最长、人称"四川虓将"的张珏，他是文天祥都曾写诗哀悼的抗元名将。这些人物的形象和内心独白都是结合得非常好的。

第三部分的三个人，王立、熊耳夫人、李德辉，其复杂性也表现得让人印象深刻。王立是钓鱼城最后一任守将，他面临的难题是十万军民的生死去向和个人气节名声的选择。还有一个是熊耳夫人，她是非常奇特的一个人，一方面她跟蒙古人有密切的关系，同时她又是站在钓鱼城人民的立场，希望这个城市保留下来。大家都知道蒙古大军打仗有个特点，如果你不投降的话就全部屠城。很多人不战而降，因为后果太严重太残酷了。但是这个熊耳夫人因为跟蒙古军里面的一个特别的人物，就是诗中最后出场的李德辉有亲戚关系，使一个坚守了三十多年的城市，最后居然保全下来了，这段历史也非常有意思。

通过上述分析，不难发现，诗中写到的九个人物，其形象都立得住，被诗歌很好地表现出来了。

从中我们也不难发现，钓鱼城之战是非常好的史诗的题材。但是我觉得《钓鱼城》这部长诗还是有一点问题。第一，我觉得在九个部分之间要有一个过渡，这个过渡可以用插叙的方式，甚至就是一段史诗的叙述，要不一般的读者很难进入，不知道人物之间、事件之间是什么关系，除非像我这样反复读才把脉络搞清楚。第二，作为一个史诗，叙事性还是应大于抒情性，《钓鱼城》现在这种以抒情为主的方式很独特，是水平很高的诗人独特的一种叙述方式，艺术上是没有问题的，具有审美价值的，但是如果真正作为一部史诗来写的话，叙事性要得到加强。

总之，这个题材，这个文本，值得不断地再重写，或者说不断地再补充，这样，最终可以使《钓鱼城》不仅在中国，可能在全世界都会产生影响，成为当代诗歌史上一个重要的文本。

即席发言，2020年6月7日改定

〈作者简介〉

李少君，1967年生，湖南湘乡人，1989年毕业于武汉大学新闻系，主要著作有《自然集》《草根集》《海天集》《神降临的小站》《李少君诗选》等，被誉为"自然诗人"。曾任《天涯》杂志主编、海南省文联副主席，现为《诗刊》主编，一级作家。

《钓鱼城》是一部现象级的作品

◇李　舫

　　跟晓梦认识很长时间，他是一个很纯粹、很简单、很轻灵的人，这是我们所熟悉的他生活中的一面。可是，从这首长诗，我们却看到了他的另一面——他的深沉，他的宽阔，他的不畏艰难、负重前行。

　　晓梦是我们人民日报的作者，也是因为文学而结下恒久缘分的朋友。所以对他的文学创作特别是诗歌创作，我可以说是非常熟悉。这一次，他的这首诗却是面目一新，他完全脱离了以前的创作的方式、创作的节奏，他自己把自己托举到新的高度。不论是在诗歌还是在文学领域，这部作品都可谓一部现象级的作品，是一部具有引申话题意义的作品；对于晓梦本人来说，这也是一部具有里程碑意义的作品。我们期待，他在他的诗歌创作道路上不断创造里程碑。

　　我和晓梦同在新闻领域。其实，新闻工作和诗歌创作是完全不搭界的两件事，属于完全不一样的语境、完全不一样的话语体系。新闻工作需要客观、真实、缜密、连续。但是诗歌不同，诗歌是文学的先锋，文学里面的诗歌是尤其特殊的一个门类，它需要超乎寻常的跳跃的能力、把握节奏的能力，思维的逻辑、思想的脉络都要埋伏在语言的弹跳性、穿越性中。所以，如果说新闻在媒介的一端，那么诗歌则在文学的另一端，所以我很难想象晓梦是如何一于新闻，一于诗歌，在这两个遥远的端点自在穿梭，往返从容，而且将这两件——也许很多人一生一件都做不好——的事合情合理结合在纯粹、简单、轻灵的生活里。我认为，晓梦在这方面非常了不起。

　　新闻和文学的两种互相排斥的写作方式，让很多长期工作在新闻领域的人很是尴尬。新闻的写作方式会磨掉文学的灵气，很多人在文学里浸润时间过长，又失掉了新闻的敏感性。像晓梦这种既保持着文学的锐气、文学的犀利，又保持着新闻的连续和扎实的精神的人非常少，所以我们似乎也可以说，晓梦这种具有想象能力的诗人，兼具探索精神的新闻工作者，是文学界和新闻界的现象级的人才。

这首诗提到的重庆合川，是我魂牵梦绕的地方。我跟重庆有一些渊源，很多朋友动议我一定要看看这个独特的地方，但是可惜几次活动都未能成行。今天，晓梦用一首诗圆了我的梦。南宋末年，蒙古军队大举南侵，他们一路势如破竹，开庆元年在合川钓鱼城遭遇当地军民的顽强抵抗，这就是中国历史上著名的"钓鱼城之战"。"钓鱼城之战"长逾三十六年，艰苦卓绝，这也是中外战争史上罕见的以弱胜强的战例，因为被蒙古人誉为"上帝之鞭"的战神元宪宗蒙哥在此战亡，钓鱼城也被后世称为"东方麦加城""上帝折鞭处"。记得明朝有一个诗人写了一首诗，提到合川，"率土已为元社稷，一隅犹守宋山川"。元军已经攻破了整个国家，但是只有这一隅之地在独守我们内心的尊严，这个非常不容易。晓梦在这首长诗中，写出的正是这种"率土已为元社稷，一隅犹守宋山川"的坚韧和悲怆。

尽管我没有去过钓鱼城，但是我从这里面看到了他所叙述的钓鱼城战役的残酷、壮烈以及涉及的这些人物的悲怆，特别是在他怀抱理想的时候的这种浪漫、这种执着，他把这些代表中华民族不屈不挠精神的战役抒写在他的长诗里。

晓梦写这首诗，几乎是喷薄而出，这是他的出生地、成长地，他的诗一边写一边发给我，他几次大规模修改、几次结构的大变化，我都是他心血的见证者，也是他心血的牵挂者。他每写一句诗，每改一个段落，我都觉得他在用尽自己的思考、用尽自己的力气。

有人说，短诗是一个诗人的身份证，长诗是一个诗人的通行证，诚哉斯言。一个诗人，只有拿出几首像样的长诗，才真正进入了诗的序列。晓梦与他的这首长诗一道成长和成熟，这首长诗是他成长和成熟的通行证。

我觉得晓梦这首诗歌有几个重要的特色：

首先，整首诗的结构性。他用了三章九节写了九个人物，这九个人物是相互有关联的，他用关联性写了整个钓鱼城战役的故事，长达三十六年的战争的残酷。其次，他创作的抒情性。晓梦的长诗非常不一样的地方就是在于他的抒情性，他每一节里面都用一个"再给我一点时间"，其实"再给我一点时间"是死去的人对生命的呼唤：再给我一点时间，我还有很多事情没有做；再给我一点时间，我要守卫我的故土；再给我一点时间，我还要上马征战。他用"再给我一点时间"，串起了三章九节九个人物。第三，晓梦这首长诗的语言非常漂亮，作为一个文学编辑，我常常编辑诗歌，原来我们常常说当代中国有很多完整的诗，但是能够让你回味无穷的诗行不多，能让你记下来的诗行是很少的。晓梦的这首长诗非常重要的一点，是留下了很多令人回味和记忆的诗行。我在自己的那本书上画满了黑线和注脚，合上诗卷，我相信有很多读者同我一样，记住并且永远不会忘记那些已经深深刻在我们心底的诗行。与此同时，晓梦同他的这首长诗一道，不仅留在了读者的记忆里，也留在了文学史的卷页里。

我们今天的长诗非常多，大家都有写长诗的野心，也有征服长诗的雄心。但是有与这种跟野心和雄心并驾齐驱的才气和能力的人不多，所以回到刚才我说的原点，今天是晓梦这个长诗的具有里程碑意义的日子，这首诗具有现象级作品的特质。

即席发言，2020年5月31日改定

〈作者简介〉

李舫，作家、文艺评论家，文艺学博士，现任人民日报海外版副总编辑。中国作家协会全委会委员、中国作协文艺理论评论委员会委员、中国文艺评论家协会理事、中国散文家学会副会长。代表作有《春秋时代的春与秋》《大道兮低回——大宋王朝在景德元年》《在火中生莲》《纸上乾坤》等，获中国新闻奖、冰心散文奖、中国报人散文奖等奖项。长期担任鲁迅文学奖、中国儿童文学奖、"五个一工程"奖等评委。主编有大型文学书系"丝绸之路名家精选文库"等。

人类视角与内在性书写

◇杨庆祥

诗人赵晓梦最近出版了长诗《钓鱼城》，这是一首以13世纪的"钓鱼城之战"为题材的叙事诗，赵晓梦在这首诗里体现了宏阔的历史眼光、精湛的诗歌技艺以及将作为实体的历史转化为作为虚体的诗歌的修辞能力。下面谈几点我个人的阅读感受。

首先是视角问题。对叙事体长诗来说，选择一个什么样的视角会直接影响到这首诗的节奏、结构乃至整体的艺术水准。《钓鱼城》最有特点的地方之一，就是没有使用单一性视角，而是通过不同的人物来展开叙述，比如蒙哥、蒙哥夫人、汪德臣、余玠、王坚、张珏等，这些人物的出生、地位、在历史中的位置都不一样，生活在不同的生活语境和意识观念之中。但是在这首长诗里，这些人在精神层面都是平等的，赵晓梦在这里回避了三种常见的观念，第一是"敌我"观念，第二是"成王败寇"的观念，第三是"汉族中心"观念。这些人在诗歌中都是一个个鲜活具体的个人，因为这种鲜活和具体，他们不仅仅是作为敌人或者坏人，也不是作为英雄或者胜利者，而是人类的一分子。在这个意义上，《钓鱼城》的视角是一种人类的视角，这种视角真是诗歌需要的视角，正如亚里士多德所言：诗描述可能性。可能性就是一种人类性。

第二点，虽然是一首叙事诗，但赵晓梦没有采用完全客观的叙事方式，而是采取了偏向于抒情的内心独白。这是历史和诗歌的本质区别，历史可以记载行为，但是诗可以描述行为背后的精神的内在。正如福斯特所言："历史只能记载女王陛下的外在行为，但是只有小说能够叙述女王陛下内心的欢欣和痛苦。"这种独白式的叙述使得长诗具有一种内在的精神维度。当代长诗写作有个不好的倾向，就是空有其形、空有其长，似乎越长越好。实际上外在的"长"不是衡量一个长诗的标志，那个"长"应该是精神的长度、宽度和强度的合一。从这个角度看，赵晓梦的这首长诗虽然不能说是非常完美的文本，但是已经是完成度非常高的文本。

另外我想谈一下历史意志和个人能动性在这首诗歌中的角力。赵晓梦为什么要写这样一首长诗？如果我们仅仅认为他是合川人，从小读了很多钓鱼城故事，所以想写一首长诗，这种理解当然可以，但是有点简单。我倾向于一种更形而上的理解，那就是赵晓梦试图通过这首长诗的书写，来展示历史中的个人自由问题。在某种意义上，历史意志是非常强权的，每一个人都会受到历史意志的驱动和压迫。所有强力的艺术家和诗人，都试图用个人意志来和历史意志进行较量，然后由此获得一种自由状态——如果按照康德的说法，人类的历史就是这样一种自由获得的历史。钓鱼城这个词会让我们联想到鱼这个意象，不管是钓还是被钓，不管是作为主动者去钓鱼，还是被动者被人钓，都是不自由的状态。

个人的能动性还体现在与时间的对峙上。作为一场著名的战争，钓鱼城之战在某种意义上也是一场关于时间的战争，诗歌中一再出现的"再给我一点时间"是一个提示，这与艾略特《荒原》中的"来不及了来不及了"形成了一种互文。人类其实都是时间的囚徒，我们都是被时间所控制的，蒙古的大船、宋朝的守城将领，他们都被三十六年的时间所控制，在他们的历史的位置和历史的意志里面，他们只能生活在那三十六年时间。但是作为诗歌，作为书写，作为write，可以把三十六年的时间打开和释放，可以是三百六十年，三千六百年……书写是更大的自由。

赵晓梦作为一个书写者，他就在这个诗歌里面，他不仅用想象的方式补充了历史人物在那个时候的对话，他本身和这些历史人物之间也形成了对话，并由此对整个历史有了反观和深思。历史其实是一个轮回的过程，我们被这个轮回所控制。历史不断在强化轮回的观念，每个人不断地挣扎、争夺，最终是为了什么？金庸的《射雕英雄传》里面，郭靖陪成吉思汗去打猎，郭靖问他，大汗如果你死了，埋葬你需要多少土地？不过六尺而已。那大汗你为什么抢这么多土地，杀那么多人？在赵晓梦的《钓鱼城》中，最核心的其实不是战争，而是回家，每个人最后都厌倦了历史的轮回和强力意志，人类最后会选择更自由的状态，这个自由的状态不是历史意志，也不是个人意志，而是一种回家之旅。

即席发言，2020年6月6日改定

〈作者简介〉

　　杨庆祥，1980年生，原籍安徽安庆。中国人民大学文学院副院长，教授，博士生导师。兼任中国现代文学馆特邀研究员，中国作家协会诗歌委员会委员。出版有思想随笔《80后，怎么办》，诗集《这些年，在人间》《我选择哭泣和爱你》，评论集《社会问题和文学想象》等。作品被翻译成英、日、韩等多种文字，曾获中国年度青年批评家奖、第十届上海文学奖、首届《人民文学》诗歌奖、第三届唐弢青年文学研究奖、第二届《十月》青年作家奖、第四届冯牧文学奖、第三届茅盾文学新人奖等。曾担任第九届茅盾文学奖评委、第五届老舍文学奖评委。

在诗意中复活的城

——读赵晓梦长诗《钓鱼城》有感

◇邰 筐

在看到赵晓梦的长诗《钓鱼城》之前，我一直在断断续续地读卡尔维诺的《看不见的城市》。

卡尔维诺以客居蒙古帝国都城元大都的旅行家马可·波罗向忽必烈大汗汇报的方式描绘了帝国的五十五个城市（其实都是马可·波罗为取悦忽必烈大汗自己想象出来的）。

他给每个城市都起了一个像女人一样美丽惊艳的名字，城市面貌也千奇百怪、各不相同：它们中有每座摩天大厦都有人在变疯的城市吉尔玛；有时刻都被肉欲推动着的克洛艾；有所有尸体被送到地下去进行生前活动的埃乌萨皮娅；有周围的垃圾变成坚不可摧的堡垒，像一座座山岭耸立在城市周围的莱奥尼亚；有悬在深渊之上的蛛网之城奥塔维亚；有只有管道没有墙壁、没有屋顶、也没有地板的阿尔米拉……

13世纪刚开始，蒙古人以狂风扫落叶之势横扫地球，先后征服金帝国、西夏帝国、花剌子模以及俄罗斯，把想象力所及的陆地几乎统统纳入版图。1259年，蒙古帝国又征服了朝鲜。1260年，忽必烈即汗位于开平；1271年建国为大元，定都大都（今北京）。

忽必烈大汗想象他所拥有的庞大帝国之上的每一座城市都是他手中的一枚棋子，他掌握各种规则的那天，就是他终于掌握整个帝国之日。可是马可·波罗每次旅行回来向他汇报的城市，都跟他想象的不一样。起初，忽必烈为征服的疆域宽广辽阔而得意自豪，可很快他又因为不得不放弃对这些地域的认识和了解而感到忧伤。在帝国生长得最旺盛的时候，前方报告敌方残余势力节节溃败，不断有不知姓名的国王递来求和书的时候，忽必烈发现，珍奇无比的帝国，只不过是一个既无止境又无形状的废墟……

读完赵晓梦的长诗《钓鱼城》，我惊奇地发现，他描述的是另一座看不见的城市。不同的是，一个描述的是如何扩张，一个歌咏的是如何坚守。更让我惊奇的是，赵晓梦笔下的蒙古大汗孛儿只斤·蒙哥就是忽必烈大汗的亲哥哥。

同为元太祖成吉思汗之孙，孛儿只斤·蒙哥和孛儿只斤·忽必烈的命运却是截然不同。1258年，蒙哥和其弟忽必烈及大将兀良合台分三路大举进攻南宋。1258年农历七月，蒙哥汗亲率主力进攻四川，一路所向披靡，攻克四川北部大部分地区。1259年初，在合州（今重庆合川区）钓鱼城下攻势受阻，数月不能攻克。1259年8月11日，蒙哥汗亦在此役中身亡，年五十。

赵晓梦的《钓鱼城》写的就是这一段历史。和《看不见的城市》中一个诉说一个倾听的结构不同，《钓鱼城》组建了一个三足鼎立的叙事结构：分别为"攻城者""守城者"和"开城者"，余玠、蒙哥、出卑王坚、汪德臣、张珏、王立、熊耳夫人、李德辉这些作为三个团队发言的代表性人物，他们整整灵魂博弈了三十六年。

如果说《看不见的城市》是卡尔维诺用想象编制起来的迷宫，是基于一个古代使者的视角对后现代城市的反思和隐喻，充满了令人目眩神迷的梦幻和荒诞感，那么，《钓鱼城》就是赵晓梦用诗意语言复活的一座城池，是基于一个现代人的视角对七百多年前一场战争的反思，是七百多年后一位现代诗人献给南宋的一曲挽歌。

晓梦是合川人，关于钓鱼山的远古传说和钓鱼城的战争故事早已烂熟于心，他为钓鱼城写一部大书的想法也由来已久。记得2016年夏天的某个晚上，我和邱华栋先生去晓梦兄家喝茶，他曾说起要搞一个"大东西"，我一直很期待。所以《钓鱼城》出来后，我第一时间就一口气读完了。我通过对这首诗的阅读，突然就多了一分对晓梦的理解。他就像一个怀揣图纸在这个世界上左冲右撞、找不到一个地方开工的人，最后用一千三百行汉字垒墙，把一座"钓鱼城"建造在了纸上，这是晓梦的乌托邦。晓梦笔下的钓鱼城，已不再是历史上那座钓鱼城，也不是现在的钓鱼城，而是一座全新的城市，是诗人融进了自己的想象和理解虚构出来的一座城池。在这里，诗人就像一个汉语的造物主，依靠文字的魅力让山山水水、一草一木、城池、马匹和人都一一复活。在这里，每一块石头都诠释着"坚守"与"气节"，而那些看不见的鱼都变成了飞翔的精灵。

我特别同意喻言的说法，晓梦兄终于用一首长诗完成了自己。他作为一个资深媒体人，把自己对人生的理解、生活的况味、世事的洞明和一个合川人的家国情怀都写了进去，他的语言在保持理性、冷峻、粗粝、硬朗的同时，还多了几分岁月的从容和人性的恍惚。

我觉得这首诗特别重要。为什么这么说呢？因为它与当下这个特别生活化、特别具体化、特别琐碎的时代隔开了一段距离。这段距离就像荷尔德林从法兰克福回望他内卡河畔的故乡劳芬，恰恰因为隔开了一段距离才能看得更加真切。

这是一首"垂钓"之诗。赵晓梦试图以石头为饵，去垂钓一座城池视死如归的孤独与绝望；以宋词为饵，去垂钓一段国破山河在的悲哀与忧伤；以汉字为饵，去垂钓一种穿越历史云层的人性光芒。

这是一首"抵御"之诗。它抵御的不仅是掠夺和暴力，还有内心的溃败和陷落。

这是一首"过滤"之诗。它用一千三百行的长度打通了连接南宋最后一道防线"钓鱼城"的通道，通过这条通道，过滤掉了我们人性中共有的麻木、冷漠、贪婪。

读赵晓梦这部长诗，最好选择某个夜深人静的时刻。透过书页，你没准会突然听到时而急促、时而缓慢的鼓点。我不知道这种鼓点赵晓梦在写作的时候有没有出现，也许这正是他写这首诗时的内在节奏。

在某个深夜，我再次捧读《钓鱼城》，恍惚间觉得诗里的人物突然活了过来，甚至开始在书页上走动，隐隐地传来一阵厮杀声，还有战马的悲鸣……

这也许恰恰是一首诗带来的力量。

即席发言，2020年6月19日改定

〈作者简介〉

郋筐，1971年生于山东临沂，现居北京，任职于某法治期刊。首师大年度驻校诗人、北大访问学者。曾获第六届华文青年诗人奖、首届泰山文艺奖、第三届诗探索·中国诗歌发现奖、第二届草堂诗歌奖年度实力诗人奖、第二届汉语诗歌双年十佳、名人堂·2019年度十大诗人等奖项。著有诗集《凌晨三点的歌谣》《徒步穿越半个城市》，诗合集多部。部分诗歌被译成英、俄、日、韩等多种语言介绍到海外。

第三辑

《钓鱼城》研究文论

劲健与悲慨：《钓鱼城》长诗的境界与魅力
——长诗《钓鱼城》序

◇吉狄马加

    当下长诗的写作似乎已经形成了一种热潮，但说实话，对这种现象我始终抱有某种警惕，因为20世纪以来长诗的写作给我们带来的启示和思考无疑是很多的，但真正从文本以及诗歌所达精神高度而言，这方面的经典佳作其实也是屈指可数的。我以为长诗最难的是结构，现在市面上的长诗大都是短诗的合成，这些所谓的长诗中缺少一种内在的气韵。艾略特的《荒原》、聂鲁达的《马楚·比楚高峰》、帕斯的《太阳石》、帕索里尼的《葛兰西的骨灰》以及扬尼斯·里索斯的《希腊人魂》，都是长诗中光辉的典范，或许可以这样说，它们都是后来长诗写作者必须认真谦恭学习的榜样。

    赵晓梦是一个有大爱的诗人。他的长诗《钓鱼城》虽然是写一段历史，但处处有他湿润的情感，不论是写攻城者还是守城者，他都倾注了自己炽热的情感，让这些历史人物，不仅有了筋骨，更有了血肉，有了呼吸，有了气脉。人物有情有灵，诗歌就有了性情，有了感动。而且赵晓梦既能跳出个人的偏好，也能略过历史事件的具体纠葛，将目光和诗锋对准历史亲历者的心灵，录制他们的情感风暴，以细枝末节来透视人性深处的幽光，展示人性的丰衷和广阔。这就让他的这首长诗区别于那种只是复述历史事件过程的长诗，最大化地发挥出诗歌的抒情和状情性，而且语言生动精粹，恰是无数首相对独立的短诗组成的大的交响曲，从而创造出宏大而深邃的诗歌意境。从中可以看出赵晓梦是一个有着大格局大情怀的诗人，更是一个对诗歌忠诚又勤于打磨技艺的诗歌赤子。

    关注历史，并能对历史事件下苦功夫的诗人才有可能成为大诗人，而展示和镌刻历史的磅礴和壮丽时，诗人的襟怀也被拓宽。尽管赵晓梦尽量在还原历史，但依然能感受到他起伏的情感和壮阔的心灵。整首诗是一条滔滔东去的大河，更是诗人的心灵史。汹涌时是他的情感在释放，低缓时是他的思想在凝聚和结晶，而更多的时候出现的沉郁和细细的忧伤是他对人类的悲悯心在鸣咽和弥漫。从中可以看出赵晓梦是一个细心又有慈悲心的诗人，是一个对人类心灵着迷，自己又有着深邃而美好心灵的诗人。所以看似他写的是城，一个抗战了三十六年的钓鱼城，但真正呈现给我们的是人，是人的命运和深不可测的心灵，这个人是你、是我、也是他。城因人而生，城也因为这些人的心灵而著名。我把这些看成是赵晓梦这首长诗的境界，更是他自己的人格魅力在闪耀。

诗歌最能暴露人的品性，长诗更能展示出诗人平时不易觉察的胸襟和情怀。那么通过这首长诗，我们看到了平时掩藏在赵晓梦文静外表下的壮烈情怀，那是如战马奔腾的英雄主义在嘶鸣，它构成了这首长诗的雄健与豪迈，让这首长诗有了骨骼和骨架，有了分量和力量，并有了拯救和自救的主题和思想。我们可以把这些品格看成赵晓梦的英雄梦，这壮丽的梦想让诗歌和诗人都变得伟岸起来，这恰是对当下偏软和琐屑的诗坛的一种补充和引领。当然除了英雄主义，这首长诗让人激动并深入人心的另一个品质就是细腻，这也是诗人的人格魅力。如果说英雄主义是骨架，那细腻就是血肉，就是音容，它是打动人的诗歌最尖锐的那部分，也是诗人品格中最亮处。这种细腻的美让这首长诗从众多写历史和战争的诗歌中脱颖出来，让诗歌文本更活跃更主动更真纯。要品味这种细腻，就一定要潜下心来，小心又小声地细细地品读。然后你就会感觉有一种气息在弥漫，渐渐地将你的情感和心笼罩，而且陷进去的情绪久久不能自拔。这就是韵味，属宋代范温说的那种韵味："概尝闻之撞钟，大音远去，始音复来，悠扬婉转，声外之音，其是之谓矣。"我们可以随手拿其中一段体会和感受这种细腻的情感产生的韵味：

> 我来了。来自大雾的江中舟楫，
> 来自你藏在靴底的乞降，更来自
> 一城人微弱的心跳。
> 人花模糊的正月，大地从没有停止

荒芜，城墙上的血迹从没有枯竭。
潮湿的江风起身上岸，大雾又
迷茫了人的眼睛。没有方向的生死，
没有选择的余生，种出饥饿的疾病。
在你单纯的用力下，所有的纠结都
无法理顺。

每一天仿佛都从墓前走过，每一步
仿佛都在跨越生死，时间的城墙上，
宋的旌旗在硝烟里遍植死亡。
失去重庆失去粮食和水，钓鱼城
单薄的棉衣扛不住北风凛冽，
城有多大，孤独和恐惧就有多大。
国事飘摇，饥饿无期，风一天天
吹瘦人一天天减少，被闲置的
深宫大院无人会意，被感伤的抱负
不能按理想行事。
一城人的生死清角吹寒，废池乔木里
没有沽名钓誉，时间的长河里没人
能留下干净名声。即使顽固的石头，
也会被时间删繁就简。

如果用唐代司空图的《二十四诗品》来给赵晓梦这首长诗定下审美品格，那就是劲健与悲慨。劲健具体点就是：诗人心神坦荡如同广阔的天空，气势充盈好像横贯的长虹。让真切内容充实作品，用刚强的气势来统帅始终。这恰是诗人英雄主义情怀的展现，劲健是这首诗的精神，让这首长诗变得铿锵有力。而悲慨是这首诗的味道，也是内容，核心就是"壮士拂剑，浩然弥哀"，翻译过来就是壮士拔剑自叹，抒发满腔悲哀。这首诗悲的是战争，是人类，也是不可控的命运和人性之殇。而从中折射出来的悲悯与同情正是这首诗柔软与感人之处，更是这首诗的格调和美。

那么这首诗到底写了什么？作者为什么写作这首诗？就摘作者后记中的一段话来回答大家，也结束这篇文字：

"以诗歌的名义，去分担历史紧要关头，那些人的挣扎、痛苦、纠结、恐惧、无助、不安、坦然和勇敢。试图用语言贴近他们的心跳、呼吸和喜怒哀乐！感受到他们的真实存在，与他们同步同行，甚至同吃同睡。这样可以最大限度还原他们的生活日常，还原历史的本来面目，理解他们所有的决策和决定。"

我相信这首长诗的阅读者都会跟我一样，从中看到诗人赵晓梦为我们创造的另一个世界，当然，毫无疑问这个富有魅力的创造，已经让现实中的钓鱼城成为一则新的神话。是为序。

2019年3月1日

原载《光明日报》2019年4月10日14版

坚守钓鱼城

——序赵晓梦长诗《钓鱼城》

◇吕　进

一

对于诗来说，分量不必一定表现为数量。"以少少许胜多多许"恰好是诗的特征与优势。有的优秀诗篇，仅仅几句就是一部长篇小说的分量。但是，生活给长篇叙事诗也留下了宽阔的平台，诗并不只是属于抒情短章。

翻开诗史，可以轻易地发现，优秀的诗人除却写出了脍炙人口的短诗，也毫无例外地总是拥有叙事长卷。中国新诗发展史上的艾青是影响了一两代人的诗人，他也被称为"太阳与火把的歌手"："太阳"是抒情短章，而"火把"则是长篇美制。如果把《向太阳》《火把》《吹号者》《他死在第二次》《古罗马的大斗技场》和《清明时节雨纷纷》这些长篇叙事作品拿掉，艾青将是不完整的，他的历史地位也许会重写。只有既研究"太阳"，又研究"火把"，研究"太阳"与"火把"的内在联系，才能从总体上更好地把握艾青。

把话题拉回古代，中国是崇尚抒情短诗的国度，但是古代民间的叙事诗也源远流长，《陌上桑》《孔雀东南飞》《十五从军征》《木兰诗》均为名篇。全唐代元白之后，文人叙事诗出现，杜甫的"三吏""三别"，白居易的《长恨歌》《琵琶行》几乎妇孺皆知。

最近几年，好些诗人都在尝试写叙事长诗。现在赵晓梦又捧出了一千三百行长诗《钓鱼城》，这似乎是他的第一部长诗。

二

晓梦是故土情结比较浓厚的诗人。他是合川人，而占地2.5平方公里的钓鱼城就位于合川的嘉陵江南岸五公里处。何况，钓鱼城从来就落满了历代诗人的目光。记得在世纪之交，四川人民出版社出版《钓鱼城诗词释赏》一书时，未曾蒙过面的主编王利泽先生就曾请我为这本书写过序，记得那本书收入了古今书写钓鱼城的诗词一百多首。

古代那场持续了三十六年之久的"钓鱼城之战"，是宋蒙（元）战争中强弱悬殊的生死决战。成吉思汗之孙、蒙古帝国大汗蒙哥亲率部队攻城，但"云梯不可接，炮矢不可至"，钓鱼城坚不可摧。蒙哥派使者前去招降，使者被守将王坚斩杀，蒙军前锋总指挥汪德臣被飞石击毙。1259年，蒙哥本人也在城下"中飞矢而死"。于是，世界历史在钓鱼城转了一个急弯，正在欧亚大陆所向披靡的蒙军各部因争夺可汗位置而发生内斗，急速撤军，全世界的战局由此改写。钓鱼城因此被誉为"上帝折鞭处"，南宋也得以延续二十年。

三

叙事诗的结构有几种基本类型：纪事型、感事型、故事型。晓梦的《钓鱼城》应该属于纪事型。晓梦在史料搜集上，看来花了许多功夫。但是，诗只是诗，不是史学。以诗补史，不是诗人晓梦的使命。叙事诗是诗，它的纪事当然就不同于散文的纪事。寻找人性的复杂与美，探索人的内心世界的冲突与期盼，这是诗人回望历史时感兴趣的天地。情节第一，情节统驭结构是散文；而情味第一，情味统驭结构才是诗。作为诗的一个品种，叙事诗与其说是在讲故事，不如说是在唱故事。既是诗，魂魄必是情味，诗意、诗境、诗趣由此而生。叙事诗回避过分复杂的情节，简化过分众多的人物，以便给情味以空间。从古到今，叙事诗往往喜欢选取读者早就熟悉的故事，以便在叙述上节省笔墨，把诗行让给情味的书写。依照情节发展的干巴巴的叙事，诗就难免会"丧魂落魄"了。

《钓鱼城》的故事并没有依照历史的时间连贯性而次第展开，它由攻城者、守城者和开城者三个方面的主要人物的内心自白构成全诗，一共三章。

第一章《被鱼放大的瞳孔》，以蒙哥大汗开始，皇后出卑、前锋总指挥汪德臣押后，披露了这三个人在弥留之际的遗憾、痛苦、仇恨、挣扎的心。派招降使者，挖地下通道，都遭失败，最后是飞石结果了汪德臣，重伤了蒙哥。曾经是"天下再大，不过是马蹄的一阵风"的蒙哥，曾经是所向披靡的蒙哥，现在遇到的却是"客死他乡的宿命"——

我要的城还在
仅仅打湿了脚背

第二章《用石头钓鱼的城》，展开了钓鱼城守将余玠、王坚、张珏的内在世界：坚强，镇定，耐力，以及"白鹿洞书生"余玠"舌尖上的乌云/是山风无法辩解的判决词"的无奈，王坚"锦袍上的神韵拾不起散落的月光"的郁愤和张珏"从钓鱼者到被钓者"的悲凉。

第三章《不能投降的投降》，王立、熊耳夫人、西川军统帅李德辉相继登场。全章的中心人物是守土如命的王立。南宋大势已去，蒙哥有屠城"遗诏"，他必须在"名节"和全城十万民众"生死"二者之间做出选择：

后世的非议，我已经无暇顾及！

王立的倾吐内心积愫，他的无私无畏的选择，使人想起清人赵藩作于成都武侯祠的那首楹联："能攻心则反侧自消，从古知兵非好战；不审势即宽严皆误，后来治蜀要深思。"王立敞开了"审势"的心灵打斗，人格在打斗中从"忠君"升华到了"爱民"，从小我升华到了大我。

《钓鱼城》都是诗中的人物在表白，诗人从所写对象里退去了，这首诗的突出结构特征就是钓鱼城和曾经与它结缘的各种人物仿佛在自出现、自说话，不需要诗人的解释或解构，也不需要诗歌的再现或再造。其实，在"自出现、自说话"里有诗人在，他是高明的导演，躲在历史舞台的后面。这是历史的外在痕迹和诗人内心生活的和谐，仿佛是历史现实本身，其实是诗的太阳重新照亮的历史天空。

在全诗的叙事结构中有一个黏合剂和推进器，这就是反复出现的"再给我一点时间"。蒙哥说："再给我一点时间——长生天/让我醒来，给草原的遗嘱留点时间。"王坚说："再给我一点时间。我不是一个喜欢/热闹的人。古老的山顶太吵太乱！"王立说："再给我一点时间。一城人的心跳严重脱水……"时间的基本特点是它的单向性：时间总是从过去流向未来，不可能从现在流向过去。古希腊哲学家赫拉克利特说："人不能两次踏入同一条河流，人甚至一次也不能踏入同一条河流。"时间无时不在流淌，世界每刻都在变化。所以，"再给我一点时间"其实是一种遗憾，一股苦痛，一份担当。人说："天下事，了犹未了，何妨以不了了之。"对于攻城者，对于守城者，对于开城者，其实都难以"以不了了之"，真是"长使英雄泪满襟"啊！

四

《钓鱼城》的灵感语言的光彩令人心动。

这首长诗可以说是晓梦呕心沥血之作。作为一家大型都市报的常务副总，他是一个整天忙得跳脚尖舞的人。这半年里，稍有闲暇，晓梦就立即回到这首诗的世界里，字斟句酌，几易其稿。据我所知，诗人梁平也给了他许多精当的指点。当我读到2018年9月底的成稿时，我的眼睛亮了。大的结构没有变化，但是诗的张力和亮度大大加强了。好多精彩的诗行，叫人爱不释手，击节赞赏。这就是宋代王安石说的"诗家语"呀：诗家语不是特殊语言，更不是一般语言，它是诗人"借用"一般语言组成的诗的言说方式。一般语言一经进入这个方式就发生质变，外在的交际功能下降，内在的体验功能上升；意义后退，意味走出；成了具有音乐性、弹性、随意性的灵感语言，内视语言，用薄伽丘的说法，就是"精致的讲话"。

下面是我随意的摘句：

蒙哥汗——
没有进取心的道路，丈量不出
马蹄的脚步

出卑皇后——

遗嘱的空白，自会在贵族的
宽袍大袖里飞

汪德臣——
他们骄傲的态度，
埋葬了我马背上的天赋

余玠——
朝天的城门外，是冬日寒冷的清晨。
瘦金体的浅滩里，船工的号子走得艰难

王坚——
风停在胡须上，鱼停在石头上，
血凝固在夕阳里。我只是挥了挥手：
把所有城门都打开吧，让大伙透透气

张珏——
这些树的春天，草的春天，
一城人的春天，都得我来扶

王立——
酒杯里的江山脆薄如纸，
酒杯里的名声惨白如霜

熊耳夫人——
乱世的秋千把我荡到钓鱼城，
却荡不出我想要的归宿

李德辉——

字是寻常字，意却不是寻常意了。这些字不具有辞典意义，因为它们构成了诗家语。诗人的最大无能无非是自造一些忽悠读者的艰涩语言，或者，直白地说出诗情的名称，而灵活铸造诗家语则是诗人资格的证明，晓梦是获得了这份证书的。

诗的灵感语言、内视语言能否出现，和诗人的意象手腕有密切联系，意象是诗人深入对象和深入自己的结晶。意象提高了诗的可感性，增添了诗的丰富性。从某个角度来说，意象就是深度。诗是无言的沉默。用一般语言很难道尽诗的情味，国外有人甚至说：口闭则诗在，口开则诗亡。克服这种困境的办法就是求助于灵感语言，求助于意象，就是中国古论说的："尽意莫若象""立象以尽意"。

《钓鱼城》这首长卷的"石头"和"鱼"的意象值得留意。诗人以心观物，在诗中，物因心变，诗的意象就出来了。传说在远古，三江之地洪水泛滥，突然从天上降下来一位巨人，他站在山巅的巨石上面，手执长长的钓竿，从滚滚滔滔的洪流中钓起来无数鲜鱼，让灾民渡过饥饿的难关，这是钓鱼城名称的缘起，这个石头城正在钓起蒙军这条大鱼。

诗中"石头"与"鱼"给全诗增添了简约性和生动性，给读者以想象空间的辽阔，省略了许许多多散文语言。正是"石头"与"鱼"的不精确性带来了诗的丰富性。

五

"雄视三江"的钓鱼城是英雄的城。世纪初，周谷城先生曾挥毫写下"坚守钓鱼城"五个大字，把钓鱼城那股英雄气和同样需要"坚守"的当今时代接通。我们生活在崇高与卑鄙并存、美丽与丑陋共生的转型时代，我们难道不需要发扬一股正气，"坚守钓鱼城"吗？

热爱生我养我的祖国，以鲜血保卫母亲的土地，需要"坚守钓鱼城"；以人民的生死为第一选择，抛弃个人私心杂念，需要"坚守钓鱼城"；在当今声色犬马的诸多诱惑里，保持纯净和淳朴，也需要"坚守钓鱼城"。从这个视角，长诗《钓鱼城》述说的岂止是一个历史事件？诗从来就是一个多面体的艺术，"诗无达诂"，手握这卷长诗，读者将有发挥自己想象力的无限空间。

六

赵晓梦是一位早慧诗人和作家。从初中到高中到大学，由于他出众的写作能力，一路"保送"和"特招"。现在，他已步入中年，已经是一位资深的媒体人了。他"特招"到西南师范大学后，我就认识他，也很看重他。1993年，他的第一本诗集《给雨取个名》就是由我作的序。现在，长诗《钓鱼城》问世，我要向晓梦致以祝贺和祝福。也许，这首长诗，将会让诗歌圈更多的人熟悉诗人赵晓梦。我也要祝贺和祝福钓鱼城，可以预计，这部长诗一定会给这座英雄城增添动人的旋律和诗的遐想。

2018年国庆节于西南大学

原载《诗选刊》2019年第4期

〈作者简介〉

吕进，1939年9月28日生于四川成都。当代著名诗评家，西南大学二级教授，博士生导师。政府特殊津贴获得者，国家级有突出贡献专家。1984年加入中国作家协会，1987年由讲师破格晋升为教授，创办原西南师范大学中国新诗研究所，历任西南大学中国诗学研究中心主任、重庆市文联主席、重庆市政协科教文卫体委员会副主任、中国文联全国委员会委员，全国文学奖、鲁迅文学奖多届评委、中国闻一多研究会副会长、重庆市现当代文学研究会会长等。1993年（韩国）世界诗歌研究会授予第七届世界诗歌黄金王冠，2017年全国诗歌报刊网络联盟授予"新诗百年奖——评论贡献奖"，2018年（香港）国际华文诗人笔会授予"中国当代诗人杰出贡献金奖"。撰写和主编诗学著作、诗集、随笔集四十一部，共七十八卷，多部获奖。代表著作有《新诗的创作与鉴赏》《中国现代诗学》《吕进文存》（共四卷）等。

"再给我一点时间"：《钓鱼城》的悲悯情怀

◇王本朝

　　我自己虽然不搞诗歌研究，但文学研究者都是从喜欢文学开始的，诗歌又是文学中的文学，喜欢自在情理之中。赵晓梦曾经被作为文学特招生，直接从合川进入西南师范大学（西南大学前身）中文系，那时的我，就成了他的"中国现代文学"任课老师。按课表规定虽仅只一年时间，但私下接触却非常频繁，走得很近。当时他所写的散文和小说，我几乎都认真读过，还为他的创作写过一篇名为《梦绕家园，心系雨象：论赵晓梦》的评论，刊于《西南师范大学学报》。他的才情和敏思让我深有感触，认为："他以一颗聪颖敏慧之心统摄生活种种物象，融化为优美而朴实，清纯而又情深的文字，抗拒着虚假与享乐对生活的侵蚀，坚守孤独与良知所构筑的生命之城，抵达理想的辉煌。"到了今天，他的思想和语言已上升到了新高度，但当时我却在文章里留下这样的期盼：我们"以'家园意识'和'雨象设置'作为解读赵晓梦文学创作的两条途径，从而敞明出他审美世界鲜明的个性特征，同时，我们也看到他文学创作潜藏着一定局限，比如对'家园意识'的历史层面开掘不深，没有完全走出故乡与亲情的时空限定，如把笔触由此而伸向更广更远的历史或民族及人类之域，会使他的创作跃上一个新境界"。当我再读到《钓鱼城》时，就有着被实现的兴奋和如愿的惊喜。

　　《钓鱼城》是一首大诗，是精神的、灵魂的、情感的、历史的大诗。作为历史事件中的钓鱼城，应该是比较清晰而确定的，但文学的"钓鱼城"则不断呼唤着史诗性和经典化的创作。人们经常说到，是沈从文把湘西带进了文学，是鲁迅把绍兴带进了现代文学史，那么，有谁能把钓鱼城带进当代文学史呢？在我看来，赵晓梦的《钓鱼城》就实现着这样的文学追求。它的最大特点就是诗人对历史的亲近、想象和穿透，从回望历史，抚摸历史，到走出历史，并以温润而悲悯之心表现对历史人物、历史事件和历史遗迹的感怀和反思。英雄不死，人性永恒，诗歌永在。一般书写历史容易变成英雄主义赞歌，在某种程度上这种赞歌也是需要的，但《钓鱼城》却是以个人视角、以悲悯眼光看待历史，这尤其难能可贵。特别是钓鱼城的书写已经被各种历史的、社会的、政治的和地理眼光所聚焦和遮蔽的时候，一视同仁的悲悯和超越历史的反思意识尤其能够呈现诗人的人性情怀和智者眼光，即使是大历史、大战争、大人物，都剥离了华丽的光环，抖落了历史的灰尘，褪去了权力的战袍，而回到了真实的内心，有着普通人的生死、悲伤和孤独。在诗人眼里，历史与现实相通，英雄和常人相连，在辉煌、荣耀的背后则是痛苦、寂寞和迷茫，将柔软鲜嫩的手心翻过来成了经络暴突的手背。

　　《钓鱼城》以诗歌方式打量历史，钓鱼城的"攻""防"和"放"在历史事件中拥有不同的立场与力量，但在诗人那里却是可以通融的，与历史对话，让历史说话，成了诗人写作的话语方式。赵晓梦并不想为钓鱼城树碑立传，没有为一座石头城放声歌唱，而是独白地抒情，让历史人物开口说话，自言自语，或如历史战火冷却之后的低吟浅唱。诗人不为他们颁奖，只为他们疗伤。作者抽去了历史的事件性，而回到时间的生命意义，历史如烟，篝火燃尽，却响起了自我倾诉的小夜曲。《钓鱼城》分三章写了九个人。每个人开始都采用"再给我一点时间"，将人物生命置于有限状态，向死而生，如同临死时的告别，自己为自己开追悼会，写下自己临终的告别辞。这样的设计就很有些意味深长。诗歌第一章"被鱼放大的瞳孔"，写蒙哥"被鱼放大的瞳孔"，希望"让我醒来，给草原的遗嘱留点时间。/弯弓扬鞭，一块石头来得太突然，/忘了让谁继承我的江山？"他有过"愤怒和耻辱关不住牙齿的穿堂风"的荣耀，有"天下再大，不过是马蹄的一阵风"，"没有哪面城墙能阻挡/铁骑扬起的沙尘"，"牧群和鸟群创新定义飞禽走兽，/河流忙着纠正山脉走向"的威武，但更多则是"不可救药"的无助，"合州东十里那块来路不明的石头，/截住了大军的去路和退路"，他想"鞭打这长了脾气的钓鱼城"，但最终却"被石头暂停的时间，生命进入/倒计时，一个异乡人即使有/鹰的名字，在垂直的噩梦里，/也走不出鱼的沼泽地"。"落满星辰的酒杯，眼泪碎了一地"，"我已无力安顿自己"，"所有的开始和结束，都缘于一块/来路不明的石头，放大了夜的瞳孔。/瞳孔里面，回放着我不可救药的/一生"。

接着，书写蒙哥夫人的悲哀和醒悟："再给我一点时间"，"记住石头和河流的宗教，仇恨和遗憾只会越走越危险"，"荒草只有/深埋雪下才能孕育生机，人只有/懂得敬畏才知道进退，放过石头/也就是放过自己。这世上/只有人的心，马的心，/才能奔跑出石头无边的边际"。这就有些哲学的意味了。再写汪德臣的自我反思："再给我一点时间——让我醒来"，"他们骄傲的态度，埋葬了我/马背上的天赋"。表达对权力傲慢的认识和被支配的宿命："我所有的天赋，/不过是鞭子给予的尺度"，"我所有的天赋，/不是和鞭子一起任性飞奔，就是陪/一块石头玩耍。这世袭的忠诚，/积极的无聊，不过是贵族强调的/一种传统。而我的悲伤和你的/固执一样，都端着体面的架子"，"我走了那么多的山路，最终还是/没能逃脱客死他乡的宿命"。

第二章"用石头钓鱼的城"，先写余玠的无力："再给我一点时间。我得给自己/寻找一个敞开的城门"。"不知道该出发还是回家的人，/能在黑暗里走多远？""血在荒原上乱飞，人在暗夜里奔走"，"马不停嘶鸣"，"人不停流血"，"早已跌进时间的黑洞"，"十万条鞭子十万次抽打，却不能/阻止城外大面积的荒芜。吊影/分飞的孤雁，辗转千里寻回的/只是月光的影子。""起落的世道，早已将所有人拖入/深渊。""蜀地三千里繁华只剩下几根烂柱。"留给他的除了孤独还是孤独："暮天风景里，/白衣书生遥不可及的梦想，/被安置在黄昏撞破黑夜的孤独里"。"以自己的轻战胜不可一世的重，/以一根钓鱼竿继续完成使命"。接着，书写王坚的郁愤："再给我一点时间。我不是一个喜欢/热闹的人。""大地可以宽恕荒芜，墓碑可以/原谅文字，河流尽头的山岚，/不知宁静有多久？晨曦有多远？/歌舞何时休？"所有这一切都随风而去，而他只能咀嚼着郁闷的味道。再写张珏的悲凉："再给我一点时间"，"让我从钓鱼者/到被钓者，仿佛从未迈出鱼的轮回"。他体会到："我们单纯的努力，/拼接不起散落一地的王朝"。

第三章"不能投降的投降"。先写王立的"踌躇""迷茫"和"悲伤"，"废墟中的钓鱼城，生命进入了枯水期"，守城二十五年，已是军心不稳，众人恐惧，还要在饥饿里挣扎，钓鱼城"虽托不起一个王朝的没落，/却能挺出一根江山的脊梁"。他面临两难困境："一城人低于粮食和水的紧迫，/足以打开英雄气短的城门，足以/逶迤群山的良心，直指虚伪、贪婪、/苟且偷安的软肋"。他也知道"乱世里活着不需要那么多过场，/我们不过是一粒没有故土的尘埃，/即使我能主宰一块石头的飞行，/也不能擦去石头的泪痕"，于是毅然决然打开城门，因为"后世的非议，我已经无暇顾及"。接着，写熊耳夫人的"惆怅"和深宫后院的"孤独"，作为流浪的过客，她感到："社稷不过是贵族的绸缎，绣不出/烟熏火燎的花纹。"并提醒后来者，"你们看到的未必/就是已发生的"。历史是面多棱镜，历史也是一堆碎片和残片，即使拾起来也复不了原来的样子。最后，写西川军统帅李德辉深感"复仇的私欲"带来"罪孽"，"时间的城墙上，/宋的旌旗在硝烟里遍植死亡"，在"时间长河里没人能/留下干净名声。即使顽固的石头，/也会被时间删繁就简"。"也会被过去的体面辉煌所累。/无奈彩云易散，无奈琉璃易碎"。"时间是干涸的波浪，如同久远的拥抱，/在失去中亲吻柔软沧桑的心壁，/如花战栗"。但他相信钓鱼城之战，"在历史的紧要关头，/走了一步好棋"，"钓鱼城能走多远，/你和靴子就能走多远"，历史会记住这一切，并且还会如花朵般的开放，"过去变得遥远。过去发生的一切/都可能在未来重演。犹如这双靴子，/解开生与死的距离，丈量出忠诚与/背叛的距离。等风再起，等雾再散，/大地重回宁静与潮湿，历史与个人，/都将往来于各自无法反悔的旅途"。一切都将归于平静和安宁，"用石头钓鱼的城已经降下旌旗，/被鱼放大的瞳孔已入土为安，/马背上的鞭子再不用投鞭断河，/日落后的钓鱼城从三江额头站起，/如一轮明月，照亮播州百万夷人的/重生"。

吉狄马加在《钓鱼城》序里说："整首诗是一条滔滔东去的大河，更是展示诗人的心灵史。汹涌时是他的情感在释放，低缓时是他的思想在凝聚和结晶，而更多的时候出现的沉郁和细细的忧伤是他对人类的悲悯心在呜咽和弥漫。从中可以看出赵晓梦是一个细心又有慈悲心的诗人，是一个对人类心灵着迷，自己又有着深邃而美好心灵的诗人。"我对诗人的"悲悯心"很有同感。《钓鱼城》是一首有哲思和情怀的抒情诗，它的哲思是对历史的辉煌与人物的渺小、权力的荣耀与人性的自私、生命的坚韧和心灵的孤独的思考，它的悲悯则体现在对崇高与渺小、伟大与卑微、身份与人性的平等立场和包容心态。事物具有多样性和反复性，一切似乎都是可以理解的了。

一句话，《钓鱼城》有着"石头"般硬实的思想和"鱼"样灵活的语言，它的抒情方式也值得细细触摸和研究。

2020年6月3日，重庆北碚

〈作者简介〉

王本朝，现为西南大学教授、文学院院长、博士生导师。教育部"长江学者"特聘教授，国家社科基金重大项目首席专家，国家社科基金评审专家，教育部教学指导委员会委员，第十二、十三届全国政协委员，中国现代文学研究会常务理事，中国鲁迅研究会副会长，中国郭沫若研究会副会长，中国老舍研究会副会长，重庆市现当代文学研究会会长，重庆市文艺评论家协会副主席。

长诗《钓鱼城》：特异面貌与总体性诗人

◇霍俊明

自20世纪80年代至今，长诗写作一度作为现象级的写作在不同的时间节点出现。显然，四川和重庆一直是写作长诗的重镇，在不同时期贡献出了重要的诗人和文本。但是从2000年来，这一带有总体性特征的具有重要代表性的长诗文本却整体处于不断的弱化之中。这与整个诗坛的写作碎片化趋向有关，也与诗人的写作能力和精神能力的弱化有关。现代人的日常经验已然愈益分化，当下中国诗坛充斥的正是随处可见的"即事诗""物感诗"。在日常经验泛滥的整体情势下，"现实"是最不可靠的。唯一有效的途径就是诗人在语言世界重建差异性和个人化的"现实感"和"精神事实"，而这正是中国诗歌传统一直漫延下来的显豁事实。

一

在写作越来越碎片化的整体时代情势下，我们急需"总体性诗人"来应对阅读和写作所面对的整体焦虑。

在这个涣散莫名而自我又极其膨胀的年代，能够旷日持久地坚持精神难度和写作难度的诗人实属罕见。更多的情况则是，你总会发现你并不是在发现和创造一种事物或者情感、经验，而往往是在互文的意义上复述和语义循环——甚至有时变得像原地打转一样毫无意义。这在成熟的诗人那里会变得更为焦虑，一首诗的意义在哪里？一首诗和另一首诗有区别吗？由此，诗人的"持续性写作"就会变得如此不可预期。而在一定程度上长诗可以作为一个时期诗歌创作的综合性指标。尤其是在"个体诗歌"和碎片化写作近乎失控的时代正需要重建诗歌的整体感和方向性，我们需要诗歌精神立法者的出现。

赵晓梦一千三百行的长诗《钓鱼城》则是近年来不多见的在诗歌写法上具有某种发现性的作品。这首长诗印证了一个当代诗人与历史化传统之间的深入互动和对话关系。

从一个更长时效的阅读时期来看，长诗与总体性诗人往往是并置在一起的，前者在精神深度、文本难度以及长久影响力上都最具代表性。"达尔维什晚期的巅峰之作长诗《壁画》，让我阅读之后深受震撼，这个版本也是薛庆国先生翻译的。达尔维什早期的诗歌基本都是抗议性的诗歌，当然它们也是极为优秀的，但是从人类精神高度的向度上来看，《壁画》所能达到的高度都是令人称奇的。我个人认为正因为达尔维什有后期的那一系列诗歌，他毫无悬念地成为20世纪后半叶最伟大的诗人之一。"（吉狄马加《在时代的天空下——阿多尼斯与吉狄马加对话录》，《作家》2019年第2期）

显然，长诗《钓鱼城》印证了赵晓梦作为一个总体性诗人的努力与尝试。与此同时，每个诗人和写作者都会在现实、命运以及文字累积（尤其是长诗）中逐渐形成"精神肖像"乃至"民族记忆"，尽管这一过程不乏戏剧性甚至悲剧性。

尤其对于赵晓梦而言这首长诗写作是旷日持久的，"生平第一部长诗，一千三百行《钓鱼城》终于写完了。在秋九月一个细雨终于绵绵的夜晚。自中午开始蔓延的酒意还未散去，又增添了几分小感动。但那个夜晚，我终于睡了一回安稳觉"（赵晓梦《一个人的城》）。

这首长诗《钓鱼城》使得赵晓梦的诗歌特质和诗人面目更为清晰，也更具辨识度。质言之，一个诗人的区别度在任何时代都是至为关键的，而诗歌评价尺度是一个复杂的动态的综合系统，必然会涉及美学标准、现实标准、历史标准和文学标准。即使单从诗人提供的经验来看，也包含了日常经验、公共经验、历史经验以及语言经验、修辞经验在内的写作经验。评价一个诗人还必须放置在"当代"和"同时代人"的认知装置之中。我们必须追问的是，在"同时代"的视野下一个诗人如何与其他的诗人区别开来？一个真正的写作者尤其是具有"求真意志"和"自我获启"要求的诗人必须首先追问和弄清楚的是：同时代意味着什么？我们与什么人同属一个时代？因此，从精神的不合时宜角度来看，诗人持有的是"精神成人"的独立姿态,甚至在更高的要求上诗人还应该承担起奥威尔意义上的"一代人的冷峻良心"。

二

赵晓梦《钓鱼城》这一长诗的写作之所以说具有发现或开创性,是因为这是三重奏、独白体的命运史诗、精神史诗和心灵史诗。此处使用的"史诗"更多指向了"历史"和"长诗"的结合,而并不是我们惯常意义上的"史诗"概念。

该长诗对应的是长达三十六年的钓鱼城之战。

"钓鱼城"在赵晓梦的长诗文本中已经不再是符号化和抽象化的历史空间,也不是现实地图上的那个小小的标点或者旅游者眼中的惊奇之地,而是具有了个体主体性前提下的地方性知识和精神构造。这是时间化的空间,是历史构造本身。钓鱼城作为一个特殊的空间已经成为具有对话和召唤结构的精神共时体,是时间、空间和人三者之间的深入互动。正如布罗茨基在评价温茨洛瓦的时候所强调的,一个诗人与地方空间的关系十分重要,"每位大诗人都拥有一片独特的内心风景,他意识中的声音或曰无意识中的声音,就冲着这片风景发出。对于米沃什而言,这便是立陶宛的湖泊和华沙的废墟;对于帕斯捷尔纳克而言,这便是长有稠李树的莫斯科庭院;对于奥登而言,这便是工业化的英格兰中部;对于曼德尔施塔姆而言,则是因圣彼得堡建筑而想象出的希腊、罗马、埃及式回廊和圆柱。温茨洛瓦也有这样一片风景。他是一位生长于波罗的海岸边的北方诗人,他的风景就是波罗的海的冬季景色,一片以潮湿、多云的色调为主的单色风景,高空的光亮被压缩成了黑暗。读着他的诗,我们能在这片风景中发现我们自己"。

赵晓梦的长诗《钓鱼城》不再是传统诗学的"以诗为史"或"以史为诗",也拒绝了全知全能的宏大历史判断,而是体现了个人化的历史想象力和求真意志以及精神复原的能力。

我这里提到的"史诗"更多是指涉面对历史的文本,是抒情化的东方叙事类长诗。这体现了诗人的历史态度和写作态度,即个人化的历史想象力以及个人化历史的全景展现。诗歌中的"历史"并不是史传中的史实,而是语言化和精神化的"现实"。质言之,诗歌视界中的历史既是修辞问题又是实践问题,这可以具化为题材、主题和意识形态方面的可写的和不可写的、允许写的和不允许写的。诗歌的"历史功能"是以语言为前提的，"诗人作为诗人对本民族只负有间接义务；而对语言则负有直接义务，首先是维护，其次是扩展和改进。在表现别人的感受的同时，他也改变了这种感受，因为他使得人们对它的意识程度提高了"（艾略特：《诗的社会功能》）。而《钓鱼城》的"历史叙事"就十分有力地印证了这一点，即诗人的个体主体性、精神能力以及重新组合历史的能力。

这首长诗中无疑有一些属于"失败者"的角色，失败者似乎总是历史的相伴相生之物，"我总是热爱眼泪、天真和虚无主义；爱那些无所不知的人，也爱无知而有福的人；爱失败者和孩童"（E.M.齐奥朗：《眼泪与圣徒》）。

这也不是一般意义上的叙事诗，而是抒情化和个体主体性极其强调的带有叙事因子的诗，整个意象和场景以及空间繁茂而富有弹性、诗性和张力。三个核心人物构成了三个声音主调——类似于舞台上的独白，各自支撑而又相互独立，从而形成了区别于传统叙事长诗写作的非重心抒写。这是诗性和抒情调性的历史话语，注重人物的命运和灵魂的立体化呈现。与此同时，这是精神剖析式的长诗，人物的精神困境和灵魂渊薮得到了最大化的揭示。这使得主次、明暗、高低和正反不再是二元对立的，而是相互融合的，是立体透视和散点透视的结合。

三

对于这段震古烁今的罕见历史事件来说，任何人企图重构都是不可能的，所以赵晓梦在这首长诗中呈现的是时间化的历史、修辞化的历史和精神化的历史。

赵晓梦没有充当一个惯常意义上的结构者或者解构者的角色，没有求证历史的细枝末节，也没有穷尽个人能力去解释历史的吊诡和复杂，因为它们都不是历史本身。这是叙事的抒情化和历史的命运化，既是人物独白又是咏叹调。

赵晓梦的这首长诗印证了诗歌不是真理，也不是常识，而是个体的精神认知方式。李敬泽先生则认为赵晓梦这首长诗的选材非常好，"我们民族的历史中有很多至今不为人熟知的英雄业绩，'钓鱼城之战'就是其中之一，它在一个世界规模的事件中发挥了影响，一根钓竿钓起了世界之重，它值得被书写。诗人赵晓梦做了个'大梦'"，"对历史上这样一个非常宏大、复杂的大规模事件进行创作，很有挑战性，但赵晓梦用了一个很巧的办法，史诗包含着大规模的人类行动，是大规模的人类行动的记忆。行动包含着叙事，你就要讲事。现在不仅不是讲事的问题，赵晓梦把笔都放到了每个人的内部，也就是说对人的外部的观察度舍弃了，直接从内部去看，这个我觉得是一个非常大胆和非常有意思的办法"。同时，李敬泽也从更高的要求出发指出赵晓梦的《钓鱼城》还没有写完，值得反复地深化和不断地去完成，"像《钓鱼城》这样一个伟大史诗值得反复斟酌、反复去写、反复发现。目前这个《钓鱼城》是第一版，甚至可以写到二、三、四版，写到八十岁。到时候，我们可能会看到一部真正的铭刻着我们民族的伟大的业绩和记忆的，同时又蕴含着我们这个时代对于时间、空间、历史、文明、生死等一系列基本问题深刻思考的这样一部伟大的史诗，我们非常期待"。

从思想意识和语言能力的方向来看，长诗《钓鱼城》也是诗歌作为"精神事件"的写作，这凸显了一个诗人的精神词源。特雷·伊格尔顿曾经提出"文学事件"的概念，这涉及语言、经验和历史之间的互动关系，"承认意义不仅是某种以语言'表达'或者'反映'的东西：意义其实是被语言创造出来的。我们并不是先有意义或经验，然后再着手为之穿上语词；我们能够拥有意义和经验仅仅是因为我们拥有一种语言已容纳经验"（特雷·伊格尔顿：《二十世纪西方文学理论》）。

诗歌写作之所以构成"语言事件"和"精神事件"，其核心就在于对精神自我以及世界和历史的重新发现。"精神事件"总是需要一个个场景、物象以及人物来支撑的，这些相关的物象或心象既可以是历史的又可以是虚构的，它们需要用精神予以深度关联。这在长诗《钓鱼城》中同样有着鲜明的体现。

这个时代的诗人并不应该满足于写出一般意义上的"好诗"，而是要写出具有"重要性"的诗。这也是对自身写作惯性和语言经验的不满——这关乎自我认知度，就像晚年的德里克·沃尔科特一样，其目标在于写出《白鹭》这样的综合了个人一生风格和晚年跃升的总体性作品。甚至在一首终极文本中我们同时目睹了一个"诗人中的诗人"的精神肖像和晚年风貌。

我们需要的是这个时代具有启示录意义的诗歌，显然赵晓梦的长诗《钓鱼城》正在朝这一写作前景努力着。

〈作者简介〉

霍俊明，河北丰润人，文学博士后，中国作家协会创研部研究员、中国作家协会诗歌委员会委员、首都师范大学中国诗歌研究中心兼职研究员、《诗刊》副主编。著有《转世的桃花——陈超评传》《喝粥的隐士》（韩语版）、《诗人生活》等专著、诗集、散文集等十余部。曾获政府出版奖提名奖、国家哲学社会科学优秀成果奖、第十五届北京市哲学社会科学优秀成果一等奖、第十三届河北省政府文艺振兴奖等。曾参加剑桥大学徐志摩国际诗歌节、黑山共和国拉特科维奇国际诗歌之夜、第八届澳门文学节。

长诗《钓鱼城》的文化脉络

◇李　瑾

　　一切历史都是当代史。任何一个文艺工作者都不可能回避时代，更不能与时代隔绝。在阐释"诗"与时代关系问题上，《诗刊》主编李少君的说法最为精当，他认为："诗人总是成为感知时代的先锋，诗歌总是成为时代的号角和第一声春雷。"既然新时代为中国诗歌提供了新的机遇，赋予了新的使命，诗人为了发出声音，必须如曼德尔施塔姆夫人所言"首先要确定自己在我们眼前形成的这个世界中究竟处于何种位置"。四川诗人赵晓梦的长诗《钓鱼城》的出版，就是立足时代唱出的一曲抒发中国情感、表达民本情怀、呈现人文精神的"大风歌"。

　　文学艺术关注时代问题有两个基本路径，一是立足当下，一是回溯过去，无论哪种方式，都犹如《新时代诗歌遂宁宣言》所说："在诗的世界与公共生活之间架设起宽阔的桥梁，让人民成为滋养诗歌创作的源头活水，让诗歌成为照亮人民心灵的艺术火炬。"一千三百行的长诗《钓鱼城》吟咏的是13世纪中叶发生在重庆合川嘉陵江南岸五公里处的钓鱼城之战，这场持续三十六年的攻守是发生在宋蒙（元）间强弱悬殊的生死之搏。其时，蒙古帝国大汗蒙哥亲率部队攻城，"中飞矢而死"，由是，蒙（元）军在欧亚大陆中的战略布局全部易变，而世界历史在方圆2.5平方公里的钓鱼城被悄然改写。在《钓鱼城》一诗中，赵晓梦的笔触虽然立足整个宏大的战争，但并没有按照历史/时间逻辑铺陈战争的演进，而是通过三个章节、九个历史当事人的内心独白，深入描摹了当事人的内心跌宕，并借以构建波澜壮阔的历史画卷。

　　按照亚里士多德的观点，中国是一个史诗大国，且不说少数民族三大史诗《格萨尔》《江格尔》《玛纳斯》，中国第一部诗歌集《诗经》就是一部华夏文明的史诗汇编。不过，就《诗经》而言，和西方传统的史诗比如荷马史诗有着本质区别，颂唱、描写的不是英雄人物，而是人民群众和他们展现出来的主体／文化精神。让我们回到《钓鱼城》，这部长诗真正的主角不是浮在文本表面的蒙哥及夫人、汪德臣、余玠、王坚、张珏、王立、熊耳夫人、李德辉九个独白者，而是一座城，按照赵晓梦的说法，是一座"英雄的城、折断'上帝之鞭'的'东方麦加城'、延续南宋国祚二十年的城、改变世界历史的城、独钓中原的城、不能投降又投降的城……古今中外的史书上对它有着太多赘述。但对我来说，它是我老家的一座城，是我生命中永远无法绕开的一座城"。

西方学者海德格尔曾说："诗人的天职是还乡。"赵晓梦通过诗歌回到钓鱼城，不是要成为无数个离乡者的代言人，也不是以所谓灵魂还乡完成自己的精神救赎，而是试图借助这样一座石头城，展现一个重大历史事件中"何者为人""人能何为"乃至华夏文化何以绵延不息这样一个命题。长诗中，第一章《被鱼放大的瞳孔》以自我咏叹的形式，表现了蒙哥及其夫人、蒙（元）先头部队总指挥汪德臣弥留之际的遗憾、痛苦、挣扎，特别是蒙哥，"天下再大，不过是马蹄的一阵风"，在小小的钓鱼城下，最终落得"客死他乡的宿命"。这种悲叹，是侵犯之敌宏图难酬的哀鸣。第二章《用石头钓鱼的城》通过自我陈述，将钓鱼城守将余玠、王坚、张珏坚强、镇定、气吞山河的内心世界展现得淋漓尽致。词语之中，处处有传统儒家文化"舍我其谁"的浩然之气。第三章《不能投降的投降》，王立、熊耳夫人、西川军统帅李德辉相继登场念白，本章尤为精彩，作为守将的王立面对"屠城"压力，必须在个人名节和十万民众生死间作出抉择。这种书写意味着作者并没有局限于战争的正义与否、人物的忠奸与否、行为的正确与否这样的问题上，而是透过钓鱼城内外的九个人折射华夏人民的苦难辉煌和华夏文化中的集体英雄主义，并借以反思战争、人类和中国作协副主席吉狄马加评价《钓鱼城》时所说的"不可控的命运和人性之殇"。

这样，赵晓梦自觉接续了《诗经》这一文明史诗（有别于传统的创世史诗、神话史诗和英雄史诗）的精神脉络，创造了一种涵盖中华文明／文化特色和世界文明史诗文体特点的史诗范式，这种史诗描写的主角不再是个人而是人民，体裁不再是神话的而是文化的，风格不再是虚拟的而是有事实依据的。也就是说，史诗在内涵上应该是一种建立在历史事件、人物、场景基础之上的弘扬一个国家或民族主体文化和精神的文学样式。著名诗人梁平曾表示："看重怎么写、看轻写什么在诗歌创作实践中有目共睹。当前的不少诗歌作品，一味地玩技巧、玩概念、玩语言、玩猎奇，津津有味，乐此不疲，看不见批评。"他进一步指出："面对新时代，诗人更需要重新担负起社会责任和艺术责任，走出自己用幻觉搭建的象牙塔，摈弃自娱自乐的自恋，密切关注人类实践活动和社会现实，关注人类的生存和精神的成长，揭示现实生活的本质内涵，书写人类丰富、饱满的心灵世界。新时代也在呼唤与这个伟大时代相匹配的'风雅颂'。"在这个意义上，赵晓梦主动担负起"大国写作"的责任，他通过钓鱼城这个"弹丸之地"，试图跨越狭隘的民族观念走向一个伟大国家价值观念的腹心，这个国家既是文化的共同体，也是人类共同体的一个缩影，亦即《钓鱼城》采取一种趋向灵魂高度和难度的吟唱，对人民这个主体和时代这个载体表达出诗性的敬畏和关怀。这样，赵晓梦的书写符合肖洛霍夫的"艺术家"标准，这位著名的苏联作家说："艺术具有影响人的智慧和心灵的强大力量。我想，那种把这一力量运用于创造人们灵魂中的美和造福于人类的人，才有权称之为艺术家。"

当然，赵晓梦的这种范式创新或者创作努力绝非无根之木，无源之水。众所周知，蜀地是新诗创作也是长诗写作的重镇，比如吉狄马加的《我，雪豹》、梁平的《重庆书》等作为具有史诗气质的鸿篇巨制，一定程度上滋养了赵晓梦诗歌的精神架构。《我，雪豹》以"我"的名义自述展开了一部民族的心灵志，而《重庆书》则以一个城市/故乡为切面检索时代的发展史，作为乡党和晚进的赵晓梦无疑会主动接过前辈手中的大旗，且集二家之长将钓鱼城构思成一个会自我言说的"活化石"，它既秉持了时代对历史的反思，也承载了历史对当下的投射，从而让《钓鱼城》具有了文献和文明的双重价值。不过，必须意识到，赵晓梦的这种"大题材写作"或"大时代写作"追求，一定是有自己的主体意识和担当精神的。要知道，在诗人不能代表时代主流的商品化时代，呕心沥血去创作一部史诗无疑是一种难度极大的自我挑战。肖洛霍夫说："我愿我的书能够帮助人们变得更好些，心灵更纯洁，唤起对人的爱，唤起积极为人道主义和人类进步的理想而斗争的意向。如果我在某种程度上做到了这一点，我就是幸福的。"可以猜想，他心目中，一个好的文艺工作者不应该局限于狭隘、碎片的个人化写作中孤芳自赏，而应该像艾青、贺敬之、李瑛等大家一样主动参与到一个时代的伟大变革中来。

《钓鱼城》记录的虽非当下，但其强烈的历史意识无异和不朽的"家国天下"精神共鸣共振，亦即为时代写作（立功）、为人民写作（立德）和为个人写作（立言）是完美地统一在一起的，为人民、时代写作就是为我写作，为我写作就是为人民、时代写作，通过"大国写作"或"大时代写作"，诗人由"小我"升华为"大我"的价值追求。

原载《中国艺术报》2020年3月30日

〈作者简介〉

李瑾，山东沂南人，历史学博士。有诗文在《人民文学》《诗刊》《中国作家》《星星》《诗歌月刊》《大家》《人民日报》《解放军报》等几十家报刊发表。作品入选《青年文摘》《思南文学选刊》等数十种选本。获得李杜诗歌奖、2018中国诗歌网十佳诗人、名人堂2018年度十大诗人、海燕诗歌奖等奖项，出版诗集《孤岛》《人间帖》《黄昏，闭上了眼》，散文集《地衣》，儿童文学《没有胳肢窝的生活怎么活呀》，评论集《纸别裁》《谭诗录》，学术专著《未见君子——论语注解》等。

钤于钓鱼城历史长卷上的一枚闲章
——读赵晓梦长诗《钓鱼城》随想

◇刘红立

长诗写作是难度很大的创造性劳作，是对一位诗人天赋、才情、学养、见识、胸襟、毅力甚至体力的综合检验和重要呈现。相对而言，中国缺乏长诗尤其是史诗写作的传统和典范，这既是中国诗歌历史发展的客观状况，也可以说是当代诗歌写作拥有可以期待、应该大有可为的空间。更何况，人类生活的丰富多样、社会际遇的变幻莫测需要长诗、史诗这一诗歌形态来表达和丰沛。

"生平第一部长诗，一千三百行《钓鱼城》终于写完了"，青年诗人赵晓梦终于发出了如释重负的感叹——他"终于睡了一回安稳觉"，这是2018年9月一个秋雨绵绵的夜晚。赵晓梦的长诗《钓鱼城》，选取了改变世界历史的宋蒙（元）钓鱼城之战为背景，用诗歌独有的抒情性语言、壮阔深邃的意境，描述、展示了中世纪中国大地上游牧民族与农耕民族发展过程中的冲突与较量、战争与灾难以及江水滔滔般的融汇奔腾。这是迄今第一部以"钓鱼城之战"为题材的现代长诗开创之作，是一部体现了作者水准、具有史诗价值的好作品、大制作。

其一，正如作者所言，这是一场旷日持久的写作，从小耳濡目染、念兹在兹姑且不说，有意识的准备时间有十余年之长，收集资料字数有数百万之巨，写作三易其稿，出版半年后再一次修订，足见其写作决心之大，下功夫之深，用力气之足，收获的成果当然令人艳羡。

其二，史实是宏大悠远的背景，事件是壮怀激烈的铺垫，"让诗歌与那城人、那些生命，有了一次隔空对话"的机会和平台，这才是作者的初衷和匠心独到之处。"我写钓鱼城，不是去重构历史，也不是去解读历史"，而是做一个"跟随历史的当事人，见证正在发生的历史"。探寻人性的幽微，揭示人性的繁复，书写内心世界与外部事物的冲撞、抗争、妥协、融合，这是诗人用现实眼光回望历史之后，告诉读者他所认知的"那些人的挣扎、痛苦、纠结、恐惧、无助、不安、坦然和勇敢"。

其三，记得中国作协副主席吉狄马加说过：长诗最难的是结构问题。他批评现今市面上的长诗大都是短诗的合成，这些所谓的长诗中缺少一种内在的气韵。而《钓鱼城》的成功就在于作者有了解决这一难题的绝技和路数，其独到性、创新性，令人耳目一新。三十六年的战乱纷繁，改朝换代的风云际会，作者用三个独立并列的主体：被鱼放大的瞳孔（攻城的人）、用石头钓鱼的城（守城的人）、不能投降的投降（开城的人），九个典型人物：蒙哥、出卑、汪德臣、余玠、王坚、张珏、王立、熊耳夫人、李德辉，就演绎了那一段历史的惊心动魄，就唤醒了城里城外各色人等生灵活现的状况，就把读者带进现场心潮澎湃、感慨万千。

其四，记不得谁说过，作诗有两种江湖：一种是忽视必不可少的诗的技巧的人，他以为只要表现了精神与感情，便算是诗；一种是只想借诗的技巧写诗的人，他虽然得到了艺术家的熟练技巧，却没有一点灵魂与内容。《钓鱼城》用寻常语言生发不寻常的意象，有优美诗句，有动人诗章，由此构成精美诗篇。更重要的是，它有一种震人心魄的力量，在"东方麦加城""上帝折鞭处""一根钓竿钓起了世界之重"（李敬泽语）的钓鱼城，时至今日，"那城人仍然在历史的深处捂紧心跳，你能感受到他们的存在"，这是作者和读者共同的感受。这正应了歌德那句话："并非语言本身有多么正确，有力，或者优美，而在于它所体现出来的思想的力量。"赵晓梦用史诗的力量彰显着精神的力量。

其五，"欲剔残碑寻战绩，苔荒径断总茫然"（胡应先《钓鱼城怀古》）。枕嘉、涪、渠三江之口的钓鱼城，峭壁千寻，传说纷繁，历来为文人墨客怀古哀思之地。而今，因了赵晓梦的长诗《钓鱼城》，你听得见隐身历史之人，在这里张开了石头的硬嘴壳，用中古的音韵发声，讲述自己，讲述他们，也讲述后来的你们和我们。行文至此，不由得想起了我曾写过的一首小诗《钓鱼城，鱼腹鼓胀着的南腔北调》。

物质形态的钓鱼城，因为三十六年的惊心动魄而长存于世，成为长诗《钓鱼城》的直观现场和历史注脚；精神形态的《钓鱼城》，因为赵晓梦"旷日持久、胡须飘飞"的苦吟，昭示后人需要用远远长于七百六十年的时间咀嚼、品味、鉴赏，成为比石头还要坚实的这座古城的精神守护者。我想，如果赞同诗人、教授邱正伦"钓鱼城是加盖在世界史扉页上的一枚图章"之观点，那么请同意我这样的看法：长诗《钓鱼城》是钤于钓鱼城这幅历史长卷上不可或缺的一枚闲章！物质的钓鱼城与精神的钓鱼城，在《钓鱼城》大江东去的诗语中相得益彰，源远流长！

2020年6月5日

〔作者简介〕

刘红立，笔名老房子，四川西昌人。中国作家协会会员，四川省文联全委会委员，四川省作家协会全委会委员。曾任四川省人民检察院党组成员、政治部主任，中国检察官文联文学协会副会长，四川省检察官文联主席。获首届全球"杜甫诗歌奖"当代原创诗歌大赛总冠军，"名人堂·2018年度十大诗人"等多种奖项，诗作入选《夏天还很远 成都@巴黎》《中国新诗·短诗卷》《中国2016年度诗歌精选》《中国年度诗选2017》《2018中国年度诗歌》等若干诗歌选本。出版诗集《低于尘埃之语》等两部、中英对照《老房子微诗选》一部、诗合集《朗诵爱情》等三部。

于历史深处为心灵赋形

——评赵晓梦长诗《钓鱼城》

◇李明泉 吕嘉成

诗人威廉·布莱克曾写道："在一粒沙子里看见宇宙，在一朵野花里看见天堂。"诗歌如何在少则数行、多则万句的抒写中凝结精彩、看见天堂？特别是以史实为题材的长诗如何将烟消云散、归于尘土的历史以诗的形式、思的述说写史而非史，写事而融情，生动表达诗人的情感诉求及其史学观诗学观美学观，在跳跃的诗行中、在燃烧的字词中凝聚智慧、看见宇宙？这一直是有追求的诗人们探讨的课题。赵晓梦的长诗《钓鱼城》对此作出了积极的探索和回答。一个试图打捞历史的诗人出生在史诗大国不知是幸耶还是不幸，漫长的历史岁月里藏着无数的故事和传奇，但同样卷帙浩繁的史志、传记、剧本、小说也横亘在渴望着出彩、出新的诗人们面前。

面对王朝更迭、战火与狼烟已成往昔，诗歌和史传显示出自身特点：诗歌以史实为基础，却以审美为旨趣；史传收罗史料，奉真实为圭臬。文学与历史看似是分岔的路，《钓鱼城》却找到了两者隐秘的交叉点，赵晓梦怀揣深厚的故土情怀，稽古事之钩沉，裁剪诸多史料，在历史深处挥洒诗笔，为众英雄心灵赋形，为一城池往事作传。

一、研究性的诗歌写作

传奇史实当歌咏，诗人饱含着浓郁的故土情怀与富有温度的历史意识，展开他对历史的认知与审美把握。三江交汇之处的钓鱼城在七百多年前的宋元交替的历史舞台上充当着重要角色，从1235年蒙古帝国进攻四川到1279年开城投降，钓鱼城一直在战火中飘摇。面对强大的蒙古铁骑，钓鱼城抵抗了半个世纪，它不仅击毙了蒙军前锋总帅，更挫败了雄心勃勃的大汗蒙哥侵吞四野的图谋。这座固若金汤的城池让蒙古帝国的皇帝为它而丧命，一城人之性命、南宋国祚、世界历史"在这里转了个急弯"：蒙军急速灭宋的计划破产；在欧亚大陆势不可当地的蒙军各部因争夺汗位而发生内斗，世界历史因此改写。最终，独支一城难改时局大势，又逢连年大旱，守城之将为保一城人生命不得不开城投降。

诗人赵晓梦生长在这座钓鱼城下，自幼熟悉的钓鱼城激起了他的好奇心，便以它和它的历史作为创作素材。诗人对故土和历史不无虔诚与恭敬，为写好长诗，准备了十余年，掌握了几百万字有关钓鱼城、有关两宋、有关蒙古汗国和元朝的书籍与资料。与一千三百行诗相配的是五十多页的注释，地名、历史人物、史实……诗人仿佛一位史学家，从众多史书、地方志、学术著作、古人诗文中扒梳材料，钩沉。从史料走出的诗人，无意重构历史和解读历史，而是"跟随历史的当事人，见证正在发生的历史"。诗人意欲还历史之原貌，他的办法是用语言贴近历史人物的生活日常与心跳，给予同情，理解他们在历史中的所作所为，以"诗歌的名义，去分担历史紧要关头"的人物所思所感。这是以历史为题材创作诗歌所必须下的苦功夫。

二、"鱼"的多重意象书写

千行诗句如何容得下钓鱼城历经的波澜壮阔，有太多的人和事等待书写。赵晓梦以诗行为石垒，构建出自己结构森严的"钓鱼城"。《钓鱼城》淡化了历史发生的线性时间，"召唤"其中最具有代表性的九个人组成攻城者、守城者和开城者三个阵营，将全诗分为三章，每一章都有一首涉及钓鱼城或川蜀抗蒙的古诗作为楔子，开启该章；每一章都有一个"我的旁白"，即诗人自己进入文本，去讲述自己创作时的心绪，成为理解诗人创作、情感和态度的凭证。"围绕一块石头钓鱼"，既是每个人物无可避免的命运，又是整合全诗和三章内部的核心意象。在钓鱼城内外的蒙军、宋将，抑或是帝王、将领、妇人，在鱼、垂钓者、被钓者之间转换。

第一章《被鱼放大的瞳孔》的主人公是攻城者——蒙军将帅。第一个出场的是带着雄心而来，却被一块石头——钓鱼城阻挠了征战的脚步，最后抱憾而死的蒙古大汗蒙哥；继而是随军出征却饱尝丧夫之痛的皇后出卑，以及因血统和天赋而倨傲，最终客死他乡的前锋总帅汪德臣。"这是鹰和石的搏斗，需要时间来发现对方的软肋"，他们是骑在马背上的剽悍"垂钓者"，是不可一世的草原雄鹰，江山宏图是他们追逐的"大鱼"。但是无论是所向披靡的大汗蒙哥还是自傲于血统与天赋的总帅汪德臣都有搬不走的"石头"——"合州东十里那块来路不明的石头，/截住了大军的来路与退路"，"石头随手一个耳光，足够我们在/悬崖绝壁的深渊，回放自己的倒影"，谁都不曾想过久攻不下的小小山城竟然是自己的葬身之处。"三江汇合的/半岛太小，载不动沼泽泥淖里恸哭的鱼"，"一个异乡人即使有/鹰的名字，在垂直的噩梦里，也走不出黑暗的沼泽地"。蒙军被困在钓鱼城外无法向前，生命陷于死亡的泥淖里无法脱身，在面对重创尊严与野心、嘲弄血统和天赋的"石头"——钓鱼城的时候，他们何尝不是被无可奈何的命运所玩弄的"游鱼"？

第二章《用石头钓鱼的城》是南宋守城将士的篇章。精于运筹帷幄、大破蒙军的余玠，大挫蒙军纾缓钓鱼城危情的王坚，以及江河破碎的危局中苦苦支撑最终被囚的张珏，他们皆是忠勇无双的骁勇之士，社稷将倾之际挺身而出力挽狂澜，把蒙军铁骑挡在钓鱼城外。"用石头的城钓鱼。/用内水外水做鱼饵，/用山的形状做成鱼竿，/用激流和悬崖/做成钓台/……独钓中原的石碑上，我不介意有无/我的名字。"他们是钓鱼人，以山石和江水为台。"仿佛只差一步，我们就会被鱼/吞噬；仿佛只差一步，鱼就会咆哮涌入城门"，"青黄不接的一城人，/像别人网兜的鱼，想要翻身已是困难"。激流面前，他们紧握钓竿，他们的"鱼"是南宋朝廷岌岌可危的江山社稷，是包括他们在内的钓鱼城一城军民，也是来势汹汹、势在必得的强敌蒙军。"这两条鱼/两筐饼，到底给了谁致命一击？/……有了让/巨人钓鱼传说复活的时间奇迹。""钓鱼"和"鱼"的丰富性还在于传说与史实的意涵：相传钓鱼城得名于一个巨人钓鱼拯救灾民的神话传说；明代的地方志记载蒙哥一次攻城时，王坚取城中鲜活大鱼和面饼赠送蒙军，讥讽对方尽可烹鱼吃饼，再攻十年，也攻不破此城。南宋将领力保江山和军民的安危与神话传说产生了跨越虚实的呼应与共鸣。

第三章《不能投降的投降》是诗的末尾，也是钓鱼城的悲歌：守城将领王立，遭遇的是蒙哥"屠城的遗诏"、连年干旱和无以营生的城内数万民众的生死，通过神秘出现的熊耳夫人与安西王相李德辉联系，他最终决定将元人久攻不破的城打开，向元投降。"北兵的攻势，复仇的宿怨却让他们/有了石头一样的耐心。""……鱼是没有了，钓鱼的力也/没有了……"城外的元军是怀恨在心的顽石，守城的王立是没有丝毫筹码可用的羸弱钓者，钓鱼城内是无尽的饥饿与恐慌。开城者是城内的王立、熊耳夫人，也是城外的李德辉，他们是手握大权，在历史的关键点上左右十多万民众生死的钓鱼者，他们的"鱼"是城中军民的一线生机，王立和熊耳夫人不仅是毫无选择的钓鱼者，也是被困在钓鱼城里、最终被钓起的"鱼"。

三、用语言雕塑人物性格

史书追求的是去感情色彩的客观描述，但诗歌却可以驰骋想象，化史为诗，以诗为史。《钓鱼城》虽然是叙事长诗，但却是以感情充沛的主要人物内心独白构筑骨骼和血肉。《钓鱼城》似乎是一出话剧，让人物依次登场展开内心独白，诗人立足返回历史现场，激活尘埃中的历史人物，为他们的心灵赋形，细腻描绘他们的内心世界。

"再给我一点时间"是每一个人物开始诉说前的请求，诗人似将古人复活，又像是把诗中的时间定格在每一个人物弥留人世之际。面对残酷无情的光阴，每一个人物都呼求更多的时间去完成自己未竟之事，他们的心灵图卷从此展开。

诗人用耐琢磨咀嚼、充满内指性的语言细腻描绘人物内心的发展与变化。如攻城者蒙古大汗蒙哥，出征前的自负傲慢、久攻不下的焦虑不满、决战时的决绝勇毅、死亡来临时的无力和临死前的愤怒与遗憾，人物的内心徐徐展开，波澜起伏，组成情感扭结的诗章。蒙哥的内心独白和情绪在诗行中起伏跌宕，鲜活如在面前："落满星辰的酒杯，眼泪撒了一地"，他的忧愁和决绝令人动容，"没有哪座城池能阻挡/铁骑扬起的沙尘暴，没有哪条/河流能阻挡鞭子抽出的道路"，那些"被暂停的时间。/被堆砌的怒火。/被刺伤的尊严。被限制的呼喊""必须摆脱时间的重负。/必须与石头城来一个了断。/这是七月最后的判决"。了断是因为不能再僵持了，心理达到最后的极限了，然而，那抵抗的坚硬的"风的浮力只是举起我的手臂，/它们飞翔的姿势还没打开，/就被砲石与震天雷埋葬。"诗人对蒙哥的心灵赋形不是僵硬死板的，而是充满生气的。人物的内心随着时局的变化而运动、发展，心灵之歌徐徐流淌。

诗人的心灵赋形在基于历史进行细腻想象的同时，也兼顾了人物丰富性的开掘。诗人于历史深处，把握历史事件和人物生平，将人物在不同时期的心情描绘得丰富而细腻。如诗人对守城者余玠的性格刻画，栩栩如生。余玠虽为书生却长于兵术，在蜀期间积粮屯兵，构筑山城防御体系，在抗击蒙军上贡献卓著，却因南宋皇帝听信谗言，在对朝廷急召的担忧中匆匆撒手人寰。一个临危受命却鞠躬尽瘁、功勋显著之人，却为谗言而死，诗人把握住了余玠这一令人唏嘘的历史人物其心灵的不同侧面，他的坚强、镇定、郁愤、无奈和悲凉都被悉数表达："我确定我睡在丹桂和蜀葵之间，/石头做的枕席没人能抽走……"石枕的坚稳正是余玠防守的坚定写照："白衣书生匡复社稷的理想，/就该在尘土的宽袍大袖里飞。""白衣书生遥不可及的梦想，/被安置在黄昏撞破黑夜的孤独里。"书生守城的故事由此流传。

人物心灵的丰富性不仅包含对一个人物内心不同侧面的展示，还包括在同一个"类型"的人物内部，不同心灵之间的区分与凸显。如开城者王立与在开城中扮演重要角色的熊耳夫人，二者最终都选择了开城，但二者的内心是不同的。王立是一个虽然铁骨铮铮但是不得不面对现实的男儿，他是一城之主，但丝毫看不到转圜的余地：南宋已经气数将尽；元军有屠城的遗诏；城内是粮食与水的窘迫。他放弃了需要拿十万多人的性命才能慷慨成就的所谓名节，最终开城："一口八角井/解决不了十七万人的干渴，/两千人的口粮养不活十七万张嘴。/……'易子相食'的/惨剧，时常刺痛我的耳膜和心脏。""一城人低于粮食和水的窘迫，/足以打开英雄气短的城门，足以/逶迤群山的良心，直指虚伪、贪婪、/苟且偷安的软肋。/……后世的非议，我已经无暇顾及！"这是何等关注百姓生命胜于个人名节的大丈夫伟丈夫啊！熊耳夫人是一个柔情软媚、偏逢乱世而身不由己的妇人，她并没有名节江山社稷的宏论，也没有民不聊生的悲慨，只有渴望活下去的信念：虽然"从一个男人到另一个的附属品，/熊耳夫人只是我的名号"，既然"乱世的秋千能把我荡到钓鱼城，/却不能荡出我想要的归宿"，她却要把众人的生命看得高于一切。她对王立说："你肩膀顶着/十万颗脑袋，舍不下是你心中/苦楚所在。/……社稷不过是贵族身上的锦缎，绣不出/烟熏火燎的花纹。糜烂的亵衣体面/抵不了人间的尊严。"为了十万生灵，唯有开城活命。

诗歌最重要的是语言，诗人最高明的艺术在于诗语。诗歌言语在于指向语言本身的审美性，具有雕塑赋形、意蕴深长的节奏和结构。《钓鱼城》中不乏这样的诗语，如："牛群羊群的天涯退至草根，马背上/黄昏把断肠人的枯树压低。""山高水长的眼睛，榨干了繁花/盛开的身体。""尖锐的声音如同尖锐的石头，/划破夜晚，在瓶中静卧，/在鬓影零乱的镜子里发泄不满。"让人读来顿觉汉语言的内在张力和韵律感。

《钓鱼城》是一首苍健而悲慨的长歌，历史的跫音回荡其中，闪烁着今人的智慧光耀和诗性意味。不难辨认，诗人在英雄主义情怀中传达着对人类、对命运深沉的悲悯、同情、诗思与史思。《钓鱼城》将与钓鱼城同在。

原载《星星》诗刊2020年第4期理论刊

〈作者简介〉

李明泉，1957年5月生，四川宣汉人，二级研究员。主要从事文学评论、文化产业、企业文化、建筑文化等领域的研究。曾任四川省社会科学院党委委员、副院长。现为四川省委省政府决策咨询委员会委员、四川省文联副主席、成都市政府参事、四川大学博士后合作导师、国务院特殊津贴获得者、四川省学术和技术带头人等，系中国文艺评论家协会副主席、四川省文艺评论家协会主席、四川省中国现当代文学研究会会长等。

吕嘉成，四川省社科院硕士研究生。

抒情史诗写作的汉语现代性契机
——论赵晓梦《钓鱼城》

◇邱正伦

摘　要：赵晓梦的长诗《钓鱼城》，一出版就引发了当代诗歌界的热议。笔者以为，赵晓梦的《钓鱼城》不仅是一部长诗，而且是一部当代抒情史诗意义上的作品。从汉语诗创作的角度看，《钓鱼城》存在着汉语写作从古典形态向现代形态的转变过程。其中的古典形态主要集中表现在汉语言的意象特征，现代形态主要集中在诗篇构成的结构营建和叙述特征，连接古典形态和现代形态的中介与通道是贯穿于整部诗集的抒情激流。总体而言，赵晓梦的《钓鱼城》写作行为暗示出他的创作意志始终是从前者向后者倾斜，从古典形态向现代形态倾斜，从历史题材向现代诗境倾斜。随着这种创作方式的不断推进，历史与现实、事件与抒情之间形成了诗人写作中的内在张力，从而很好地实现了汉语在长篇抒情史诗中的现代性转换。本文力图从题材肌质、历史与现实、语言学等方面来解读与阐释这部长篇抒情史诗的现代性契机及写作的精神指向。

关键词：钓鱼城　抒情史诗　汉语诗歌　现代性契机

赵晓梦2019年出版的《钓鱼城》（中国青年出版社2019年4月），将长诗的写作话题引向桌面。不到半年时间，这部诗集两次印刷，且在纯文学领域引发持续不断的热议，实属罕见。在阅读和惊奇之余，引发了笔者更进一步的兴趣和思考。整部诗集的写作里洋溢着浓厚的抒情色彩与史诗气质，尤其是那种将汉语写作从古典抒情诗、言志诗、意象诗形态向现代抒情史诗转化的写作提供了卓有成效的写作实验与探索路径。这里笔者并不准备直接从《钓鱼城》与当代长诗写作的宽泛关系来展开讨论。或者说我们很容易将长诗写作与史诗写作、抒情史诗写作安放在同一个文体范式中笼统对待。事实上，它们之间隐藏着巨大的差异性。本文将赵晓梦《钓鱼城》的创作置于抒情史诗、汉语诗歌的现代写作转型的背景中做系统阐释。笔者以为，长诗是诗歌写作中的外在形制，可以归为诗歌的语形学；史诗是一种庄严的文学体裁，内容为民间传说或歌颂英雄功绩的长篇叙事诗，它涉及的主题可以包括历史事件、民族、宗教或传说，可以由此归为诗歌写作中的语义学；抒情史诗则兼具长诗写作、抒情诗写作、史诗写作的综合效应，本文将之归为诗歌写作中的语用学。基于此，本文将重新回到内容和形式两个方面来予以探讨和阐释。从内容的角度，我把赵晓梦的《钓鱼城》归纳到抒情史诗的写作范畴；从形式的角度，则将其纳入到有关汉语的现代性范畴中予以考量和阐释。

一、题材的千载契机

赵晓梦的一千三百行长诗《钓鱼城》，共分三个篇章："被鱼放大的瞳孔""用石头钓鱼的城""不能投降的投降"。这三个篇章叙写的是发生在潼川府路合州钓鱼城长达三十六年的"钓鱼城之战"。这场战争是南宋王朝与蒙元大军之间的生死决战，是中国历史和世界历史上的一场具有重大意义之战，创下中外战争史上罕见的以弱胜强的战例，钓鱼城因此被誉为"上帝折鞭处"。整部诗集"正是以这场改变世界历史的战争为背景，试图用诗歌的形式，还原发生在中世纪中国大地上这场游牧民族与农耕民族之间的冲突与较量。当然，这也是首部以'钓鱼城之战'为创作题材的长诗"[1]。赵晓梦在创作后记里题写的这段文字，引发了笔者对《钓鱼城》写作中的题材思考。

一首长诗的写作与题材有着不可分割的关系，赵晓梦深谙其中的道理。这就像土壤与树木的关系，有的土壤只能生长山灌木，参天大树对它植根的人地有着绝对的内生性联系。按照诗人吉狄马加的说法："当下长诗的写作似乎已经形成了一种热潮，但说实话对这种现象我始终抱有某种警惕。"[2]笔者赞同吉狄马加的

---

① 赵晓梦：《钓鱼城》，中国青年出版社 2019 年 4 月第一版 11 月第二次印刷，第 140 页。
② 赵晓梦：《钓鱼城》，中国青年出版社 2019 年 4 月第一版 11 月第二次印刷，第 1 页。

看法，从表面上看，长诗的写作似乎仅仅是篇幅的加长，实则并非如此。依照笔者的看法，长诗不仅是一种体裁，更重要的是诗歌内在精神能量的容积标配。仅仅从诗篇的长度上做文章，或者为赋新词强说愁地硬性添加，不要说没有遵循长诗的精神力量原则，仅就诗歌的体裁而言，也是画蛇添足，多此一举。说得更直接一些，长诗是检验诗歌写作意志的精神尺度，是内在能量的结构冲动使然。因此，从历史题材、战争题材来考察赵晓梦《钓鱼城》写作契机应该是一个无法回避的环节。这不仅因为钓鱼城本身具有的历史地位和在世界军事史、战争史中的显赫地位，而且也因为《钓鱼城》作为一部长诗、一部抒情诗、一部史诗、一部抒情史诗的写作目标所必须。

从长诗写作、抒情诗写作、史诗写作的题材体量上、地位上、资源上考量，钓鱼城的历史事件价值当然性地具备这种写作规模的能量储备。如果仅从地理空间属性来看，这个位于今天重庆市合川区的钓鱼城，不过是一弹丸之地，不足挂齿。但正是这一弹丸之地，让"世界历史在这里转了一个急弯"[1]，从而使得钓鱼城的历史场景变得宏大而辽阔，蕴藏的文化价值幽深而持久，经受得住广泛的开采与锻造。诗人在《钓鱼城》创作后记的开篇中写到："那是一场旷日持久的战争，也是一场改变世界历史的战争。"[2]文学评论家李敬泽评价说："钓鱼城在一个世界规模的军事事件中发挥了影响，一根钓竿钓起了世界之重。"笔者对此也有同样的感触："钓鱼城是加盖在世界史扉页上的一枚图章。"由此可见，钓鱼城作为史诗写作的题材构型是相当可靠的，饱满的，不可多得的。撇开时间古远因素，甚至可以说，钓鱼城题材所及的内容、地位、体量、历史价值的含括，与古希腊荷马史诗《伊利亚特》《奥德赛》有着一种历史文化的精神契合。

长篇的史诗性写作，对题材的要求无疑是基础性的，首要的。但是，具备了这种基础性的、首要的题材因素，是否就能自然而然产生出长篇史诗性作品呢？前面引述赵晓梦后记中的文字："当然，这也是首部以'钓鱼城之战'为创作题材的长诗。"[3]这里固然蕴藏着赵晓梦写作《钓鱼城》独有的自信心和艺术意志，但同时也给我们提出了相关的话语思考。既然钓鱼城的史诗写作资源、写作矿藏

---

① 赵晓梦：《钓鱼城》，中国青年出版社 2019 年 4 月第一版 11 月第二次印刷，第 138 页。
② 赵晓梦：《钓鱼城》，中国青年出版社 2019 年 4 月第一版 11 月第二次印刷，第 138 页。
③ 赵晓梦：《钓鱼城》，中国青年出版社 2019 年 4 月第一版 11 月第二次印刷，第 138 页。

如此丰富深厚，那么为何时近千年，却无人染指开采，直到赵晓梦的《钓鱼城》面世，这种史诗的写作机缘才得以实现，钓鱼城之战的史诗能量才终于获得释放？或许历史本来就存在这样的蹊跷，我们可以探索与追问，但不需要匆忙地作出结论。不过有一点是可以认定的，每一部文学作品的产生注定存在着它的历史契机和诗人作家的虔诚准备。或许可以这样说，赵晓梦获得书写《钓鱼城》这部史诗的时间契机，确乎存在着某种偶然性和机缘性。但就赵晓梦的写作准备而言，《钓鱼城》这部长篇的抒情史诗由赵晓梦来完成则是应运而生。特定的出生地、文学特招生、都市报编辑等身份，应该说为《钓鱼城》的写作奠定了最起码的基础。仅仅如此恐怕也还不足以达成眼前的现实，用赵晓梦自己的话来说："这是一场旷日持久的写作。不仅是写作时间长，写作的准备时间更长。"①经过这种表白，我们得知，赵晓梦的《钓鱼城》写作绝不是一朝一夕的创作冲动，而是更长时间、更深积淀的写作焦虑爆发所致，是赵晓梦文学创作成长历程的无意识爆发所致。正是基于这样的文学沉积，赵晓梦才可能用史诗的写作方式来面对他一直熟悉但又突然陌生的钓鱼城；正是在这样的创作准备中，钓鱼城之战历经千年等一回的写作契机降落在赵晓梦的笔下。可以说，这部诗作的面世，是钓鱼城和赵晓梦二者之间的双向选择，是历史与现实一次史诗性的合盟。

"熟悉的城一直都在。但那些在历史中隐身的人我却猜不透。"②从写作者的生命存在语境而言，"熟悉"与"陌生"、"敞亮"与"遮蔽"一直是赵晓梦所必须面对，它既是写作中的困境，也是写作中的契机，或许它是检验一位作家、一位诗人写作意志的通关口，必须面对和经历。在谈到《钓鱼城》的写作时，赵晓梦总是像第一次谈论一件事物那样谈论自己的出生地和成长。"因为，我就在钓鱼城下出生、长大，当年宋蒙两军交战的'三槽山黑石峡'，就在我家门口的龙洞沱沥鼻峡。"③从小就在钓鱼城的每一块石头上跑来跑去，从钓鱼城每一个人物的故事到其间的每一个石缝、每一条鱼，似乎都在挤进赵晓梦的笔端。

用石头的城钓鱼，故国三千里的

① 赵晓梦：《钓鱼城》，中国青年出版社 2019 年 4 月第一版 11 月第二次印刷，第 140 页。
② 赵晓梦：《钓鱼城》，中国青年出版社 2019 年 4 月第一版 11 月第二次印刷，第 141 页。
③ 赵晓梦：《钓鱼城》，中国青年出版社 2019 年 4 月第一版 11 月第二次印刷，第 140 页。

繁华虽不见得能还原，但后世的
墓碑将会确认，我能钓到大鱼，
也能钓出历史的断编残简。

静静的嘉陵江，古老的钓鱼山，
用石头钓鱼！用石头的城钓鱼！
筑城人见过的那个老渔翁，
每个夜晚都在出入我的梦境。

　　这里的一切构成了诗人写作的原动力。一写到钓鱼城，那里的一山一水，一草一木，石头，城市，鱼虾，这些意象就在诗句的流动中浑然一体，彼此之间似乎没有任何分别。由此，我们可以窥探到赵晓梦的写作始终与其童年、少年的成长生活情境保持着无意识的深层关联。那些有关童年、少年时期的生活记忆像电影胶片一样在诗人的写作中闪现。童年在石头城玩耍、奔跑，在石缝中寻找和追踪鱼群。后来干脆在汉语的引诱中，用石头钓鱼。于是写下了这部抒情史诗《钓鱼城》。这让我想起加西亚·马尔克斯的《百年孤独》，马尔克斯在马孔多小镇的魔幻书写，通过吉卜赛人用磁铁创造魔幻世界，进而得出"东西也是有生命的"结论。赵晓梦用鱼放大瞳孔，让诗行串起石头去钓鱼。这真的不得了，让我们终于在史诗的抒情状态中接近当年的历史，参与当年旷日持久的世界战争。马尔克斯用平常的生活去追踪马孔多小镇上的魔幻故事，赵晓梦则用一场改变世界历史的战争唤醒了沉睡多年的石头。

二、在历史与现实之间

　　赵晓梦在面对历史题材、历史事件、战争场景的写作时，始终保持着历史事件与现代语境之间的张力关系。这不是通过诗歌回顾历史事件，重现战争的真实场景，也不是站在现代视角自以为是地去解读一番历史，而是以现代书写者的姿态与钓鱼城之战中的历史人物、山山水水、江枫渔火展开诗性的对话与交流。"我写钓鱼城，不是去重构历史，也不是去解读历史。我要做的，就是跟随历史的当事人，见证正在发生的历史。"①就这一点而言，正好印证了克罗齐的名言："一切历史都是当代史。"这里的所谓正在发生的历史和当代史也不是被当代人任意宰割的抽干了当时历史血液的符号存在，而是饱含着历史与现实之间对话的生命存在真实，或者说是历史的重现与复活。从此，钓鱼城就在赵晓梦的史诗性展开中获得了新的生命契机，从而让历史开口说话，变得生气勃勃，历史在阅读中生动地向你走来。

赵晓梦在《钓鱼城》中，结构的经营模式奠定在历史语境与现代语境之间，写作的本原推动力则交付给战争中的人性力量。他打破了一般写作历史事件的常规模式，回避了战争双方孰是孰非简单归类的做法，而是将战争还原到人性深处的方方面面。在那里开掘人性中的真与假、善与恶、美与丑、爱与恨、生与死等生命存在中的原始矿脉。并由此回避和逃离传统塑造英雄形象的写作模式，让每一个人都重新现身那场旷日持久的战争，包括诗人自身也不侧身世外，而是还原历史情境，建构诗性意义上的历史真相。

> 我得给自己的留下找个恰当理由。
> 拒绝所有好意的昏迷，万事
> 置之身外，
> 以自己的轻战胜不可一世的重，
> 以一根钓鱼竿继续未竟的使命。

"登山则情满于山，观海则意溢于海。"刘勰的这一说法对解读赵晓梦的《钓鱼城》写作有着简洁精准的切入。历史是一个集成块，诗人将自己的历史情怀灌注在写作的电路之中，通过不断的点击让诗行中的灯火照亮。诗行中的情感激流将历史与现实结合起来，形成了整个写作河床中的情绪张力。史诗的写作不是历史事件的直接截取和挪用，而是在重新返回中的一次次阳光照射。犹如海德格尔所言的遮蔽与敞亮，简单地截取与挪用历史，写作就只能处在历史的遮蔽或者说遮蔽历史的过程中，只能构成失语的写作状态；包含理解的激情写作，则会

---

① 赵晓梦：《钓鱼城》，中国青年出版社 2019 年 4 月第一版 11 月第二次印刷，第 147 页。

给沉睡中的历史一次苏醒与敞亮的机会，由此形成的诗性言说就会因此成为真正的可能。赵晓梦深谙这种写作的路径与通道，他在后记中说："后人回望历史，无法摆脱过后方知、自以为是的精明。重塑历史，无疑会使历史发生偏差，因为已经发生的历史往往掺杂了后人太多的'私货'，从而让历史在不断复述中被误读。每拨一次，真相就被灰尘覆盖一次，最终成为蚕茧里的蛹。"①

由此，赵晓梦回避了众多写作者熟悉的写作套路，他主张返回到钓鱼城之战的历史情境中去，而且这种返回不是弯道超车，他不允许自己这样匆匆忙忙，他必须学会减速，学会具备耐心。这种减速的写作方式在当下一切都在加速、快速、急速的时代语境中是极端少见的，也是难能可贵的。或许还可以这样说，只要触及到历史，我们就应该具备一种虔敬坦诚的心态，而不是急功近利，不是成功压倒一切。"说通俗一点，就是以诗歌的名义，去分担历史紧要关头，那些人的挣扎、痛苦、纠结、恐惧、无助、不安、坦然和勇敢。试图用语言贴近他们的心跳、呼吸和喜怒哀乐！感受到他们的真实存在，与他们同步同行，甚至同吃同睡。这样可以最大限度还原他们的生活日常，还原历史的本来面目，理解他们所有的决策和决定。"②

在塑造人物形象的过程中，赵晓梦尽可能回避标准化、模式化的人物描写，回避"主山高耸，客山作揖"的外在造型范式。不管是对攻城者还是对守城者，诗人都回避了选边站的做法。当然这种回避选边站的做法并不是放弃写作进程中的审美立场，相反是摒弃那种外在的类型化的人物形象塑造方式，将自己的审美立场直接嵌入历史人物的命运之中，还原这些历史人物的命运情景，保持"零度写作"的审美底线。这样做的结果，不仅不会伤害历史事件本身的真相与尊严，相反会让写作中的历史更加真实与灵动，会让历史重新抬头说话，一切都鲜明生动。吉狄马加在为该诗所作序言中评价称："赵晓梦既能跳出个人的偏好，也略过历史事件的具体纠葛，将目光和诗锋对准历史亲历者的心灵，录制他们的情感风暴，以细枝末节来透视人性深处的幽光，展示人性的丰茂和广阔。"③

---

① 赵晓梦：《钓鱼城》，中国青年出版社 2019 年 4 月第一版 11 月第二次印刷，第 147 页。
② 赵晓梦：《钓鱼城》，中国青年出版社 2019 年 4 月第一版 11 月第二次印刷，第 147 页。
③ 赵晓梦：《钓鱼城》，中国青年出版社 2019 年 4 月第一版 11 月第二次印刷，第 2 页。

再给我一点时间——长生天！

让我醒来，给草原的遗嘱留点时间。

弯弓扬鞭，一块石头来得太突然，

忘了让谁继承祖宗的江山？

被石头暂停的时间，心跳进入倒计时。

愤怒和耻辱关不住牙齿的穿堂风，

你们听到的，将是我留给人世最后的

扎撒：

"不讳以后，若克此城，当尽屠之。"

　　诗篇开始的地方，也是"钓鱼城之战"开始的场景。对蒙哥汗战死的场景，诗人避开了长篇叙事史诗的一般写法，避开了场景描绘，而是回到蒙哥汗的遗嘱中来，回到历史人物的内心交代中。我们在阅读到这一系列诗行的时候，不是看到战争的具体场面，而是聆听历史人物的内心述说。时间在蒙哥汗的述说中仿佛停止下来，时间的翅膀在草原上盘旋。这种写法，让阅读者既忘记了诗人的写作，又忘记了自己的阅读。唯一的经验就是让你同时穿越七百多年的岁月阻隔，让你置身在这一场景之中，去聆听主人公的心声。这是一种更深层次的真实，阅读者可以由此触摸到现场人物的心跳与氛围。具体的战争场面渐渐隐去，历史事件在现代的语境中逐渐复活与显现。"被石头暂停的时间，心跳进入倒计时。"精准到刻骨铭心的位置，让你忘记诗人在写作的行为。仿佛时间的沙漏在这里出现倒流，不是相隔数百年的历史人物渐渐远去，而是阅读者自身已经回到了那个时刻。直到诗人写出蒙哥汗的遗嘱："不讳以后，若克此城，当尽屠之"，我们才知道这是已经发生过的历史事件，事件还原到历史的维度上，还原到蒙哥汗真实的心愿中。即便如此，作品也没有落入一般写作套路的窠臼，没有在这里对写作中的人物下结论，而是让这种情景与情绪进一步沿着历史与现实的内在张力不断展开。

　　赵晓梦在《钓鱼城》的整体写作中，一直秉持这种写作策略。将汉语诗歌的抒情传统、意象传统、直觉经验灌注在钓鱼城的历史事件、历史人物的叙事结构之中，由此形成客观叙事和主观抒情的意象营建张力结构系统，既保持了叙事结构的严谨性，又让叙事结构摆脱了因单一的叙事方式导致的情感枯竭和审美空乏，从而赢得了汉语诗情表达的激荡性和跃动性，形成了叙事结构的坚固基础和史诗的画面剪辑、组结、交替进行的诗意境界。从而很好地解决了汉语抒情史诗的现代性困扰，获得了汉语在抒情史诗写作中的现代性契机。

> 再给我一点时间。一城人的心跳
> 严重脱水。寒冷和干旱坐实了
> 我们的饥荒。飞鸟和猿猴的哀鸣，
> 从山腰漫溢开来，正月的风
> 吹不开海棠也吹不发墙草，
> 废墟中的钓鱼城，生命进入了
> 枯水期。

　　诗人在这里坦然自己的历史态度，或者说是以诗人自己的历史感受、历史情怀来对钓鱼城之战中的人物进行道德辩白，有意识绕过那种根据既定的历史伦理对历史人物进行道德审判，而是直面历史事件的存在真实。因此，这里存在着诗人写作中的选择与偏见。韩少功认为："不是出于一种廉价的恋旧情绪和地方观念，不是歇后语之类的浅薄的爱好，而是一种对民族的重新认识，一种审美意识中潜在的历史因素的苏醒，一种追求和把握人事无限感和永恒的对象化的表现。"[1]按照一般的理解，"投降"始终是一种耻辱，英勇就义才是唯一的价值正道。不言而喻，这是一种抽象的历史观。赵晓梦在这里，从某种意义上说，感受到了这种历史伦理的精神逼问，他没有按照一二章"被鱼放大的瞳孔""用石头钓鱼的城"的诗化哲学拟题，而是直接采取了"不能投降的投降"这一哲学思辨标题。这一章的正文开始就直接导入诗人自己对历史人物的辩护，"再给我一点时间。一城人的心跳/严重脱水……"由此可见，不能投降是抽象的、道义上的，而最终的"投降"是被迫的、不得已的，同时阐明了只有投降才是符合历史真实、生命真实、道德真实的必然选择。

---

① 易英：《学院的黄昏》，湖南美术出版社 2003 年版，第 37 页。

诗人毫不掩饰自己的历史态度。这种历史态度包含着两个层面：一是必须尊重历史事件，所有的诗性生产必须是从钓鱼城之战的历史事件中来，而不是虚妄地捏造；二是必须基于历史事件的当代语境，摆脱历史事件的当代语境，这种历史事件就是无意义无生命气息的材料堆放。赵晓梦在历史事件与当代语境的张力系统中达成了诗性展开运行的敞亮通道和严谨坚实的内在结构。

如何穿越历史事件与当代语境之间的阻隔，它不是简单意义上历史与现实相加的方式与结果，不是一个数学意义上的量的累积，从根本上说，就是诗人的生命存在状态与历史事件中生命存在状态的交织与融合，诗人的写作语境正好是这种生命存在状态的敞开与澄明显现。

诗人欧阳江河在谈到写作中的历史观时认为："我们称之为历史的东西，实际上并不是已知时间的总和，而是从中挑选出来的特定时间，以及我们对这些时间的重获、感受和陈述。"[1]赵晓梦在《钓鱼城》写作中的结构性布局，对历史的时间维度进行了选择与重铸。诗作中的时间链条已经不是七百多年前的外在时间链条，我们从诗中感触到的时间是重新开始的时间，是整部诗集营建中的时间。全诗总共三章，每一章都是从"再给我一点时间"开始的。在笔者看来，这并不是一般性达成写作手法的呼应，而是更本源意义上的击穿，是时间的重新聚集。按照欧阳江河的看法："它一旦从已知时间中被挑选出来，就变成了未知的、此时此刻的、重新发明的。"[2]或者可以这样认定，一首诗在对待历史时间的问题上，所有的时间因素都呈现为一种语境中的存在，所谓的时间之花只能在语境之树上迎风绽放。

三、汉语的现代性指向

审视《钓鱼城》整部诗集，不难发现赵晓梦持续而强烈的写作诉求，这就是致力于汉语文学传统的创造性转化，实现汉语诗的现代性转型。这种转化与转型实质上就是对汉语诗写作的重塑与再生。其中，既包括对古典诗词美学传统的重塑与再生，也包括对古典诗词文体形式的重塑与再生。中国古典汉语诗文体传统

---

[1] 欧阳江河：《站在虚构这边》，生活·读书·新知三联书店 2001 年 7 月版，第 59 页。
[2] 欧阳江河：《站在虚构这边》，生活·读书·新知三联书店 2001 年 7 月版，第 59 页。

源远流长，文体资源丰富多彩，可谓取之不尽、用之不竭。四言五言，律诗绝句，诗词歌赋，应有尽有，但就整个汉语古典诗词的发展而言，作为写作中的史诗篇章一直没有出现，甚至包括长篇的诗歌写作也不多见。《离骚》《将进酒》《长恨歌》《琵琶行》等古典汉语名篇虽然篇幅并不算短，但从根本上讲，它们依旧只能划归在抒情诗领域，与史诗分属截然不同的系统。中国是诗的王国，其主要基于汉字的诗性土壤。但这种诗性土壤似乎更多适宜种植短篇的抒情诗、抒情歌谣。诗言情、诗言志，归根结底是抒情文学的基因谱系。

汉语留给我们的文学遗产实在太丰厚，同时给我们传承下来的写作法度也可谓壁垒森严，几近严苛。我们该怎样面对？在笔者看来，继承不是照搬，不是复制印刷。放眼过去，古典诗词琳琅满目，浩若星辰，它为中华诗国留下来连绵不断的高峰，迄今令世界尊崇与仰望。在这连绵不断的诗词文学高峰中，汉语是其中最核心的基础，或者说汉语是构成这些高峰的骨骼，而汉字则是构成汉语骨骼的每一片基石。中国诗歌史上每一次高峰的出现，都是对汉字作为基石的重新排列与组合。从四言五言到绝句律诗，从诗经、楚辞、魏晋风度到唐诗宋词元曲，无不如此。问题正好出现在这里，由于汉字与生俱来的象形与音韵，导致汉语诗词差不多都是在格律化的进程中演进，包括音韵平仄的规范化制定。因此，我们对汉语的理解主要基于汉字的象形功能，对其叙事的结构功能、语义功能、语用功能的开发却受到相应限制，也由此导致汉语在向现代性转型过程中经受了太多的挫折和磨难。迄今为止，这种挫折与磨难依然伴随着汉语诗歌写作的种种挑战与突围。不可否认的是，汉语诗在向现代性转型过程中，经历了几次极为重要的探索阶段。总体而言，大略经历了三个时期：20世纪初期的现代诗运动（包括白话文诗歌写作，但其不是主体部分）为第一阶段；第二阶段主要指20世纪70年代末至20世纪80年代的朦胧诗时期，这是汉语诗现代化的决定性时期，也可以说是汉语诗现代化的黄金时期；汉语诗现代化的第三个阶段，就是接续朦胧诗之后的多元探索时期，这个时期正处于方兴未艾状态。在讨论赵晓梦《钓鱼城》抒情史诗的写作向度时，不交代汉语诗现代化进程中的问题肯定不行。我甚至认为，没有汉语诗的现代性转型，就不可能真正意义上出现长诗的写作，更不要说是抒情史诗的长篇巨制。或许有人会拿出《格萨尔王》《江格尔》等史诗作品来说事，问题在于它们的成篇并非某一位诗人作家的写作所为，大多是民间的口述整理集结而成。这和我们当今的汉语诗写作存在着根本性的差异，这好比言语和语言的差异。诗写作是语言的集中建构，而非随意性的语言堆砌和散乱。因此，汉语的现代化是抒情史诗创作的必备条件，一旦缺失汉语的现代化转型，任何史诗的写作都只能是子虚乌有。

诗人昌耀认为："诗，自然也可看作是一种'空间结构'，但我更愿意将诗视作气质、意绪、灵气的流动，乃至一种单纯的节律。"[①]长篇的叙述抒情史诗无疑会打破古典诗词的固定格局，诗行不再成为汉字共同体的空间结构和划定标准的音韵节奏。长篇抒情史诗的写作从根本上必须颠覆这种早已规定好的句式，现代自由诗的写作必须是流动的不受阻的，正是这种品质一直追逼汉语的现代转型。让汉语重新获得自由呼吸的心肺功能，汉语的现代性历程不仅没有丢弃其独特的意象功能和抒情功能，相反，汉语一旦获得自由呼吸的心肺功能之后，长上更加浪漫飞行的翅膀，将使得其叙事、抒情、意象营建无拘无束，跌宕起伏，淋漓尽致。

> 天下再大，不过是马蹄的一阵风。
> 祖先和兄弟打马走在风中，
> 黄金家族的名号，压得乌云
> 喘不过气。没有哪座城池能阻挡
> 铁骑扬起的沙尘暴，没有哪条
> 河流能阻挡鞭子抽出的道路，
> 也克蒙古兀鲁思的宽大外衣，
> 抹去部落认同感。生死宽敞的大地，
> 丈量不出斡耳朵的辽阔。
> 珍珠玛瑙在字儿只斤的库房
> 堆出灰尘，高原上的哈拉和林，
> 张口就是世界方言。

这种叙事、抒情、意象营建的写作方式无疑是汉语现代性标志。诗行的流

---

① 张广昕：《昌耀诗歌文体变迁的内在逻辑》，《中国现代文学研究丛刊》2014年第12期，第63页。

速不是依据已有的写作范式，而是全然倚仗诗人内在的情感推动，或舒张，或缓慢，或激越，或清风徐来，或狂风骤雨。不仅写作中的诗人如此，我们阅读者也毫不例外。有时被诗行的流速逼得喘不过气来，有时又不得不因为诗人展开的诗意画面在那里流连忘返，乐不思蜀。这一切都是在汉语获得现代性的语境下才能获得的诗歌写作和诗意畅享的自由境界。这正如诗人阎安所说的："真正成熟而优秀的现代汉语诗创造者，他仅仅有历史意识是远远不够的，还得有时间意识……"[1]阎安这里的时间意识不是抽象的时间所指，而是特指诗人所处的时代语境，这种时代语境包括语言文字自身的时代面貌。

在《钓鱼城》的写作中，赵晓梦摒弃了写作者全知全能的创作模式，开启了与历史人物对话交流的语言平台。作者通过写作，达成了与历史人物一起生活、一起谋划、一起想象、一起感触、一起体验的现实状态。从第一行诗开始："再给我一点时间——长生天"，到全诗结束中的"过去变得遥远。过去发生的一切／都可能在未来重演，反正下面有那么多弯曲的骨头／撑着睡姿"。这种诗写作的伦理转向已经不是传统诗歌写作的伦理模式了，而是现代诗学的共同体原则。巴赫金在谈到言语行为形式的对话时有过这样的观点："对话是语言中反映说话者之间相互关系的语言形式。"[2]这意味着对话是相互依存的个体之间语言的双向作用，它在两个主体间展开。

> 再给我一点时间。这潮湿干冷的
> 深宫后院，这昏睡的海棠和蜀葵，
> 在惨白月光环顾下，已经没有了
> 往日的佳期如梦。
>
> 挂满泪珠的眼睛，有些看不清你
> 酒碗里的心思。尽管我的靴子藏着
> 身份的秘密，也得等你从碗底的

---

① 房伟：《展现汉语诗歌的独特魅力》，《现代文学研究丛刊》2015年第8期，第65页。
② 周彦华：2016年博士论文《"介入性艺术"的审美意义生成机制研究》，第89页。

余醉中醒来!

在这一相互对话、相互交流的过程中,诗人似乎早已忘记了自己的言说身份,代之转化为细心倾听者的身份。倾听历史人物的再次言说与心声,作者将自己还原到当时的历史情境中去,自己由此转变成一个参与者,一个倾听者,一个对话者,从而形成与历史人物之间的融合关系与认同感,借以达成诗性流动的共生状态。有关这些,可能就是诗人吉狄马加在谈到《钓鱼城》时说的:"赵晓梦是一个有大爱的诗人。"

> 没有进取心的道路,丈量不出
> 马蹄的脚步。
>
> 气吞山河的绝望,
> 在石子山的汉帐长出苔癣。
>
> 被暂停的时间。被堆砌的怒火。
> 被刺伤的尊严。被限制的呼喊。
> 在石头里发酵表情。

赵晓梦在《钓鱼城》的写作中,回避了单一的创作方式,出现了巴赫金的复调表达方式。或者可以这样说,《钓鱼城》是语形学、语义学、语用学的诗学叠加,是叙事诗、抒情诗、电影诗综合构成的抒情史诗。这是《钓鱼城》整体构型所呈现出的艺术风格。如果从这首诗的内在机理考察,诗人往往省略了"历史事件的具体纠葛,将日光和诗锋对准历史亲历者的心灵,录制他们的情感风暴,以细枝末节来透视人性深处的幽光,展示人性的丰袤和广阔"[①]。这样,诗人摆脱了写作过程中的叙事拖累,赢得了抒情、言志、状物的自由意志,包括诗意的汪洋恣肆,意境的辽阔营建,一切都水到渠成,自然天成。

---

① 赵晓梦:《钓鱼城》,中国青年出版社 2019 年 4 月第一版 11 月第二次印刷,第 2 页。

就此而言，抒情诗、意象诗是汉语文学传统中的核心存在，但文言汉语在长篇抒情史诗的发展一直就不够充盈饱满。长诗的写作契机确实是汉语在不断现代性的语境下才得以实现，长篇抒情史诗的写作契机也自然而然地和这一现代性相遇而成为现实可能。赵晓梦的《钓鱼城》写作非常充分地印证了这一点。

> 每一天仿佛都从墓前走过，每一步
> 仿佛都在跨越生死，时间的城墙上，
> 宋的旌旗在硝烟里遍植死亡。
> 失去重庆失去粮食和水，钓鱼城
> 单薄的棉衣扛不住北风凛冽，
> 城有多大，孤独和恐惧就有多大。
> 国事飘摇，饥饿无期，风一天天
> 吹瘦人一天天减少，被闲置的
> 深宫大院无人会意，被感伤的抱负
> 不能按理想行事。
> 一城人的生死清角吹寒，废池乔木里
> 没有沽名钓誉，时间的长河里没人
> 能留下干净名声。即使顽固的石头，
> 也会被时间删繁就简。

赵晓梦在《钓鱼城》的结构营建过程中，抛弃了传统诗歌写作的线性叙事手法，采取立体的、变动的、多维的、重叠的诗性表达手法，将叙事长诗的写作放置在多重视角、多重镜头的交替转换的结构营建中，有意识阻断线性叙事的客观路径，放纵叙事的主观感受和情绪张力。镜头不断切换、重叠、交织，以此形成整首诗的城堡结构。在这一城堡结构中，诗人有意识让这种情感激流绕城穿越，并迫使这种情感激流在迂回曲折的进程中去扰动语言的正常秩序，使诗句朝着陌生化、戏剧化的方向延伸与发展。

"一曲新词酒一杯，去年天气旧亭台。夕阳西下几时回？无可奈何花落去，似曾相识燕归来。小园香径独徘徊。"（晏殊《浣溪沙》）当今仍有不少诗人梦想重现古典汉语诗的这种光荣,诸如"新格律诗""新意象派""新诗词歌赋""新鸳鸯蝴蝶梦"等等,七零八落,不亦乐乎,其结果并不乐观。如果仅仅是出于个人志趣,小情小调,把玩把玩,这倒没有什么。但如果在当代语境下,要硬性地推动汉语的诗词复兴、文言复兴,那就不是维护汉语文化的美学传统,而是对汉语现代化的文化隔离,甚至是戕害。笔者从晏殊的《浣溪沙》读出来这种特定的意涵。非要从语形学角度去推动古典汉语诗词的发展,肯定是徒劳的,只能是"去年天气旧亭台"和"无可奈何花落去";真正要推动汉语诗的繁荣与发展,面对文言汉语、古典汉语、古典诗词,我们要做的是吸吮其精神乳汁,而不是简单地全面复制与挪用。或者说必须调动和把握汉语的现代契机,"似曾相似燕归来"的诗学前景才会迎面而来。因此,长诗的写作、史诗的写作、抒情史诗的写作,实际上既是汉语写作的现代性需要,也是汉语写作的现代性必然。这种现实说明什么?无非阐明汉语自身需要与时俱进,汉语需要现代化,需要从"花丛间、柳荫旁、小桥边、烟柳巷、风花雪月"中移出,需要给玲珑剔透的汉语解压,让汉语直面现实生活、直面历史、直面人生。只有这样,汉语才能重新唤醒自己的生机,承担起全新的使命,重现诗国的荣光。

〈作者简介〉

邱正伦,西南大学美术学院教授,人类学博士,博士生导师。教育部艺术教育专家委员会成员、中国作家协会会员、中国美术家协会会员、中国文艺评论家协会会员、中华美学学会会员、国际美学学会会员、西南大学中国当代城市美学研究中心主任、重庆市艺术美学学会会长、重庆市文艺评论家协会副主席。出版《中外艺术史教程》《艺术美学》《审美价值学》《审美价值取向研究》《艺术价值论》等十余部学术专著,出版《四十九种感觉》《手掌上的风景》《冷兵器时代》《重水时代》等多部诗集,获2009年重庆市政府文艺评论奖等数十个奖项。

一个诗人与一段历史的诗意相遇

——赵晓梦长诗《钓鱼城》的艺术表达

◇蒋登科

摘　要：新诗中的长诗创作虽然取得了一些成绩，但和其他一些诗体取得的成就相比，还存在一定的差距。随着诗歌艺术的多元化发展和一些诗人深度观照历史、现实的需要，长诗创作在21世纪以来受到了越来越多的重视。赵晓梦的长诗《钓鱼城》以宋元之交的钓鱼城之战为题材，既注重历史的真实，又以现代的眼光打量历史，深度挖掘人物的内心世界，在时间、生死、命运等方面进行了多角度、多层面的思考。在艺术表达方面，诗人进行了有益且有效的尝试，设计了块状式的文本结构，体现出文本建构上的整一性；采用了戏剧化的表达方式，通过人物的自我叙述，实现了表达上的客观化，形成了含蓄蕴藉的艺术张力；对不同人物的经历、性格、心态、命运等进行了全面的发掘和解剖，通过有血有肉的人物形象，串联起诗歌所涉及的历史时期的各种复杂的关系，也融合了诗人自己的历史观、价值观、诗歌观；在语言方面，诗人避开了长诗创作中经常使用的主要以叙事为主的表现策略，在语言的建构上既依托故事本身，又注重人物内心的抒写，使外在线索与内在情感达成了诗意的融合。

关键词：赵晓梦　《钓鱼城》　长诗写作　块状结构　戏剧化　语言策略

项　目：国家社科基金项目"百年新诗中的国家形象建构研究"（项目编号:15BZW147），项目负责人：蒋登科

诗人赵晓梦用十多年的时间，广泛收集资料、研究历史，反复修改、打磨文本，创作了一部长诗《钓鱼城》。在浮躁风气、应景写作不断蔓延于诗坛的时

候，这是一种值得肯定的创作姿态。这部尝试独特表现方式的作品，值得我们认真解读，并由此打量和反思当下诗歌创作中存在的种种同质化、空壳化和粗制滥造现象。

我熟悉赵晓梦。他的少年时代是艰辛的，但他也是幸运的。当很多同龄人为了通过高考的"独木桥"而夜以继日、加班加点学习的时候，他却以文学特招生的身份进到了西南师范大学（西南大学前身）。晓梦进大学是在20世纪90年代前期，文学的全民性热潮已经过去了，但在大学校园里，文学氛围依然非常浓郁，在他之后入校的文学特招生还有曾蒙、骆平、邹智勇等，加上大学生中的其他文学爱好者，形成了大学校园里的一个充满梦想的文学群体。与单纯追求实用主义的教育相比，他们是幸运的。赵晓梦进入大学时候，我已经在学校工作，我们时常在一起交流，闲谈文学，就着一杯清茶，可以谈到忘乎所以，可以谈得无分昼夜。回顾这段经历，主要是想说明，赵晓梦是一个拥有文学梦想和文学情怀的人，无论他后来忙于什么工作，他都没有放弃诗歌，没有放弃通过诗歌打量历史、现实和人生。

我也熟悉钓鱼城。钓鱼城是一块位于重庆市合川区城郊嘉陵江南岸的高地，面积只有2.5平方公里，但在宋末元初的时候，这里发生了一场旷日持久的战争，钓鱼城居民借助这块弹丸之地，抵抗来自北方的侵入者，时间长达三十六年之久。其历史故事大致是这样的：

> 古代那场持续了三十六年之久的钓鱼城之战，是宋蒙（元）战争中强弱悬殊的生死决战。成吉思汗之孙、蒙古帝国大汗蒙哥亲率部队攻城，但"云梯不可接，炮矢不可至"，钓鱼城坚不可摧。蒙哥派使者前去招降，使者被守将王坚斩杀，蒙军前锋总指挥汪德臣被飞石击毙。1259年，蒙哥本人也在城下"中飞矢而死"。于是，世界历史在钓鱼城转了一个急弯，正在欧亚大陆所向披靡的蒙军各部因争夺可汗位置而发生内斗，急速撤军，全世界的战局由此改写。钓鱼城因此被誉为"上帝折鞭处"，南宋也得以延续二十年。[①]

---

① 吕进：《坚守钓鱼城——赵晓梦长诗〈钓鱼城〉读后》，见赵晓梦《钓鱼城》，中国青年出版社2019年4月第一版，第9页。

钓鱼城的精彩故事、历史蕴含，以及这段历史和这场战争在合川、重庆乃至中国、世界历史上的地位很高，影响也很大。每次去到那里，看到那些坚固的工事，看着石头上依然清晰的凿刻痕迹，看着悬崖边的树长了一茬又一茬，俯瞰悬崖之下滔滔奔流的嘉陵江，默读着那些并不详细的介绍文字，我们都会生出一份敬意和沉思。历史无法重复，但历史可以给我们提供重新思考的信息。最近几年，随着范家堰遗址①的考古发掘取得重大进展，很多曾经被掩埋在泥土之下、淡化在时间之中的历史细节逐渐被披露，钓鱼城进一步揭开了神秘的面纱，许多诗人、作家和历史学家也将目光投注到钓鱼城，推出了不少具有影响的文学作品和研究成果。

作为一个长期关注新诗的读者和研究者，我读过很多描写钓鱼城的诗文，有旧体诗词，也有新诗，还有小说、散文、赋等，但在此之前没有读到过关于钓鱼城的厚重的长诗。就个人的兴趣来说，我更喜欢短诗，短诗在中国传统诗歌和现代诗歌中都占有主体地位，这种诗体可以使情感表达一气呵成，气韵通畅，并且通过跳跃、留白等方式建构出一幅幅文字优雅、感情浓郁、表达别致、旋律优美的精神风景。而有些长诗，以讲故事为主，试图通过诗的方式去完成小说、报告文学等叙事文体的任务，以己之短攻人之长，读起来很难入心。更为关键的是，长诗创作需要的时间相对较长，诗人的情感、体验在这个过程中可能会发生一些变化，因此，有些作品会让人觉得文本中间存在不同程度的"断气"之感，也就是气韵不够通畅、情感线索缺乏延续性。但是，一个民族、一个时代的诗歌如果只有短诗，那肯定是不行的，有些重大的历史事件、重要的情感主题是需要篇幅更长的作品来表达的。在以短诗为主体的中国古代诗歌中，有些作品的篇幅还是相对比较长的，除了《孔雀东南飞》《木兰辞》等叙事性作品之外，李白的《蜀道难》《将进酒》、张若虚的《春江花月夜》、杜甫的"三吏""三别"、白居易的《琵琶行》、苏东坡的《赤壁怀古》等作品，相比于大多数四行、八行的诗篇来说，算是很长的了，而它们在中国诗歌发展中几乎都是无可替代的。现代诗也一样，在新诗发展中，如果没有郭沫若的《凤凰涅槃》、周作人的《小河》、孙毓棠

---

① 范家堰遗址位于重庆合川钓鱼城山腰。通过第一期的考古发掘，专家发现了当时的合州州治衙署布局，是目前中国出土的高规格南宋时期衙署遗址，位于钓鱼城山的背面，在整个钓鱼城的防御体系中易守难攻，被评为"2018年度全国十大考古新发现"之一。

的《宝马》、闻一多的《奇迹》以及臧克家、艾青、杭约赫、唐湜、洛夫、叶维廉甚至郭小川、贺敬之、李瑛、岑琦和其他一些诗人的长诗作品，那么，新诗的收成可能就要单薄不少。而且，对这些诗人来说，如果没有创作出具有较大影响的长诗，他们在诗歌史上的地位可能就需要重新进行确定。

在新时期以来，新诗发展出现了多元格局，短诗的成就自然不低，长诗也成为收获丰硕的诗体之一。很多诗人通过关注历史、现实，解剖自我人生经历，抒写着对我们这个民族、时代和人们的精神演变的感悟，抒写着中国诗歌的精神与中华文脉的延续，记录着我们这个时代发生的或重大或细小的变化、进步。叶延滨、杨炼、欧阳江河、吉狄马加、海子、梁平、陆健、王久辛、丘树宏、臧棣、李少君、张况、洪烛、马启代、高世现、叶玉琳、金铃子、郑小琼、马慧聪等不同年龄段的诗人，都创作出了具有各自特色的长诗作品，为新诗文体的丰富和新诗表达方式的多样化做出了各自的贡献。

正是在这种独特的身份、语境之下，赵晓梦和钓鱼城以诗的方式相遇了！

这种相遇是必然的。钓鱼城和赵晓梦都属于合川。钓鱼城是合川文化的重要象征，作为合川人的赵晓梦肯定无法回避，甚至应该主动去关注；而钓鱼城也正好需要一个熟悉合川历史、文化，艺术造诣较高的诗人来梳理它的精神脉络。从这个角度说，赵晓梦是创作钓鱼城题材的诗歌最合适的人之一。一方面，赵晓梦熟悉合川，熟悉钓鱼城，熟悉钓鱼城所蕴含的文化、精神资源，关键是他离开家乡多年之后，在更深厚的积淀、更开阔的视野中反观钓鱼城及其历史，能够更好地发现它的独特地位与价值；另一方面，赵晓梦具有良好的艺术功底和独特的人文情怀，他创作了许多优秀的作品，尤其是诗集《接骨木》中关于家乡、亲人的抒写在骨子里就是对合川的书写，他在精神、情感上与合川、与钓鱼城始终是相通的。可以说，在当下的诗人中，以独特的知识储备、情感取向来观照钓鱼城，赵晓梦肯定是首选诗人之 。因此，他主动选择这个题材，创作长诗《钓鱼城》，其创作动因是内在的，其精神动力是内在的，其情感取向是内在的，这和时下流行的主要来自外在的或者来自理念的"任务诗""采风诗""政绩诗"或者表达小感触、小情怀、小确幸、小愁绪等的作品，有着很大的区别。

就结构、表达方式看，长诗有多种类型：有抒情为主的，比如洛夫、叶维廉、杨炼、海子以及郭小川、贺敬之等人的一些作品；有叙事为主的，比如唐湜的历史叙事诗，写的都是历史上的一些人物、事件；还有叙事、抒情相结合的，艾青的长诗作品基本上都具有这样的特征，比如《向太阳》《他死在第二次》《古罗马的大斗技场》等。赵晓梦的《钓鱼城》具有叙事诗的结构特征，通过历史故事、人物来设计全诗的结构和思路，但如果将其中的每一个诗章单独拿出来看，似乎又都是以抒情为主的。可以说，叙事的演进是以历史事件为线索的，而又是在诗人的驱动下展开的，最终所要表达的是诗人在打量历史基础上对历史的重现和审视，更有诗人对历史的重新发现和思考。

这种相遇，使惯于创作抒情短诗的赵晓梦，开始了一次新的探索，也由此取得了新的收获。在诗歌创作中，长诗写作是一种探险甚至冒险，最终是否能够在文本上取得成功，取决于很多因素。我们可以从以下几个方面来解读长诗《钓鱼城》在艺术探索上所体现出来的独到特色。

一、块状式的结构方式建构了作品的整一性

对于篇幅较长的作品，结构的设置至关重要。当下诗坛上出现的有些长篇作品其实是由一些短章组成的，这本来没有什么问题，任何长篇作品都可以分解成相互关联也相互独立的组成部分。但是，长诗创作的关键问题是内部的组合方式，也就是对结构方式需要特别考究。如果一首长诗仅仅是将一些相关的短诗组合在一起，很容易让人觉得像是堆积在一起的材料，缺乏气韵的贯通。优秀的长诗应该是一座独特的诗的"大厦"，必须要有整体的设计，尤其是结构上的设计，才能将零散的材料建构成一个整体，才能够从楼底直达楼顶。长诗的结构有如一座"大厦"的框架和筋骨，是支撑"大厦"站立起来的决定性因素。不讲究结构的长诗，很难在作品的整体性上体现出特色，也就很难成为优秀的长诗作品。

《钓鱼城》不只是将一些涉及钓鱼城的短诗随意地、简单地组合在一起，而是在结构上进行了精心设计。全诗由三章组成，每一章所写的都是不同身份的人的自我回顾与心态演变，而每一章都选择了三个人。第一章"被鱼放大的瞳孔"写的是攻城者的回忆与感悟，以蒙哥、出卑、汪德臣三人之口出之。这一章在初稿和在《草堂》刊发的时候，题目都叫"我们的弥留之际"，"弥留"二字揭示了攻城者最终失败的命运，但也存在表达不够准确的问题，因为在诗中进行自我回

顾和反思的时候，其中的一些人已经战死，而不是"弥留"；而"放大的瞳孔"则更多地体现出一种惊讶甚至震惊的心态，更符合说话者的身份。第二章"用石头钓鱼的城"写的是守城者的经历和心态，以余玠、王坚、张珏三人之口来表现，在这里，"石头""钓鱼"具有特殊的意味，诗人借用地名，将历史事实进行了诗化处理。第三章"不能投降的投降"写的是守城者与攻城者的最终和解，以王立、熊耳夫人、李德辉三人之口表达出来；这一部分在其他类似主题的作品中很难见到，增加了《钓鱼城》这部长诗的人文底蕴和悲壮风格。三个板块之间既是相对独立的，又具有密切的内在关联，甚至还存在相互补充、相互证实的作用，无论是从史实还是从人物经历、情感的变化看，几个章节之间都有着内在的逻辑关系。而达成这种关联的，是发生在钓鱼城的一场特殊的战争。在战争中，至少存在攻防双方，在最后又会面临胜与负的结局，处于不同位置、处境的人肯定会有不同的心理、情感变化，而这些变化，只有当事人最能够体会和把握。不同的人对战争的体验和反思，才可能揭示战争的全貌和置身其中的人的心路历程。

在历史长河中，三十六年并不算很长，甚至只是短短的一瞬间，但对于具体的人来说，尤其是对于置身战争中的人们，三十六年却是漫长的。这三十六年的战争可能会发生很多转换，包括攻防转换、胜负转换等。而在这段历史中，这三组不同身份的人物群像是具有代表性的，任何战争都涉及攻击者、守卫者，同时都会涉及战争的结局；在众多的历史人物中，诗人选择的九个人物也是具有代表性的，他们代表不同的阵营，代表了三个不同场景中的人物的命运，这些人物性格不同，经历有异，在历史上获得的评价也不尽相同，这就构成了历史的大体格局。换句话说，只有这三个方面的人物都涉及了，而且都回到历史中进行了重新体验和反思，那么诗人才算真正抓住了钓鱼城之战的本质。因此，这种结构方式虽然是诗人的发明，但它是诗人在认真研究历史之后最终确定的，顺应了诗人对战争的思考和情感演变的逻辑。按照诗人的说法："他们在起落的世道上，都曾有过大好前程，最后都被不堪命运葬送。"[①]赵晓梦恰好抓住了事件、命运转换中的一些话题，又通过具体的人、事对这些话题进行了详略得当、内外交融的书

① 赵晓梦：《一个人的城——〈钓鱼城〉创作后记》，见赵晓梦《钓鱼城》，中国青年出版社2019 年 4 月第一版，第 136 页。

写，通过代表性的人物经历及内心变化，对钓鱼城之战的历史地位、精神高度进行了诗意表达。诗人借助人物之口对"命运"二字的诗意解剖，构成了全诗的核心话题，也是钓鱼城之战的题中之意。

在这里，我们没有必要详细复述诗人书写中的细节，只是想特别指出其中的一个关键点，就是在建构这种结构的时候，"时间"是诗人最为关注的一种切入角度。长诗的三章九个部分的开头一句都是"再给我一点时间"，也就是说，九个人都在祈祷时间的驻留。"再"字暗示我们，这些人物所说出的都是已经过去的经历和情感，是对历史的回顾。同时，"再"字也提示我们，这些诉说者在内心肯定有很多纠结、遗憾、不甘，如果时间可以重新开始，他们的经历、他们的人生选择有可能会呈现出另外的样子。恰如诗人自己所说："时间是个好东西。时间能淹没一切，也能呈现一切。"[①]历史因为时间而呈现出不同的面貌，生命因为时间而诞生、消失，人的价值因为时间而得到不同的评价。诗人选择"时间"这个关键点，有其特殊的策划，因为时间是非常残酷的，对于具体的生命来说，它只有流逝，无法重新开始，九个人感受的命运、遗憾、痛苦自然也就没有办法换一种方式重新经历一遍。从这个角度说，诗人在《钓鱼城》中所书写的绝不只是那段历史、那场战争，而是以此为出发点和聚合点，书写了和历史、现实、生命有关的多维度思考。

时间和空间是相并而生的。叙述者都是以回顾的角度思考过往，因此，长诗在空间上并不拘泥于钓鱼城这个小地方，甚至不拘泥于发生在钓鱼城的这场战争，而是涉及人类的历史、文化和人的命运。只是所有的这一切都围绕着钓鱼城展开，最终又都落脚于钓鱼城，这就在一定程度上赋予了钓鱼城更高的历史地位和文化蕴含，也使作品显得视野开阔，既遵循了时间，也超越了时间，将古今历史、文化、情感勾连在一起，最终表达的是诗人对历史的思考，对生命的感悟。

因此，块状式的结构方式既尊重了历史，尊重了置身其中的人物的体验，又建构了历史和文本的整体性，使整个长诗气韵流畅，情感饱满。在当下的诸多长诗中，《钓鱼城》是经过精心设计而创作的诗篇，既注重细节又注重整体，使细节和整体实现了协调并进，最终成为一个独特、鲜活的诗歌文本。

---

① 赵晓梦：《钓鱼城》，中国青年出版社 2019 年 4 月第一版，第 97 页。

二、戏剧化手段强化了作品的内在张力

戏剧化是现代诗歌的重要表现方式之一，它可以在文本的内在张力建构上发挥重要的作用。在《钓鱼城》中，诗人采取了人物直接出面，直接诉说事件和个人的内心体验的方式，不同阵营、不同经历的人物先后出场，合起来就勾勒出了钓鱼城历史的整体风貌，里面有纠结、有冲突、有成功、有失败、有遗憾、有无奈。放大了说，全诗就是一部重现历史的戏剧，但它是一部具有特色的"剧诗"，它首先是诗，不是为了表演，而是为了表达，只适合内心的倾诉，而不是复述历史。这种表达方式，使全诗具有底蕴、充满矛盾、冲突、纠结，在很大程度上超越了一般诗歌作品的平淡、直白和线性抒写。

诗的戏剧化是一种主要来自西方的艺术方式，对中国新诗的发展影响甚大。袁可嘉对诗的戏剧化非常推崇，他说："人生经验的本身是戏剧的（即是充满从矛盾求统一的辩证的），诗动力的想象也有综合矛盾因素的能力，而诗的语言又有象征性，行动性，那么所谓的诗不是彻头彻尾的戏剧行为吗？"[1]戏剧化在诗歌的创作中具有多方面的独特作用，其中之一就是诗人对诗歌结构的重视。袁可嘉说："现代人的结构意识的重点则在想象逻辑，即认为只有诗情经过连续意象所得的演变的逻辑才是批评诗篇结构的标准，这不仅不表示现代诗人的贬弃意义，而且适足相反证明现代诗人如何在想象逻辑的指导下，集结表面不同而实际可能产生合力作用的种种经验，使诗篇意义扩大，加深，增重。"[2]也就是说，诗人的想象逻辑、非线性逻辑不同于日常所见的叙事逻辑、线性逻辑，这样就可以使诗的结构显得更为独特、丰富、饱满。

戏剧化的艺术效用之一，就是实现诗歌在表达上的客观化。客观化不是不注重感情的抒写，更不是以叙事为核心，而是诗人借用他人之口、他人的行为和自身之外的存在，来曲折地、含蓄地表达自己的情感取向和诗意判断，从而避免诗歌抒写得过度直白，避免情感的空洞性和理念化。

---

① 袁可嘉：《谈戏剧主义——四论新诗现代化》，天津《大公报·星期文艺》1948 年 6 月 8 日。
② 袁可嘉：《新诗现代化的再分析——技术诸平面的透视》，天津《大公报·星期文艺》1947 年 5 月 18 日。

在《钓鱼城》中，戏剧化特征首先表现为诗篇结构的独特性。在一千三百行的长诗中，没有一行诗是通过诗人之口说出来的，全是借助诗中人物的自述来体现。九个人物代表钓鱼城之战的不同方面，他们从自己的角度来回顾这场战争以及战争带给他们的启示，因为身份不同，他们对战争的判断、对命运的思考也就有所不同，仿佛是通过艺术的方式重现了那场战争及其带给不同人的感受和反思。诗人将不同的观念以人物自叙的客观化方式呈现出来，而不是以先入为主的理念为战争定性，一方面实现了表达上的客观化，另一方面也揭示了历史事件的复杂性、多样性。这种效果不是通过诗人的叙述来实现的，在一定程度上提升了作品的丰富性和可信度。这和袁可嘉所说的在矛盾中求统一的方式具有相似性。诗歌写作不应该回避矛盾，有时恰好需要通过矛盾来揭示事物的本质。诗中所涉及的三组人物具有不同的立场，他们的体验、观点、心态充满矛盾，诗人让他们把各自的想法表达出来，让矛盾在诗中得到解剖、分析，最终实现辩证的统一，成为完整的文本。而这个文本因为矛盾的不断展开所形成的戏剧化效果，具有了广度、厚度、深度和思辨性特征，最终现实自身的丰富性。在这种表达中，诗人看起来是"旁观者""局外人"，但是，诗人其实是真正的"导演"，这些"戏剧"和场景、对话、行为等等的设计、演出都是诗人完成的，因此，诗篇最终表达的其实还是诗人对于历史、现实和命运的感悟和思考。

赵晓梦说："我的书写，不过是近到他们身旁，以他们的名义开口说话。让我宽慰的是，作为当年战场遗址的钓鱼城至今保存较为完好，让我的追述有了凭据。它庞大的身躯让我相信，面对侵犯，反抗不过是出于本能；它一直矗立在那里，从未变节。"[1]这其实就是诗人通过人物之口所要表达的主题，其中包括他对历史的打量，对战争的反思，对生命和命运的感悟，当然也包括他对长诗创作的探索。

长诗创作是一件非常辛苦的事情，如果作者仅仅以叙述者的身份讲述故事、发表感慨，作品即使拥有贯通整体的故事线索和情感脉络，也往往会显得比较单一、单薄，缺少变化和丰富性。尤其是对于《钓鱼城》这样的历史题材、战争

---

① 赵晓梦：《一个人的城——〈钓鱼城〉创作后记》，见赵晓梦《钓鱼城》，中国青年出版社2019年4月第一版，第136页。

题材作品，我们很难以单一线索的叙述方式写出其中的丰富、驳杂。戏剧化的表达方式，使九个人物像是站在历史的舞台上，穿越时间和空间，重新演绎那段久远而复杂的历史，作者和我们都只是在剧场里欣赏、思考、体验，每个人物都是立体的，每个事件都是独特的，每一种思考都和人物的身份相匹配，而且，他们以钓鱼城的历史为交点，不同的经历、不同的观念都呈现出来了，而有些经历、观念是充满矛盾的，于是在他们之间形成了相互对立、相互支持、相互补充的张力，从而使这段历史在文本中以立体的方式呈现出来，使作品具有了丰富的表现力，具有了值得反复阅读、思考的架构和内涵。

三、对人物内心的解剖使作品血肉丰满

对于带有叙事性的诗篇来说，细节、人物、故事都是不可或缺的元素，但是，作为挖掘人的精神世界的文学样式，包括叙事诗在内的诗歌的最终旨归还是对人的精神世界的打量。在长诗《钓鱼城》中，赵晓梦通过人物的独白、回顾、反思、追寻等不同的角度，揭示了人物丰富的内心世界，使他们形象丰满，个性突出。诗中涉及的不同人物在性格上存在很大差异，即使是同一个人物，在面对不同场景的时候，性格、心态也体现出多样性。而多个个性突出的人物，就把历史上的那场战争以及通过战争而折射的民族精神、时代精神有效地表达出来了。真正的文学都是关涉人的，而在书写人物的时候，对人的内心世界、精神境界的发掘是文学的核心内容。诗歌更是如此。如果诗歌没有精神的支撑，没有心灵的表达，最终就可能成为平庸的文字组合，自然也就无法进入读者的内心。

全诗涉及三组九个人物。每个人物的处境、目标、心态存在很大差异，因此，在战争之后，他们的自我回顾、自我审视、自我判断、自我解剖也是不一样的。言为心声，诗人没有对这些人物进行主观评价，而是通过人物的自述，借助他们自己的言语，倾诉他们自己的内心。

蒙哥、出卑和总指挥汪德臣是攻城者的代表。蒙哥是入侵者的头领，也是一个雄心勃勃、充满自负的人。在弥留之际，他回顾了自己的一生，回顾了他的宏大目标，但是他最终还是失败了，于是以他为中心的攻城者内心充满了痛苦、仇恨、挣扎和不甘：

我是一个不乐燕饮的人，
　　风花雪月不是我出兵的理由。
　　是的，我说过，止隔重山条江
　　便是南家。现在的临安府，
　　脆薄如一张纸，长生天的时间
　　都被他们用毛笔软埋，靖康之耻
　　没能中止他们附庸风雅，我得用鞭子
　　把它们圈进成吉思汗的版图！

　　蒙哥曾经对自己充满自信，而且对南宋的状况非常了解，看到了南宋的腐败、软弱和不堪一击，面对这种对手，他们本来以为势在必得："天下再大，不过是马蹄的一阵风。/祖先和兄弟打马走在风声中，/黄金家族的名号，压得乌云/喘不过气。"而恰好是这种目空一切的性格将他推向了失败的命运，最终折戟钓鱼城，客死他乡："气吞山河的绝望，/在石子山的汗帐长出苔藓。""被石头暂停的时间，生命进入倒计时。/一个异乡人即使有鹰的名字，/在垂直阳光的噩梦里，/也走不出鱼身黑暗的沼泽地。"通过对自己从梦想、战争、豪迈最终走向失败的反思，蒙哥的勇猛、自负的个性被揭示得淋漓尽致，也通过他，揭示了北方入侵者所潜在的问题，揭示了南宋王朝的羸弱，当然，也由此书写出钓鱼城守卫者的智慧和勇敢，他们为了保卫家园，不畏牺牲，与入侵者斗智斗勇，最终取得了胜利。

　　余玠、王坚、张珏是钓鱼城守卫者的代表，面对入侵者，他们肩负重任，敢于担当，镇定自若，充满了战死沙场的勇气与豪气。"白衣书生"余玠对当时的国家现状感受甚深，他知道南宋的衰败，但作为守将，他依然要守护在钓鱼城：

　　落在石头江面上的叹息与寂寥，
　　没能够显出世道人心的影子，
　　也没能够凝聚城市子宫里的
　　一团和气。深谙黑鞑事务的城，

能阻挡鞑虏十万条鞭子十万次抽打，

却不能阻止城外大面积的荒芜。

坚强的他虽然不得不面临现实与人生的无奈："在这兵荒马乱的年代，在这油尽灯枯/的黄昏，舌尖的乌云下面，/是山风无法辩解的判词。"但他内心始终是坚定的，将自己的性命置之度外，"用石头的城钓鱼，故国三千里的/繁华虽不见得能还原，但后世的/墓碑将会确认，我能钓到大鱼，/也能钓出历史的断编残简。"这种豪迈之气或许正是"钓鱼城之战"能够持续三十六年的精神动力。

王坚是合州的知州，也是钓鱼城的守城主将："我不是一个会看面相和风水的人，/我只是一个用石头钓鱼的守城人。"在对付来犯者方面，他是一个拥有策略的人，"与大鱼搏斗，你得保持足够耐心；/与大鱼搏斗，你得像鱼假装聪明。/鱼吞下饵，可能吐出饵；/鱼咬住钩，可能拉断钓竿，/可能连人拽入激流漩涡。"但是，他的内心也有郁闷，也有忧愤，"浑浊的酒杯装不下几多愁。/江风一吹，/鱼的腥味又在到处流窜。"他深深地明白，这种类似"持久战"的守卫方式，将会面临多少艰难，尤其是在南宋王朝处于江河日下的状态的时候。

张珏是一个人生充满悲凉的人物，"从钓鱼者到被钓者"，他有过自豪，也有过落寞，经历了太多的煎熬。回顾过往的青春岁月，"我们在各自的命运里起身，/砲石在风中飞驰，火雷在空中炸响，/河面布满鱼的死亡细节。坏天气，/坏脾气，都留给鱼去翻阅。/居高临下的城墙上，月光拉长我们/玉树临风的身影。"那时候他是"钓鱼者"，然而，他最终成了"鱼"，成了"被钓者"，他的人生、心态也因此而发生了根本的变化："成为鱼的第七百三十天，黄昏时分，/一位故人像乌鸦从赵老庵前飞过，/在我枯朽的身体刺出无法证明的伤痛。/那些牵挂的人和事都在风中走远，/都在掌心咽气。钓鱼城的月亮还在，/钓鱼的人和石头已被解散。"经历了成功，最终又面临失败，这种人生的落差在张珏的身体现得非常明显，命运的无常、人生的悲凉也由此而生。

长诗的第三章是最令人纠结的，"不能投降的投降"是一种无奈的选择。王立、熊耳夫人、李德辉三个人的最终选择也是最艰难的。王立本来是一个守土若命的人，但是，随着时间的推移，南宋大势已去，而且，蒙哥留下了最后的扎撒："不讳以后，若克此城，当尽屠之。"面对这样的处境，究竟是继续坚守，还是打开坚守了三十六年的城门"投降"，成为考验守卫者的严峻课题。王立知道："风雨飘摇的钓鱼城/虽还在我手中，/空洞的眼睛已阻止不了乌鸦的俯冲。/每个人的内心都在晃动，都在/大雾中飘浮。"在家国失守、民众面临灾祸的十字路口，他感觉人生恰如一场梦，"梦里没有镜子，/看不清红颜是否薄命，只有一双/证明身份的皮靴藏着惊人秘密，/钓鱼城的薄雾浓愁和我想要的/气节名声，全都在靴底收起生平。/一城人低于粮食和水的紧迫现实，/足以打开英雄气短的城门，足以/逶迤群山的道德良心，直指人/虚伪、贪婪、自私的软肋。"他最终做出了打开城门"投降"的决定，面对人民，这个决定不是失败，而是更高层次的成功，他没有顾及个人的"名节"，更多地考虑的是钓鱼城居民的生命："后世的非议，我已经无暇顾及！"他的形象因此而高大起来："王立敞开了'审势'的心灵打斗，人格在打斗中从'忠君'升华到了'爱民'，从小我升华到了大我。"[1]熊耳夫人、西川军统帅李德辉理解、支持王立的决定，无论当时和后来的人们怎样评价这个"投降"的选择，但在诗人那里，他们都是有大义的人，也都是有大爱的人。可以说，这是诗人从钓鱼城之战的历史中获得的最有价值的发现之一。

诗人塑造这些人物的方式很独特，就是让他们自己说出自己的感受。但是，书写历史必须尊重历史，甚至要回到历史中去揣摩人物情感的细微变化。这九个人物独特的个性、丰富的情感以及心灵的种种变化，复原了钓鱼城历史的复杂，甚至涉及当时整个国家的状况。这是一种以个案观照整体、以细小涵盖宏大的艺术策略。诗人为了实现这种具有诗学价值的书写，花费了大量的时间研究历史。"只有书写能最大限度满足好奇心。于是我开始了长达十余年有意识的准备，有关钓鱼城、有关两宋、有关蒙古汗国和元朝的书籍与资料，收集了几百万字之多。书柜里的书码了一层又一层，电脑里的文件夹建了一个又一个，但那城人仍然在历史的深处捂紧心跳，你能感受到他们的存在，却无法让他们开口。""战争旷日持久，累及苍生；我的写作旷日持久，胡须飘飞……不断从头再来的沮丧，在我和那城人身上拧出水来。直到清晨的淋浴喷头，将夜晚的疲惫洗去；直到一个人的模样突然眉目清晰，将所有的喧哗收纳，将所有的名字抹去。我忽然

---

① 吕进：《坚守钓鱼城——赵晓梦长诗〈钓鱼城〉读后》，见赵晓梦《钓鱼城》，中国青年出版社 2019 年 4 月第一版，第 11 页。

意识到，钓鱼城再大也是历史的一部分，那城人再多也只有一个人居住，他们再忙也不过只干了一件用石头钓鱼的事。"[①]对历史进行全方位考察和深度研究，对表达方式进行不断尝试，诗人最终将生活在现代的自己放进了历史中，和古人交流、对话，让他们开口，于是才有了这座"一个人的城"，这座城就是长诗《钓鱼城》！

四、语言的提炼与诗化是作品成功的关键

对于优秀的文学作品来说，独特的结构是作品的骨骼，个性化的表达方式是作品的经络，精彩的细节、故事以及丰满的人物形象是作品的血肉，而独到的语言方式则是作品的质地，只有这些方面实现了完美、协调的融合，诗人、作家才能创作出鲜活的、具有生命力的作品。尤其是在诗歌创作中，即使其他文本因素都具备了，但如果在语言建构上没有特色，缺乏个性，照样无法写出优秀的作品来。有人主张诗到语言为止。这个观点有点偏激，但是，语言在诗歌中的重要性却是不能否定的。

无论是抒情诗，还是叙事诗，或者其他类型的诗，语言的个性化最能体现诗人的才气和智慧，也最能看出诗人的文本建构能力。赵晓梦的抒情诗在语言建构方面具有自己的特点，他的长诗《钓鱼城》也是如此。

诗人注重在语言的诗意建构上用力，通过想象、变形、跳跃、戏剧化、打破常规语法等方式将日常语言进行陌生化处理，使日常语言超越它本来所具有的情感、思想承载能力，而表达出更为丰富的内涵。《钓鱼城》具有一定的故事性，但是在涉及故事的时候，作者的书写总是尽量简化，通过以少胜多的方式，抓住故事中具有诗意的细节、片段，来勾勒故事的轮廓，更多的时候，他是通过人物的自述，挖掘人物的内心世界。为了实现这个目标，作者尽量避免使用叙事性的语言，更多地使用了诗化的表达方式，在空间的拓展上实现了对故事本身的超越。诗中的九个人物，每一个都有非常丰富的经历，如果要通过叙述故事的方式

---

① 赵晓梦：《一个人的城——〈钓鱼城〉创作后记》，见赵晓梦《钓鱼城》，中国青年出版社2019年4月第一版，第132页。

来表达，绝对不是一千三百行作品可以完成的。诗人只是抓住了对人物影响最大的一些片段，引发他们对内心世界的剖白。蒙哥对历史的回顾，对强大军队的赞美，对辽阔地域的自豪，是通过下面这样的诗行表达出来的：

> 天下再大，不过是马蹄的一阵风。
> 祖先和兄弟打马走在风中，
> 黄金家族的名号，压得乌云
> 喘不过气。没有哪座城池能阻挡
> 铁骑扬起的沙尘暴，没有哪条
> 河流能阻挡鞭子抽出的道路，
> 也克蒙古兀鲁思的宽大外衣，
> 抹去部落认同感。生死宽敞的大地，
> 丈量不出斡耳朵的辽阔。
> 珍珠玛瑙在孛儿只斤的库房
> 堆出灰尘，高原上的哈拉和林，
> 张口就是世界方言。

诗人并没有通过大量的篇幅来说叙述蒙哥的祖先有多强大，而是说"天下再大，不过是马蹄的一阵风"，而且"黄金家族的名号，压得乌云喘不过气来"，揭示了当年成吉思汗蒙族的强大勇猛；"高原上的哈拉和林，张口就是世界方言"，写出了当时的疆域之广阔、富庶和具有号召力。短短几行诗所表达的内容，如果要"翻译"成故事，可以写出长篇小说；而且，在这些跳跃的文字之间，还蕴含着蒙哥内心的自豪甚至自负，这是单纯的故事所难以表达的。

在建构语言的诗意特征的时候，赵晓梦善于把握分寸，在"度"的处理上见出功夫，注重语言方式与诗的内涵之间的特殊关系，尽力避免玩弄语言、空壳化等现象。《钓鱼城》在语言处理上的基本的特点是遵循诗歌语言的一般规则。但是，和一般的可以平铺直叙的长诗相比，这部长诗在语言处理上存在很大的挑战，因为每一个部分都是通过人物之口表达出来的，而每个人物的个性、心态存在很大的差异，这些差异必须通过语言的选择、提炼揭示出来。如果每个人物的语言风格都是一样的，那么这部长诗肯定就是难以成功的。在具体的写作中，诗人对不同人物的话语方式、不同语境下的语言风格等，都进行了认真推敲、打磨，既使语言符合人物身份，又通过不同人物的语言创造了文本的丰富性、多样性。

> 我能做的，就是把你的遗物
> 放回原处。衣服放在衣橱里，
> 弓箭挂在墙上，战马牵回马厩，
> 给它一捆上好的草料，
> 让斡耳朵的生活日常保持原样。

> 保持原样的皮袍，总在清晨与黄昏
> 伸出手脚，缩短说话的距离，
> 占领泪水流干的心房。草原上的
> 月亮还在，地上的人已不见。

这是出卑三对蒙哥的怀念，显然带着女性的柔情。诗人建构的场景是属于蒙哥的，使用的意象也和蒙哥有关，而这一切肯定都深深地刻印在出卑三的生活甚至生命里。这些代表了雄浑、粗犷意象的诗行，却有一种柔情融合其间，这和出卑三的身份、心态达成了和谐。

> 这些后院的心事哪怕惨白了月光，
> 也只会是酒入愁肠好梦留人睡，再多
> 相思的泪也得忍顾人前碎语人后闲言。
> 方寸天空中飞过的那些鸟群，
> 我只关心大雁，对对成行指证方向。
> 啊！故乡，遥远的北方，
> 遥远的炊烟，掉下女儿的眼泪
> 落满思念的雪。天苍茫地无霜，

移不动窗格上小块月光。

这是熊耳夫人的内心独白。她一个人流落他乡，但最终还是独守空房，"相思的泪"只有悄悄地流淌。她想念家乡，"天苍茫地无霜，移不动窗格上小块月光"，其中有孤独，有无奈，有迷茫，诉说了一个执着的女性的闺怨。这种淡然而又深入骨髓的闺怨之情，正好和熊耳夫人的处境与心态达成了一致。

可以说，《钓鱼城》中的每一个诗行，每一个诗节，甚至每一个意象的选择、每一个词语的推敲和确定，在语言建构上都体现出了独特的艺术个性。赵晓梦在诗歌语言的建构上具有相当强的创新能力，他通过对语言的内在化处理，通过主观情感的加入，使普通的语言具有了浓郁的诗意，尤其是使内涵单一、明晰的语言获得了表现力上的增值，获得了内涵上的多重意味，建构了诗篇含蓄蕴藉的艺术张力，使这部长诗具有了耐读的文本特征。

《钓鱼城》是历史题材的长诗。这类长诗在新诗史上不少，尤其是在1957年之后，"九叶诗人"唐湜就开始尝试历史题材长诗的创作，写出了多部他称之为"历史叙事诗"的作品，比如《海陵王》《春江花月夜》等，而且他通过这种书写探索十四行诗、现代格律诗等诗歌样式，产生了不小的影响。在这类诗中，对历史的深入了解和对历史关系的全面梳理，打通历史与现实的关联，是其得以成立的基石。赵晓梦的《钓鱼城》对历史的思考是全面而深刻的，既注重历史的真实性，又考虑到历史时期双方的特殊位置，同时考虑到了这种关系的现代发展，在分寸掌握上具有自己的独到之处。作者的这种分寸感，使作品既书写了历史真实，又和现代国家、民族的发展方向相一致，使作品既具有历史的深度、文化的厚度，又具有现代的气度。吉狄马加对此进行过这样的评价："关注历史，并能对历史事件下苦功夫的诗人才有可能成为大诗人，而展示和镌刻历史的磅礴和壮丽时，诗人的襟怀也被拓宽，尽管赵晓梦尽量在还原历史，但依然能够感受到他起伏的情感和壮阔的心灵。整首诗是一条滔滔东去的大河，更是展示诗人的心灵史。汹涌时是他的情感在释放，低缓时是他的思想在凝聚和结晶，而更多的时候出现的沉郁和细细的忧伤是他对人类的悲悯心在鸣咽和弥漫。"①作为一位视野开阔的诗人，他对《钓鱼城》的总体评价，尤其是对诗人与文本融合特征的评价，是具有说服力的。通过对历史的审思打量生命和命运，思考时间与空间，赵晓梦创作的长诗《钓鱼城》是当下长诗创作中不可忽视的重要文本之一，更重要的是，它开辟了诗人观照历史、文化和现实的新的路径，为其未来的探索奠定了扎实的诗学基础，也为其他诗人的长诗创作提供了有益的参照。

需要指出的是，我们上面所谈到的这些特点，在作品中并不是自然形成的，而是诗人经过认真思考、反复推敲并进行综合考虑之后所获得的。虽然历史事实摆在那里，但怎样表达、表达什么，最终还是由诗人来决定。换句话说，《钓鱼城》这部长诗是属于赵晓梦的，所体现的是赵晓梦的发现、赵晓梦的创造，也是赵晓梦的历史观、文化观、人生观、诗歌观。综合起来看，这首长诗的出现，使我们觉得赵晓梦在诗歌创作上提高到了一个新的层次，他在把握大题材、处理大主题、建构大篇章、创作大文本等方面都获得了新的收获。对于诗人来说，这种提升在艺术上是一种经历了长期积累、探索之后的飞跃，也是他进一步探索的基石。

2019年4月2日—8月15日，断断续续草于重庆之北

原载《当代文坛》2020年第5期

〈作者简介〉

蒋登科，四川巴中恩阳人，文学博士，中国作家协会会员，曾任西南大学中国新诗研究所所长、期刊社副社长，现为西南大学中国新诗研究所教授、博士生导师，西南师范大学出版社副社长，重庆市作家协会副主席。主要从事中国现代诗学的教学和研究工作，承担国家社科项目、教育部项目和其他项目多项，出版诗学著作十余种，另有散文集、散文诗集各一部。

---

① 吉狄马加：《劲健与悲慨：〈钓鱼城〉长诗的境界与魅力》，见赵晓梦《钓鱼城》，中国青年出版社 2019 年 4 月第一版，第 2 页。

赵晓梦的在场性与历史温情
——评长诗《钓鱼城》

◇蒋　蓝

　　记得三年前，赵晓梦的诗集《接骨木》在成都举行分享会，我说，这是诗人赵晓梦搭建在现实与故乡断裂的天堑之间的一根"接骨木"！知不可为而为之，这恰是诗人的使命。

　　英国哲学家怀特海指出："第一个注意到七条鱼和七天之间共同点的人，使思想史前进了一大步。"如果我从隐喻的角度而不是从各种矛盾在事物中的位置的关系出发，就会发现，赵晓梦这种"深度勾连"的接骨木联想，恰恰符合隐喻的诗性秩序。赵晓梦的诗歌言说在现实与故土之间搭建了一座隐喻的天桥："一座城的人，都为这座山骄傲/而我宁愿把一生的激情/都浪费在色彩变暗的山下/守着一块墓碑——我在这里。"庄生晓梦，蓝田日暖，只有第二个去重复适应这一诗性秩序的人，用火燃火，用梦为梦祛梦、赋梦，才会明白它的哀痛与无可替代。在梦里望乡的人总是情怯的，不像另外一些人，言辞如虚张声势的大猩猩，粘了一撮胸毛，口吐白沫，肋巴骨直打闪闪……

　　去年读到赵晓梦的一千三百行长诗《钓鱼城》，心头暗暗一惊。在我印象里，这个一直被梦拽住衣领飞跑的诗人，骑桶飞翔之余，他毅然回到大地，返回到历史深处。他以强烈的在场性楔入特定历史——犹如一根鱼刺卡住一个时代咽喉的大战现场，从形而上的史思到形而下的事物打捞探底，再回到形而中的现象式的正午时刻。这就像他举起了一根鱼刺，对那根历史之刺施展了一场由头到尾的"檀香刑"。

　　诗中以"我"的视觉与历史本事反复交缠、摩擦，直至推刃而行——赵晓梦复活了那场战役对于石头、城池、江流、守卫者、进攻者、旁观者的血与火。他没有设法拔高、矮化历史人物，他还描述了旁逸出历史取景框的心态与情愫。试看第三十七节：

> 夜晚是最好的死亡方式。被死亡拉长
> 的夜晚，鱼的眼睛照顾不到人的软肋
> 比如劝降的书信，比如洞开的镇西门。
> 青石板的巷道渐渐体力不支，
> 挡不住潮水般涌进的马蹄。风吹走了
> 房间里的椅子，也藏匿了鸩的酒杯，
> 活着只留下对死亡的牵挂，还有城墙
> 粗重的喘息。

在无须梅花点缀的旷达意绪里，呈现出一种高度澄澈的史学诗意，并于历史的镜像里窥见个体生命短促微小的那种深邃的局促与悲怆。这让我想起钱穆先生在《国史大纲》序言里提出的一个重要观点："所谓对其本国以往历史略有所知者，尤必附随一种对其本国以往历史之温情与敬意。"一个学者恰恰是到了深知历史冷暖的时刻，才会有这样的痛切之论。反过来说，赵晓梦对于过往的人与事，恰恰是将"温情与敬意"化在字里行间。因为拥有这样的基调与情愫，赵晓梦无意之间完成了蜀地二十年来最好的一部长诗。

我的意思是，我们很多诗人，并没有返回到历史现场的掌子面，而是在书房里进行旱地拔葱式的"望闻问切"，结果近乎凌厉、残酷而荒谬。

在《钓鱼城》里，诗人对蒙哥、出卑三、汪德臣、余玠、王坚、张珏、王立、熊耳夫人、李德辉等人物的状写呼之欲出，尤其对熊耳夫人的考据可谓曲径通幽。在她眼里，没有英雄狗熊，在胜与负之外，能够让一个人活着，才是最大的历史，才是最人的胜利。这无疑已经露出了赵晓梦的历史观——那就是平民的生命尊严，意义超越了历史的输赢。

在我看来，一个作家眼里，如果看到小说、诗歌文本和散文、随笔文本之间存在着深刻的互文关系，那么，对于既是诗人又是散文家的赵晓梦而言，诗歌和散文就是复活历史、彰显精神向度的两种话语方式，也是《钓鱼城》写作特色的成因：诗歌文本与散文文本结构上的互文性力量。

《钓鱼城》在文体上留有一些本可以消弭的遗憾。

从整体上看，《钓鱼城》附录的"注释集"长达十四八页，数万字，这本来是诗歌与散文最好的"对撞生成"机会——注释不再是拘谨的、枯燥的注释，而是逸出诗歌的另外一种历史演绎方式，赵晓梦的注释很从容，很舒缓，其实已经做得比很多作家要好。我想强调的是，把注释扩展为相对独立的叙事文本，篇幅甚至可以超过正文，这其实已在创造一种写法，或者文体。注释文本不再仅仅是对诗歌的补充与说明，而是利用它们牵肠挂肚的根须，可以深深抵达历史关系的藕断丝连之处，在那些情绪的断裂所在，散文要像接骨木一样，让那些单面的、暗生的、挺括的、折断的往事，逐一得到另一场纸上的再生。当正文与注释构成一种"互嵌"关系后，文体学的畛域，可能要大于单纯两个文体相加的意义指涉。这个意义，就像我们面对一个血脉偾张的人，为褒有其全性，就需要把他的女人从影子里请出来。

我在亨利·米勒《我一生中的书》里，读到如下一段他引述的话，觉得移之于《钓鱼城》，移之于赵晓梦正在写作的关于钓鱼城的长篇非虚构之书，较为适合："事实是，我们因我们的祖先而死，我们被我们的祖先所杀。他们死去的双手从坟墓里伸出来把我们拉进他们发霉的骨头堆中，现在轮到我们正在为我们尚未出生的子孙们准备死亡了。今天那些死去的人并不是因为衰老而死亡，他们是被谋杀的。"

2020年6月15日

原载《读者报》2020年6月23日

〈作者简介〉

蒋蓝，当代先锋诗人，思想随笔作家。中国作家协会散文委员会委员，四川省作家协会散文委员会主任，四川省诗歌学会常务副会长，成都市作家协会常务副主席。已出版《诗歌笔记》《词锋片断》《黑水晶法则》《赤脚从锋刃走过》《正在消失的词语》《正在消失的建筑》《正在消失的职业》《哲学兽》《玄学兽》《故宫神兽》《思想存档》《踪迹史》《成都笔记》《豹典》《黄虎张献忠》等二十多部作品。曾获朱自清散文奖、人民文学奖、西部文学奖等。

当代长诗中的历史与抒情

——以赵晓梦长诗《钓鱼城》为例

◇张德明

　　21世纪以来，长诗的创作蔚为壮观，欧阳江河、吉狄马加、雷平阳、陈先发、梁平、汤养宗、龚学敏、杨键、安琪、沈浩波等当代有影响的诗人，都在21世纪初向诗坛提交了富有艺术质量和审美品位的长诗作品。这些诗人创作的长诗，不少是从历史本事的追溯与反刍出发，牵引出对宇宙人生的深刻思考与独特认知的。不过，以古代历史为创作缘起，来进行长篇幅的诗意铺展和情思挥洒，其实并非易事，这其中存在着恰当处理历史事件与恰当处理情感抒发两方面的调配与融合的技巧问题。也就是说，历史书写与情感表达的合理与否，已然构成了当代长诗创作能否获取成功的一个最重要也是最关键的艺术环节。

　　四川诗人赵晓梦新近创作的抒情长诗《钓鱼城》，在历史与抒情的组合和调配上是处理得较为到位的，这部长诗既有效阐发了历史的多重意味，又将诗人面对历史时的丰富情感和复杂心绪生动敞现出来，达到了较高的艺术水准。我认为，从历史演绎与情感抒发等不同层面对这部长诗加以分析和阐释，是可以揭示其不俗的审美个性，彰显其独特艺术魅力的。

多重历史的交汇和变奏

　　"钓鱼城何处？遥望一高原。壮烈英雄气，千秋尚凛然。"这是陈毅元帅在1927年游历四川合川时口占的一首五言诗，诗中所说"钓鱼城"，指的就是坐落在今重庆市合川区（宋代时称合州）东钓鱼山上的古城。在这里曾发生过一次旷日持久、影响深远的"钓鱼城之战"。13世纪中叶，剽悍的蒙古铁骑在漠北草原强势崛起，"一代天骄"的兵威声名远播，一时间震撼了整个欧亚大陆。然而1259年，成吉思汗之孙、拖雷长子、蒙古帝国大汗蒙哥亲率号称"上帝之鞭"的十万骁勇善战之师，攻打钓鱼城，却"折鞭"于这座古城之下。合州军民浴血奋战，坚持抵抗了三十六年之久，创造了世界军事史上的奇迹，书写了中国古代城防战中最为浓重的一笔。"钓鱼城之战"是一场改变世界历史轨迹的经典战役，正如清华大学历史学教授方诚峰先生所说："钓鱼城具有世界史的意义，主要是因为蒙哥汗死于此地，大蒙古国暂时停止了向东、西方征服的脚步。"[①]如此重要的战役，便值得今天的人们不断地回眸，深入地研究，并用各种艺术形式反复书写和演绎。

赵晓梦的长诗《钓鱼城》便是对这段历史的诗化演绎。谈到该诗的创作初衷时，诗人坦言："我写钓鱼城，不是去重构历史，也不是去解读历史。我要做的，就是跟随历史的当事人，见证正在发生的历史。以诗歌的名义，去分担历史紧要关头，那些人的挣扎、痛苦、纠结、恐惧、无助、不安、坦然和勇敢。试图用语言贴近他们的心跳、呼吸和喜怒哀乐！"[②]也就是说，面对"钓鱼城之战"这段颇富传奇色彩和精神底蕴的历史，赵晓梦没有刻意将主观意志强加于历史本事之上，从而对过往历史做强制解读和过度消费，而是沉浸于历史的氛围之中，同历史人物一同呼吸，一同感受，以便最大限度地贴近历史，最为真实地体味历史人物内心深处的喜怒哀乐。这一创作初衷，使他有效避免了对历史的单向度剖解，以及对历史人物的平面化述说，而是能从立体的、多维的层面对历史人物和历史事件加以深度诠释，写出了历史的复数形式，进而最大程度地挖掘出历史内部蕴藏的妙味与深意。

历史从来都不是简单的、一维的，它总是复杂的、多维的，历史的内在纹理从来都是五色错杂、异常斑斓的。这就意味着，当后来者面对前人用生命书写的历史时，理应怀着历史同情的心态，从多角度、多侧面地考量、理解它，全方位评价、阐释它，而不是仅仅停留于是非对错的简单价值判断上。"钓鱼

---

① 方诚峰：《钓鱼城得以坚守的多重因素》，《光明日报》2013年10月10日。
② 赵晓梦：《〈钓鱼城〉：一个人的城》，《散文诗世界》2019年第4期。

城之战"这一传奇历史，其实也存在多重历史结构：有进攻的历史，也有防御的历史；有攻城的历史，也有守城的历史；有战胜的历史，也有失败的历史；有战场上的历史，也有战场外的历史；有个人的历史，也有民族的历史；有充满豪情的、可歌可泣的历史，也有充满屈辱的、值得唾骂的历史……总而言之，站在不同的角度，从不同的层面出发，我们就能从历史的复杂图式中抽绎出一段具有意义的历史情节来，就能从中品读出不同的历史韵味和内涵来。这是历史的复杂化本相决定的，也是今人辨认古史必须秉持的客观而审慎的原则和方法。

吉狄马加说："关注历史，并能对历史事件下苦功夫的诗人才可能成为大诗人。"①不乏做"大诗人"野心的赵晓梦，显然对历史下过一番苦功，他本人原籍合川，从小就从人们口中听到过有关这场战役的各种版本，对这段历史的咀嚼和细究历时甚久，在创作长诗之前，他又参阅了有关"钓鱼城之战"的几百万字的材料，创作前的知识储备是相当充足的。正因为对这段历史谙熟于心，领悟深透，他才能将其细致而丰富的历史样态，复杂而多义的历史韵味，用充满诗意的分行文字，艺术地展示出来，让我们从中看到了历史的风云变幻，品味到历史的百般滋味，领悟到历史的内在真谛。

《钓鱼城》写出了多种多样的历史，因而是多重历史的交汇与变奏。诗人述说蒙古人在遭遇"钓鱼城之战"前笑傲天下的骄横历史："天下再大，不过是铁蹄的一阵风。/祖先和兄弟打马走在风中，/黄金家族的名号，压得乌云/喘不过气。没有哪面城墙能阻挡/铁骑扬起的沙尘。"蒙古军那种傲视群雄、气吞万里如虎的王者之气跃然纸上，胜利者的历史也在此可见一斑。遭遇"钓鱼城之战"之后，他们久攻不下、军心涣散、绝望丛生，失败的历史由此铸成。诗人如此描述道："合川东十里那块来路不明的石头，截去了大军的去路与退路"，"马刀砍在城墙上，一点脾气也/没有！云梯和重砲在城门前缩水。/从春二月到秋七月，马刀一直/在城墙上比划黎明与黄昏。那可儿和巴图尔的鞭子再长，/也够不着垛口上星辰的方言。""气吞山河的绝望，/在石头山的汗帐长出苔藓。"曾经不可一世的蒙古大军，在钓鱼城之战上沉沙折戟，最后不得不感叹道："被石头暂停的

---

① 吉狄马加：《劲健与悲慨：〈钓鱼城〉长诗的境界与魅力》，《光明日报》2019 年 4 月 10 日。

时间，生命进入/倒计时。一个异乡人即使有/鹰的名字，在垂直的噩梦里，/走不出鱼的沼泽地。"胜利的历史与失败的历史在此并置，共同构成了蒙古帝国复杂多样的历史图景，历史的多重样态和多种情势由此可见。

描述合川官兵遭遇"钓鱼城之战"的历史时，诗人既交代了他们奋勇护城、坚强抗御，面对强大的蒙古军三十六年城池不失的骄人历史："用石头的城钓鱼。用内水外水做鱼饵，/用山的形状做成鱼竿，用激流和悬崖/做成钓台，用垂直阳光做成宫殿的/护城河，以十年为期，/筑出'川中八柱'。八十三堡垒的死亡容器，收纳顺江而下的鱼的尸体，西蜀不再是马蹄随意出入的祠堂。""巨人钓鱼的石台上，有太多的/英风回荡，他们的名字虽未刻/石上，'独钓中原'早已名扬/天下，蒙哥与汪田哥的绝望，/比火雷还响，比砲石还痛。/这峭壁千寻三江环绕的城啊，/虽托不起一个王朝的没落，/却能挺住一根江山的脊梁。"三十六年的抵御与抗争，三十六年的消耗和困厄，使钓鱼城最终走向了弹尽粮绝、瘟疫蔓延的艰难时日，为了保全百姓的生命，合川官兵无奈选择了"不能投降的投降"，诗人也生动述说了这段委屈而酸痛的历史："去年秋天的雨还在路上，/九十多眼井先后断流，一口八角井/解决不了十七万人的口渴，/两千人的口粮养不活十七万张嘴。""失去重庆失去粮食和水，钓鱼城/单薄的棉衣扛不住北风凛冽，城有多大孤独和恐惧就有多大。/国事飘摇，饥饿无期，风一天天/吹瘦人一天天减少，被闲置的/深宫大院无人会意，被感伤的抱负/不能按理想行事。"历史的繁复多变，历史的苦辣酸甜，从上述诗句中我们都可得到具体而深刻的体味。

此外，《钓鱼城》还将个人的历史与民族的历史交织起来加以描述，如述蒙哥汗率军征战合川钓鱼城的历史，正是将其个人历史轨迹与蒙古帝国的演变轨迹并置书写；述熊耳夫人的个人史的同时，诗人也在述说合川百姓的生存史，等等。这些个人历史与民族历史交并述说，共同展示的诗化表达，生动呈现了历史的层次感和多面性。与此同时，《钓鱼城》还将战场上的历史与战场外的历史交替书写，既交代蒙汉交战的历史情节，又讲述战争之外的自然和人文图景，从而构成历史的多声部。可以说，长诗《钓鱼城》正是从多维度、多层面对历史进行的呈现与阐发，由此构成了多重历史的合奏与共鸣。

主体转换与抒情的复调

吉狄马加说："我以为长诗最难的是结构，现在市面上的长诗大都是短诗的合成，这些所谓的长诗中缺少一种内在的气韵。"[1]这无疑是一个熟谙长诗创作之道的优秀诗人发出的智识之论。一首长诗最难处置的是结构问题，反过来说，当结构安排合理妥当，长诗情绪的把控和意义的传递也就自然而顺畅了，长诗所应具有的精气神因而也将充分彰显。

赵晓梦的长诗《钓鱼城》在结构的安排上是颇具匠心的。为了真实敞现历史的多元场景，同时又有效抒发诗人对历史的复杂体味与无限感喟，长诗采用了以历史当事人为诗情铺展的单元结构，按照战事发展的时间顺序，让历史的相关当事人分别出场，各自站在自己角度来讲述曾经历史的具体情态以及他们对于历史的感触和体验。这种结构方式与历史生成的时空结构形式是较为吻合的，这就为历史过程的有效展开提供了极为可靠的路径。与此同时，由于历史当事人纷纷出场，站在各自角度叙事感怀，长诗形成了抒情主体不断转换的表意形式，不断转换的抒情主体，从各自不同的角度抒发情感，表述心志，多样化的抒情形态由此营建出一种复调结构，诗歌从而显得情绪繁复，意味深长。

"复调"是巴赫金在评价陀思妥耶夫斯基小说时提出的概念，而今已成为叙事学理论中极为重要的话语范畴。在《陀思妥耶夫斯基创作中的主人公和作者对主人公的立场》中，巴赫金指出，传统小说多数是独白型小说，而陀思妥耶夫斯基的小说则属于复调小说，在这类小说中，"过去由作者完成的事，现在由主人公来完成；作者阐明的已经不是主人公的现实，而是主人公的自我意识，也就是第二现实"。[2]在复调小说中，不仅主人公的情态较之传统小说发生了极大变化，而且主人公周围的外部世界和日常生活，也有了显著不同，巴赫金进一步阐述道："不仅主人公本人的现实，还有他周围的外部世界和日常生活，都被吸收到自我意识的过程之中，由作家的视野转入主人公的视野……作者只能拿出一个客观的世界同主人公无所不包的意识相抗衡，这个客观世界便是与之平等的众多他

---

① 吉狄马加：《劲健与悲慨：〈钓鱼城〉长诗的境界与魅力》，《光明日报》2019年4月10日。
② 巴赫金：《陀思妥耶夫斯基创作中的主人公和作者对主人公的立场》，《巴赫金集》，张杰编选，上海远东出版社1998年版，第4—5页。

人意识的世界。"①简而言之，巴赫金所说的小说中的复调，"指的是拥有主体权利的不同个性以各自独立的声音平等对话"。②

长诗《钓鱼城》虽然并非叙事文学，并不具备故事主人公，但由于诗人巧妙设置了以历史当事人为抒情主体，通过抒情主体转换来带动历史叙述的展开和历史意味的分析这一结构形式，不同的历史当事人（抒情主体）之间构成了对话关系，因此，援用巴赫金的复调理论是可以加以有效阐发的。自然，长诗中的复调并不是叙事的复调，而是抒情的复调，是历史当事人在不同层面发出的历史喟叹与情感倾诉的对话性体现。

《钓鱼城》共有三章，由九个部分构成，每一部分都由一个历史当事人出场，来陈述历史、抒发情感，这些历史当事人分别是：蒙哥可汗、蒙哥夫人、前锋总指挥汪德臣、余玠、王坚、张珏、王立、熊耳夫人、西川军统帅李德辉。如果说以往的不少长诗属于"独白型"（借用巴赫金观点）诗歌，历史的讲述和情感的抒发都是由诗人（唯一抒情主体）一个人完成的话，《钓鱼城》则可称为"复调型"长诗，九个不同历史人物分别出场述说历史、表达情志，从而构成了九个不同的声部，他们都处于平等的地位，彼此独立又相互对话，凸显出复调的艺术色彩。

蒙哥汗首先出场，讲述他兵发南宋的缘由："我是一个不乐燕饮的人，/风花雪月不是出兵的理由。/是的，我说过，止隔重山条江/便是南家。现在的临安府，/脆薄如纸，长生天的时间/都被他们用毛笔埋软，靖康耻/没能中止他们附庸风雅，/我得用鞭子/把它们圈进成吉思汗的版图。"当开疆扩土的脚步被"钓鱼城之战"久久拖住，他又不免长舒短叹："马蹄铁已生锈，石头还没有让路。""钓鱼城之战"对蒙古军的打击是很大的，面对如此打击，蒙哥可汗终究意识到："一个异乡人即使有/鹰的名字，在垂直的噩梦里，/走不出鱼的沼泽地。"蒙古大将、钓鱼城战役总指挥汪德臣第三个出场，他这样述说"钓鱼城之战"的情形："直到一块顽石截住去路，一条鞭子/非要石头让路。//他们骄傲的态度，埋葬了我/马背上的天赋。"这样的陈述与蒙哥的陈述形成对照和对话关

---

① 巴赫金：《陀思妥耶夫斯基创作中的主人公和作者对主人公的立场》，《巴赫金集》，张杰编选，上海远东出版社1998年版，第4—5页。

② 周启超：《复调》，《外国文学》2002年第4期。

系，同时也坦诚了蒙古军队在"钓鱼城之战"中严重受挫的历史事实。

第四个出场的历史当事人是钓鱼城守将余玠，他如此陈述南宋的颓势："偏安的享乐/透支了太多的/小桥流水，倾其所有的北伐，/不过是声势浩大地繁殖老树昏鸦。/漫天风雪里的生死搏斗，/难觅一块宿营地。"对于顽强抵抗蒙古大军的攻打、誓死保卫钓鱼城的原因和意义，他有着这样的认知："我得给自己的留下找个恰当理由。/拒绝所有好意的昏迷，万事置之身外，/以自己的轻战胜不可一世的重，/以一根钓鱼竿继续完成使命。/用石头的城钓鱼，故国三千里的/繁华虽不见得能还原，但后世的/墓碑将会确认，我能钓出历史的断编残简。"余玠的上述述说，既站在宋人角度交代了历史的实情，又与蒙哥、汪德臣等人的讲述构成强烈的对话和呼应关系。

其他历史当事人如蒙哥夫人、王坚、张珏、王立、熊耳夫人、李德辉等，也在不同的阶段依次出场，来陈述历史抒发心志，他们从各自不同的角度，述说了历史的诸多细节，这些历史细节有彼此相同的大历史，也有各有差异的小历史，相互之间的对话性态势是极为显明的。在这部长诗中，历史当事人依次出场，分别来述史抒怀，使诗歌的抒情主体实现了不断地转换，他们各自独立，又相互对话，长诗的复调性特征也因此而生成。

《钓鱼城》采取的这种复调型结构方式，既确保了历史叙述的多元展开，从而艺术呈现历史的复数形式，又能让情感抒发在多维度中敞现，彰显历史意蕴的多向度和历史体味的丰富性，其诗学价值是相当突出的。

古代历史的现代阐释

关于历史的理解，意大利历史学家克罗齐有个精彩论断："一切真历史都是当代史。"在他看来，只有在当代社会还"活着"的东西才可能被当成"真历史"，反之就是假历史，"一切脱离了活凭证的历史都是些空洞的叙述，它们既然是空洞的，它们就是没有真实性的"。[①]而一些历史被认为是"活着"的根据是：它仍然在当代人的记忆中回荡，它仍在人们的谈论中持续增值，它仍被人们

---

① ［意］克罗齐：《历史学的理论与实践》，商务印书馆1982年版，第6页。

不断赋予新的意义。

　　"钓鱼城之战"无疑是一段仍旧"活着"的历史，因为今天的人们仍然对它津津乐道，并且一直在这段故事里不断寻觅着现代的意义和启迪。赵晓梦的长诗《钓鱼城》是对"钓鱼城之战"的诗化述说，它并不是对古代历史的照本宣科式的讲解，而是用现代人的眼光来重新审视这段历史，让历史的人物和情节都打上现代人的精神烙印，用现代的情感与思想重新照亮这段历史。它是诗人赵晓梦对"钓鱼城之战"这一古代历史做出的现代阐释。

　　赵晓梦说："钓鱼城长达三十六年的抗战历程里，其实只有一个人存在。那个人是你，是我，也是他。城因人而生，人因城而流传。"①诗人这种以当下去会意过去、用现代照亮古史的思想，与克罗齐的历史观是相契合的。概括来说，在对古代历史进行现代诠释时，《钓鱼城》主要采取了如下表达策略：

　　首先，以现代性情感体验来重写古代历史。吉狄马加评价赵晓梦说："他的长诗《钓鱼城》虽然是写一段历史，但处处有他湿润的情感，不论是写攻城者还是守城者，他都倾注了自己炽热的情感，让这些历史人物，不仅有了筋骨，更有了血肉，有了呼吸，有了气脉。人物有情有灵，诗歌就有了性情，有了感动。"②确乎，在《钓鱼城》中，无论是对哪个历史人物的书写，无论是对哪段历史情节的述说，无不流淌着诗人滚烫的情感、满腔的热望。而诗歌中流淌着的这些情感，漫溢着的这些热望，又都是充满着现代精神气质的，是当代人的精神情感在古代史迹中的折射。例如写蒙哥的军队在钓鱼城受挫："尖锐的石头划破夜的血管，小心/提防的睡眠，被动物的狂欢搅和。/凌乱的河滩上，爬满疲惫的鱼尾纹。/夜晚的安全感还没有找到指路牌"，这里的"血管""鱼尾纹""安全感""指路牌"等意象，是现代人生命体验与情感记忆的重要符码，无不散逸着浓烈的现代气息。再如诗中借抗蒙英雄、合州知府王坚之口所陈述的战事暂时消停的宁和场景："护国寺的钟声，撞出一城人压抑/已久的癫狂和醉态！风停在胡须上，/鱼停在石头上，血凝固在夕阳里。我只是挥了挥手：把所有/城门都打开吧，让大伙透透气！"这里渲染了战事消停后人们的轻松与快慰情态，当压抑已

----

①　赵晓梦：《〈钓鱼城〉：一个人的城》，《散文诗世界》2019 年第 4 期。
②　吉狄马加：《劲健与悲慨：〈钓鱼城〉长诗的境界与魅力》，《光明日报》2019 年 4 月 10 日。

久的战争暂时远离，人们的疯癫与狂欢情绪呼之欲出，"疯癫"与"狂欢"其实更是一种现代文明征候，诗人对当时人们表露出的这种精神状态的击节称叹，正是一种现代情感的生动体现。

其次，用现代思想照亮古代历史。历史学家布罗代尔说："过去和现在是互惠地照亮着对方。"[①]他的意思是说，古代历史总会给现代人带来启示，而现代人也会用现代人的眼光、思想和观念重新照亮历史。如长诗第六部分中述写张珏的人生感言："溅落在时间刻度上的火星，注定/不会悄然熄灭。即使遁入尘埃，/也会成为沧桑黄卷中淡淡的残痕。/如同夜空中飞驰而过的流星，/虽然闪烁即逝，但那些带着亮光的/体面与尊严，/足以穿透历史的眼睛，以一块石头的/名义侥幸留存下来，让每一个穿过/城门洞的人，莫不低头怀旧。"从这些诗句中既能发现物质不灭论、天体运行论等现代科学观，也能看到洋溢现代精神的多元历史观，在现代科学思想和现代历史观念的烛照下，古代历史人物和历史事件获得了新的价值和生命。再如叙述策动投降的熊耳夫人为"投降"所作的辩护："那么多的眼睛长满渴望。望断高城/的石头可以放下，让熟悉的面孔，/熟悉的声音，都有花月春风的黎明。"这是用那种人文关怀至上、不以成败论英雄的现代战争观对古远历史的重新审视，既对熊耳夫人的行动表达了理解之同情，同时也暗含着对那些将钓鱼城之战最终的败局记在熊耳夫人头上，视她为"红颜祸水"的民间传说提出质疑和否定的意味。

第三，在古代历史中发现古今共通的人性。战争总是残酷的、血腥的和反人性的，钟爱和平的人们，是希望战争永远不要发生的，不过，由于欲望和野心的作祟，残酷的战争往往在所难免。残酷战争发生之后，人们再回过头来反思这场战争时，又都总是要将它放在人性的天平上来考量。这个时候，简单的是非价值判断，根本无助于对一场战争的深刻理解，我们必须从人文精神的高度和维度上来审视战争，在战争中发现生命的价值和人性的力量，才能真正品味到战争背后的韵味与旨意。长诗《钓鱼城》中，诗人通过描述九个历史人物在战争语境下内在心灵的悸动、内在情感的变化，对生与死、爱与恨、民族利益和个人前程、人格尊贵与卑屈、命运的偶然与必然等人类社会中具有根本性特质的人性指标，进

---

① ［法］布罗代尔：《论历史》，刘北成、周立红译，北京大学出版社2008年版，第40页。

行了深入的剖解与理性的思辨。"所有的开始和结束，都缘于一块/来路不明的石头，放大了夜的瞳孔。/瞳孔里面，回放着我不可救药的/一生。"蒙哥汗的这段述说，是对生命充满偶然性的某种嗟叹。"我们所有的生死功名，/都只能在鞭子里压低身段，/陪你任性飞奔。"蒙将汪德臣的话语里，交代的是民族利益与个人前程的内在关联。"保持原样的皮袍，总在清晨与黄昏/伸出手脚，缩短说话的距离，/占领泪水流干的心房。草原上的/月亮还在，地上的人已不见。"面对蒙哥汗沙场战死的残酷现实，蒙哥夫人的诉说里，深蕴着生死的慨叹和绵绵的爱意。"撤退路上，/一个仓皇奔逃的老渔翁，让我/看到宿命的影子。在这油尽灯枯/的黄昏，舌尖上的乌云，/是山风无法辩解的判词。"从余玠的道白里，我们体味到颠倒是非的诬告、迷惑众人的谗言对人极大的伤害与损毁的力量。可以说，在古代历史中发现古今共通的人性，已然构成了《钓鱼城》释解历史、回应现实的重要抒情线路。

对古代历史进行现代阐释，既让历史的多样性精神内涵和丰富意义潜能在现代观念的烛照下得到充分释放，又能以历史为媒介，借助历史史实抒发出现代人的复杂情感，在此基础上，长诗的历史书写与情感表达也得到了合理配置与有机统一。这也是《钓鱼城》获得艺术成功的重要方面。

2019年4月

其中部分章节原载于《文汇报》（2019年6月32日）、

《中华读书报》（2019年7月17日）

〈作者简介〉

张德明，文学博士，岭南师范学院文学与传媒学院副院长、教授，南方诗歌研究中心主任，西南大学中国诗学研究中心客座研究员，全国中文核心期刊评审专家，中国作家协会会员。已出版《新世纪诗歌研究》《百年新诗经典导读》等学术著作十多部，出版诗集《行云流水为哪般》，曾获2013年度"诗探索奖"理论奖、《星星》诗刊2014年度批评家奖等。

《钓鱼城》：诗人赵晓梦的内心战事

◇唐　政

"这是头年的八月，我在六盘山挥起/鞭子，追逐大雁的秋风一路向南。"

十几万蒙古铁蹄，一路烽烟滚滚……一场改变世界格局的战争在一座坚固的石头城下拉开了序幕。

几百年后的一个深夜，诗人赵晓梦又在纸上重新复盘了这场战争。虽然已经听不见鼓角争鸣和血腥厮杀，但嘉陵江的涛声依然如泣如诉。钓鱼城像一座无路可走的宫殿，回到了一页纸上和诗人的心中。

如果赵晓梦着眼的是历史上这场惊心动魄的战役，他就是一个历史的讲述者：战争的起因，过程，结局，每个人物的命运……它必然会牵扯到很多琐碎的人物和细节，让读者看到一场战争的全貌或者局部的全貌。然而晓梦根本就没把眼光放在这场战争本身上，一千多行的诗歌里几乎找不到一行是正面描写战争的。他看到的更多是战争背后人性的绞杀，民族之间的光芒互照，生死各方心理阴影的透视，以及金戈铁马后沉淀下来的人文精神因子。所以，《钓鱼城》是一部抒情长诗，而不是像有的评论家所说的叙事长诗。这是我们首先必须搞清楚的问题。因为诗人截取的不是宏大的战争场面和慷慨悲歌的英雄事迹，而是在这场战争中挣扎的人性，扭曲的胜败关系，复杂的民族情感，战争状态下生命的绝望、怒吼、悲悯和忏悔。

要抒好这个情，晓梦又必须准确或者巧妙地回应有关这场战争的许多焦点：战争的性质、人物的对立关系、每一个细节的正和反，甚至人物形象的定位，错综复杂的情感色彩、诗人介入的立场，等等。否则，所抒之情容易陷入个人主义和民族主义的泥淖之中。

诗人用刻刀一样细致的手法，在场式的叙述，并依靠"我"的深度介入抽丝剥茧地揭示了一场战争的心路历程。

那么接下来我们需要探讨另一个问题，诗人借用这场战争，究竟想抒发什么样的情感？这涉及诗人介入这场战争的方式、态度和立场。

诗人以"我"的身份介入。时而是攻城者的咆哮和愤怒，喧嚣和寂寞，骄傲和耻辱；时而又是守城者的疲惫和茫然，长啸与哀鸣，凛然和仇恨；时而又是投降者的徘徨和无助，生命与名节，山寒和水瘦。诗人分别站在各自立场，超越了这场战争本身的胜负和历史定位，从宋蒙之间同仇敌忾的关系中退出来，客观地看待这场战争和每一个参与其中的人，体味他们的生死之情，张扬悲悯的人性。而不是站在历史的某一个角度上，用既有的史学观点去写胜败之心和仇恨之情，甚至用简单的侵略和被侵略观念粗暴地干涉这场战争各方的心理态势。钓鱼城之战实际上是一场英雄惜英雄之战，没有伟大与卑劣之分。死了的埋骨他乡，活着的继续颠沛流离。英雄不是战胜了"敌人"取得了胜利的一方，而是最终战胜自我、散发着人性光芒的那个人。钓鱼城虽然是蒙哥的折鞭之城，但何尝又不是合州人民的苦难之城，沥血之城。晓梦把战争升华而成一段生命的悲歌。

"我"的态度是作品中各方的态度，而晓梦同样没按常理让"我"成为阶级或者民族的代言人，没有对战争的另一方采取任何侮辱或者攻击性的描述，从心理到人性再到生命，这是诗化的过程和诗化哲学的过程，也是一场战争自我平复或修复的过程。

钓鱼城之所以能以断垣残壁屹立至今，是有它独特的人文精神支撑的，这种精神已经完全超越了一场战争本身。与胜负无关，与敌我无关，与它曾经所担负的政治意义无关。参与其中的每一个人，都饱含着历史的悲剧色彩和人性的光芒之美。赵晓梦正是站在人性的高度上盘活了一场战争的死局，盘活了蒙哥汗、余玠、王坚、张珏、王立、熊耳夫人、李德辉等一连串被历史盖棺定论的身影。

第三，我们还需要弄清楚《钓鱼城》究竟是不是一部史诗。因为我看许多评论家都说这是一部长篇史诗。

写历史的不一定就是史诗，判断史诗的标准不仅是题材还有思想、人文情怀和作品的真实影响力。对史诗的传统解释是，反映具有重大意义的历史事件，塑造著名的英雄人物形象，结构宏大，充满了理想主义和神话色彩，比如《荷马史诗》《奥德修记》《格萨尔》等。也就是说，史诗一定要充满理想主义的光辉。为什么呢？因为历史事件的各生成要素都已经铁板一块，如果没有理想主义的浸润和重铸，历史题材会成为一个死结。从另一个角度来说，长诗中有的人物和故事只是存活于民间传说中，比如熊耳夫人及其隐秘的身份和遭遇。这似乎让这篇长诗少了严肃的战争气息，而多了一份理想主义色彩。诗人借熊耳夫人之手，彰显了人道主义的光辉。

《钓鱼城》确实具备了史诗的各形元素，比如恢宏的题材、饱满的结构、强烈的理想主义色彩等，但文学史上对史诗的界定从来都不是依照理论标准，也不是某个诗人自我设定：我要写一部史诗。史诗应该是经年累月，从时间中产生又在时间中印证了的广为流传之作。是否广为流传，几乎成了它唯一的标准。所以，我们现在讨论它是不是一部史诗，为时尚早。但我们可以毫不夸张地说，《钓鱼城》是中国当代长诗的一座里程碑。

首先，它打破了诗歌主体、主题的单一性，全诗分成了三大块，表面上，每块独立成章，实际上又一气呵成。这改变了以往中国长诗因为主题单一往往无法承载较长篇幅的缺陷。其次，以"我"为柱，引导全篇主线，提纲挈领。以"我的旁白"为辅线，主辅映衬。以石头、鱼、钓鱼、马鞭等为中心意象，穿插连贯，气韵充沛。上述各部共同结构全篇，显得有支有点，结构稳定，不散乱，不变形，文气通畅。第三，写战争而不从战争入笔，"我"是一个复杂的身份，随时可以拆散成各个角色。角度刁钻，想法奇异，弥补了这类题材的表现空白。第四，诗歌的"叙述者"赵晓梦和诗歌中故事的叙述者双线合一，呈现出复式结构的完美统一。在《钓鱼城》里，虽然都是以第一人称"我"来作为叙事主体，但不同章节的"我"又代表着不同的讲述者。蒙哥汗、熊耳夫人、汪德臣、余玠、王坚……他们都是"我"，甚至还包括我自己。用无数个"我"和"我"的逻辑关系映射出了一个庞大而复杂的人性变局。

但是，战争的逻辑不是这样的，或者诗人没有按照读者的阅读习惯来设定诗歌的内容。在这个不断转换叙事角度和话题的过程中，诗人的综合能力，决定了整部艺术作品的精神高度。而且，最关键的是每个人物的场上位置、阅历、性格和对战争的态度都是不同的，这要求诗歌中每个"我"的语言风格要有错落之感，不能疑似一个人的声音。但又不能有明显的断裂痕迹，导致整个诗歌上气不接下气。艺术形象的高度决定了人性和理想的高度，同时也是诗人在不同的角度上对同一场战争全景式的诘问。这就是历史唯物主义的观点。在各路人马粉墨登场而又命运既定的情况下，诗人必须置身其中而不是置身事外，否则，你就无法体会历史人物的血气和温度。而身临其境又迫使诗人陷入胜负的旋涡。这是一个矛盾，也是一个二难选择。但晓梦做得很好，一个是诗歌的叙述者，一个是故事的叙述者，两个叙述者既保持着高度的融合，又始终错落有致。这是晓梦对这类题材的建设性贡献。

如果仅从艺术的角度，赵晓梦这部长诗其实更应得到肯定。一个诗人能够在一千多行的长诗中，自始至终保持结构稳定，语言疏密有度，抒情格调相映成趣，甚至意象与意象之间高度匹配，这在中国当代长诗中也是极其少见的。

晓梦归根结底是一个新闻人，他用新闻人的视觉把一个"旧闻"或者"不闻"写活了。坦率地讲，像钓鱼城这样的战争题材只有交给晓梦这样有新闻思想的人才可以从容翻新。他没有直接去表现血淋淋的战争场面，华丽的刀光剑影，生与死的斑斓对决。因为再高明的艺术家都不可能写得比历史的本来面目还要翔实和生动。晓梦深知如何才能有效地驾驭像钓鱼城之战这样尘埃落定的选题。他在充分消化了这场战争的全部信息和史料后，把"攻城者""守城者""开城者"确定为新闻观察点，并落脚在"者"，而不是在战争中如何攻守转换上纠结不清，这就为这篇长诗定了调，不写场景只写各路人心。

角度有了，但如何才能让一千三百行的长诗在结构上不散架？晓梦既没有按照战争的原始逻辑来写，也没有把蒙哥遇难作为一个中心事件来布局，更没有回到无数英雄人物的点上，否则会失了诗歌的灵动之美。但完全把这场战争打乱，以意识流的手法，让各个战争场面交叉换位，又容易显得结构摇摆，导致人物形象虚弱不定。三个新闻观察点作为长诗的基本架构，晓梦做到了不偏不倚，既保证了重心所在，又让三股力量形成了巨大的合力。

鱼和石头可以看作全诗的两个中心意象，围绕"被鱼放大的瞳孔"和"用石头钓鱼的城"，巧妙地避开了"侵略"和"被侵略"这个巨大的陷阱，自然而然地化为了攻城与守城的"游戏"。"我只是挥了挥手：把所有/城门都打开吧，让大伙透透气！"这完全不是在打仗，是兄弟间在互相商量。

写"攻城者"，没有去表现攻城者的暴虐和跋扈，却写出了他们落日将尽的悲凉。写"守城者"，看不到他们困兽犹斗的长哀和绝望，而是多重人性的挥洒。用"不能投降的投降"来铺排"开城者"隐秘的内心世界，更没有一丝一毫的猥琐和侥幸。一场持续了三十六年的战争，不仅是三十六年的呐喊和血拼，更是一个漫长而残忍的激情与斗志不断被消磨的过程。到最后，每一个人都在重新思考和审视这场战争的进退、得失。"攻""守""降"三方，比拼的不再是火力和血性，而是心性、神性和人性。而回避大开大合的战争场面，复归人心的动荡和险峻，这是诗人避简就繁、去易而难的一招险棋。同时也看得出来，诗人毕其功于一役的努力和决心。要在一千多行的诗歌中以主要笔力刻画波诡云谲的人心和复杂多变的人性，这不仅需要诗人有细致入微的探幽精神，还要有纵横捭阖的逻辑思辨能力。

每个人的身份千差万别，这决定了他们在《钓鱼城》中作为叙述主体，不能出格和失控。如果诗人本身对这场战争没有足够的认识和态度，他就很难把握每一个小"我"的情绪。依靠"我"的自叙推动诗歌的节奏看似讨了巧，实际上是为自己挖了一个大坑。因为自叙中必然表现出每个人的话术特色和思想境界，没有足够丰富的人生阅历和政治素养，是不可能驾驭得了长生天和石头城的各路英雄。

一部长诗就像一本厚厚的《辞海》，成千上万个不同的词组，才构成了《钓鱼城》华丽而准确的语言世界。华丽而准确也是赵晓梦《钓鱼城》最大的语言特色。

"江风一声号令，所有的闷热/全部上岸""到手的先头阵地改旗易帜/印出石头的病历""酒杯装不下闲愁，江风一吹/鱼的腥味又在到处乱窜""流离乱世的女人，在你海棠的/灿烂里，终究是有了个位置"等等，每一个句子都在最后落脚时颠覆着我们的认知。在中国"70后"诗人群体中，赵晓梦是为数极少的几位具有极高语言天赋并人言合一的人。

他对蒙汉文化血脉的贯通，是《钓鱼城》这篇长诗另一个艺术贡献。许多蒙语词汇与汉语词汇放在一起，互相辉映，产生了极强的画面感。如多处用到的"长生天""毡帐""皮袍""马头琴""斡耳朵"和"蜀葵""城堡""衙门""宋瓷"等相互匹配，一下子把血淋淋的战场拉回到了人间烟火中，两个对立的阵营如同雨雪交织一般。"生死宽敞的大地/丈量不出斡耳朵的辽阔/珍珠玛瑙在孛儿只斤的库房/堆出灰尘，高原上的哈拉和林/张口就是世界方言"，"夜晚是那可儿的一跪之礼/我的黑夜，我的黎明/注定在鞭子与石头的距离里/呼啸沧桑"。这必是经过反复推敲和酝酿的产物，无论多么复杂的思想和情感，他都能搜罗出与之对应的意象。《钓鱼城》同时也是一部意象密集的长诗，它依托这些诡谲多变的意象，深刻而准确地赋予了每个人物和每个细节朝气和生机。

《钓鱼城》艺术再现的手法也是值得我们效仿的。诗人把一场严肃和严酷的战争变成了人间的舞台，他们当初的表演，也许没有现在这样冷静和智慧。但绝对不要以为这只是我们一个伟大的实验。草原上空飞驰的鹰和《钓鱼城》里乱草掩盖下的蟋蟀是这篇长诗里两个鲜活的话题，有一一对应的艺术构思。

现在，我们该来谈谈"我的旁白了"。这既是这篇长诗独立的篇章和结构支点，又是真正代表了诗人的内心涵养和世界观、价值观、战争观的部分，也是诗人介入这场战争的唯一切口。

全诗共有三处"我的旁白"，都在每一个大章节的篇尾，是诗人自己在开口说话，是他实在压抑不了的情感释放，也可以理解为解释、注释、批评、点赞，是整个《钓鱼城》的思想源头。

一般来讲，长诗更为偏重的是整个思想体系，如果没有足够厚重的思想是承担不起它的篇幅的。《钓鱼城》毕竟是赵晓梦倾尽半生才力的扛鼎之作，从孕育、准备到开始动笔历时十多年。无论是思想的建构还是艺术的形成，都一定是深思熟虑的，可能很少迸发短诗那样的即时火花，每一个字词甚至早已沉积在心，写时达到了喷薄而出的状态。而思想体系的建构比艺术体系更难，要求诗人在广泛的阅读认知中条分缕析地把每个细节和每个人物都认真而彻底地解剖一次，一定要看见血，看见血就看见了光芒。

《被鱼放大的瞳孔》中，诗人直接以设问起笔，"我一直在想，弥留之际的人/意识仅有的缝隙会留给谁？"然后自问自答道，"面对这座没有一丝破绽的城"，无论是蒙哥、汪德臣、出卑，"他们弥留之际的缝隙里，除了绝望/就只有悔恨"，因为他们"与一块石头较劲/自己下不了台，他们的命运只好下台"。这清楚地表明了攻城者的心态。这里的"一块石头"实指钓鱼城，暗指守城者。一个弹丸之地，非得耗去三十六年的血雨腥风吗？这究竟是一种什么性质的较量。小小的钓鱼城真的挡住了历史的进程吗？交战双方如此咬着牙坚持几十年的攻与守，甚至主攻者早已跌落马背化为腐骨，而守城者早已帝京易位，王朝崩盘。他们还在较量什么？

《用石头钓鱼的城》同样是以设问立笔，"我一直在想，他们到底是什么样的人/能在凋谢的世道上，挺身而出力挽狂澜/令数十倍于己的强敌止步不前"，原来"他们不过是一群手持钓竿的人""一群单纯的钓鱼人，一群到死还在为/没能帮皇帝钓起江山懊恼的人"。诗人简直是异想天开，把一群尽忠死守三十六年的将士说成是"一群手持钓竿的人"，他们一方面钓蒙古大军这条鱼，一方面又帮皇帝钓江山，一方面又被钓。钓和被钓，都是相同的鱼饵——钓鱼城。不是血拼，也不是激战，只有交战双方都抱着"垂钓"的心态，才可以将一场战争共同推演三十六年。

《不能投降的投降》结构一样，"我一直在想，在江山改朝换代的/大势面前，一个人的气节名声和/一城人的生死，孰轻孰重？"诗人的回答是"宁愿自己在下跪里苟且偷生/也不愿在一城人的陪葬里痛不欲生"。

诗人用三个"我的旁白"回答了这篇长诗的所有问题，甚至构成了赵晓梦关于这场战争、关于钓鱼城庞大的思想体系。然而，我依然发现诗人尚有许多欲言又止的困惑和思索，只能寄希望于晓梦在未来更大的哲学框架内去给出一个完美的答案。

最后再说一句，长诗《钓鱼城》是有资格进入中国当代诗歌史或者文学史的。

2020年4月29日

原载《山花》杂志2020年12期

〈作者简介〉

唐政，当代诗人，曾在大学教授中国现当代文学，现在北京某央企任职副总裁。已在《星星》诗刊、《诗潮》《诗歌报月刊》《诗林》《青年文学》等发表诗歌、评论及其他文字近千篇。

一首长诗的三种写法和一个向度
——读赵晓梦抒情长诗《钓鱼城》

◇刘清泉

　　我一向以为，抒情是中国诗歌显著而光荣的传统，在这一点上，新诗与古典诗歌的气质是一脉相承的，因此可以说抒情是中国诗歌区别于西方诗歌的最重要标志。这倒不是说西方诗歌不注重抒情，而是说从总体性特征和整体性面貌来看，西方诗歌是说出来的，而中国诗歌则是唱出来的。说出来讲究有条有理，而唱出来更强调声情并茂。如是观之，古往今来，从《陌上桑》《孔雀东南飞》《木兰诗》，到杜甫的"三吏""三别"、白居易的《长恨歌》《琵琶行》，再到艾青的《火把》《吹号者》《他死在第二次》等，虽然语言形式上是叙事，但骨子里、质地上仍是抒情，因此应将这些经典诗篇纳入抒情诗的范畴来加以品鉴和研究。

　　也正因为如此，我认为赵晓梦长达一千三百行的《钓鱼城》是一部抒情长诗、英雄史诗、人文大诗。不能因为《钓鱼城》针对的是一个重大的历史事件而将其归结为叙事诗体，也不能因为《钓鱼城》涉及侵略与投降、忠君与爱民等尖锐矛盾而轻易否定其作为英雄史诗的历史价值，更不能因为诗人赵晓梦的选择性介入而无视其探索中国长诗写作新向度的良苦用心和人文情怀。恰恰相反，因为赵晓梦的《钓鱼城》精准回答了如何把史诗写活、把长诗写短、把大诗写小等关键性问题，我更加坚定了把抒情作为中国长诗未来发展唯一正确走向的核心判断。

一、作为史诗的《钓鱼城》是鲜活的

　　何谓"史诗"？史诗是一种"庄严的文学体裁，内容为民间传说或歌颂英雄功绩，它涉及的主题可以包括历史事件、民族、宗教或传说"（《辞典》）。这是传统意义上的史诗，把它简单理解为"有历史的诗""逝去之诗"，似乎也未尝不可。根据所反映的内容，史诗可分为两大类：创世史诗和英雄史诗。创世史诗，也有人称作"原始性"史诗或神话史诗，多以古代英雄歌谣为基础，经集体编创而成，反映人类童年时期具有重大意义的历史事件或者神话传说，如世界最古老的史诗——古巴比伦史诗《吉尔伽美什》。英雄史诗则是一种讲述英雄人物（来源于历史或神话中）的经历或事迹的长诗，如荷马的史诗作品《伊利亚特》，中国的《格萨尔王传》等。相比较而言，英雄史诗更为常见，所以在现代语文中，"史诗"主要指的是英雄史诗，是一定历史时代条件下的人或人群生活的全景反映。据此，我们不难发现，史诗有题材厚重、宏大叙事、篇幅较长等基本特征。《钓鱼城》显然就是这样的一部"现代史诗"。

应该说，每一部史诗都是具体历史的和具体民族的。不能用一个笼统的历史时代的抽象的模式去解剖特定的史诗，也不能用一般的人类社会的尺子去裁量史诗丰富的民族文化内涵。史诗与历史有特殊关联性，但是即使史诗的历史印记十分鲜明，它也不是编年史式的实录，甚至也不是具体历史事件的艺术再现。史诗对历史有着特殊的概括方式，体现了史诗的创造者对历史和现实的理解和表现特点。也就是说，史诗是历史的，但又不单单是历史的。《钓鱼城》再现的历史是著名的"钓鱼城之战"，从1243年余玠决定复筑钓鱼城至1279年守将王立带领钓鱼城军民投降，计三十六年。其间尤以1259年蒙哥汗在钓鱼城下的败亡最为引人瞩目，这一事件使得气数已尽的南宋王朝又残喘了二十年，更为重要的是，因为蒙哥之死，蒙古军队的第三次西征被迫停滞，大部队东还，其大规模扩张计划从此走向低潮。钓鱼城之战不仅影响了中国历史发展，更是改变了世界历史进程，西方人称钓鱼城为"上帝折鞭处"，所言非虚。三十六年尤其是后二十年的历史不算长，但它所反映的人心、人性、人情之纷繁复杂，具有超越于历史之上的普世价值。更何况，我们所谈到的"历史性"指向的从来就不是简单的时间刻度，不是史册上沉睡的文字，而是生态的、社会的、人文的历史。

历史往往是凝固的，但诗人赵晓梦"十年磨一剑"，在充分查阅、研究史料的基础上，让钓鱼城之战这一段"沉重残酷的历史充满了人类心灵的体温，成就了一种血色浪漫的审美特质，既厚重大气又显灵性充盈"（诗评家谭五昌语）。也就是说，赵晓梦用自己特有的方式去触摸、感知、还原了一段广为人知而又独属于他的历史，这段历史因此而变得鲜活，也因此而成为"诗史"和"个人史"。

作为史诗的《钓鱼城》，其鲜活之处首先在于对"时间"的独特把控。一章三人，三章九人，均以人物独白的方式出现和淡出，你方唱罢我登场，每个人的开头都是"再给我一点时间"。时间是战争这一特定环境下所有人关注的焦点，它充斥着焦虑、折磨、苦痛、胜败、生死，自然会折射出忠诚与背叛、软弱与坚强的较量，进而深刻影响到退缩与进击、抗争与妥协等行为选择。在诗人如此戏剧化的设计中，我们可以窥见不同人的性格与命运，同时跟随这九个具有代表性的人物去追问更多人的生死以及家国的存亡，为钓与被钓而纠结，为"石头"和"鱼"这两个中心意象而沉迷，如临其境，难以自拔。

作为史诗的《钓鱼城》，其鲜活之处还体现在对"空间"的巧妙设置。美国历史学家彼得·盖伊在《感官的教育》中说，"完美的虚构能够创造出真实的历史"。作为一位诗人，赵晓梦其实也是"历史的说书人"，把钓鱼城之战这段历史当作自己想象和描述的对象。他以人物独白的方式给历史中的人提供了表演的舞台，也就是设置了少则三种多则九种甚至更多更繁复的空间。我们当然知道这个空间是虚拟的，但是我们更知道诗人的真实意图正在于突破传统的史诗写作范式——一个中心一个主体——史诗写作因此而变得更加开放，诗人因此可以更加主动地"牵着历史走"（学者王本朝语），而非相反。这种多维的空间设置加上步步紧逼的时间调度，就使得《钓鱼城》不仅是结构的艺术，也不仅是对错的价值判断和爱恨的情感判断，而是"回到了诗人作为想象能力的主体互动"（评论家霍俊明语）。诗歌和历史从来都在互相致意，只不过有的人许多时候自造了"雷池"。诗人赵晓梦的大胆探索，对于中国史诗写作的启示意义无疑是深长的，这也是我坚持把《钓鱼城》认定为一部抒情长诗的重要理由。

二、作为长诗的《钓鱼城》是精短的

《钓鱼城》洋洋洒洒一千三百行，在中国的长诗文本中是比较少见的。而且，从资料收集、实地考察、专家咨询、创意构思到文本撰写，赵晓梦整整用了十年时间，这个创作周期也是超长的，少有人能如此笃定，如此认真。据我所知，长诗《钓鱼城》完成后，从在《草堂》诗刊发表到出版单行本再到推出精装本，赵晓梦一直在不断听取各方意见，对文本进行修改和订正，他为把钓鱼城之战这一段重要历史写进诗史和文学史进而以特别致敬的方式把这段历史存留下来、传扬开去，付出了艰辛的努力。试问，当今诗家又有多少人能够做到？！如果仅仅把赵晓梦的所有努力归结于他作为合川人对故乡的深沉情结，我以为站位还是偏低。透过《钓鱼城》，我们应该清醒看到，赵晓梦所展现的长诗写法，打破了叙事长诗的传统和套路，彰显了中国诗学一以贯之的抒情精髓，形成了新的人文逻辑和抒情伦理，为中国抒情长诗的写作开创了一条别开生面的新路，这才是我们应该予以特别关注和仔细研读的。

从写作的操作性策略来看，《钓鱼城》的一个显著特点就在于：寓长于短，通过精短来构建长诗的厚度和韧性。相比于三十六年的时间跨度，诗人截取的华彩片段是短的；相比于三组九人上演的一场别致"诗剧"，每个人的独白式咏唱是短的；相比于这场战争中千军万马惨烈厮杀的场面和千丝万缕复杂纠缠的态势，《钓鱼城》所容留的停顿和迟滞也是短的。在以"抒情的复调"（诗评家张德明语）为特征的结构形式下，我们更多看到的是"短兵相接"，这就确保了历史叙述的"触目惊心"，也极大地丰富了历史的人文内涵。

从诗歌语言的表呈来看，正如著名诗人吉狄马加所言，《钓鱼城》这一首长诗"仍是若干短诗的合成"，但与众不同的是，这些短诗保持了相当一致的韵味和相当谐和的调性，诗中每一个人的独白既具有独立性却又共同聚焦于"钓鱼城"这一个制高点，一路读来，让人兴致盎然不觉乏味。也就是说，赵晓梦用短诗的写作手法，多少令人匪夷所思地完成了一部史诗巨制。短诗的语言讲究爆发力，强调灵感，画面感强，节奏趋于简洁明快。拿当代著名诗评家吕进先生的话来说，当字词不再仅只具有词典意义，那么它们就构成了"诗家语"。这样的"诗家语"在《钓鱼城》里俯拾皆是。比如蒙哥在长诗开篇就迎来了"弥留之际"，慨叹"再给我一点时间……长生天！/让我醒来，给草原的遗嘱留点时间。/弯弓扬鞭，这一趟走得有些匆忙和/自信，忘了谁来继承/成吉思汗的江山？""白鹿洞书生"余玠踞守"用石头钓鱼的城"，在两军对峙时说出"宽恕两条江的无知，不如扶住/桅杆上的帆，停靠眼睛的疲惫，/停靠江水游荡的往昔"。兴元府都统兼知合州王坚感叹"酒液熨过肺腑，山风吹来乌云，/胸中的诗句乱花飞絮，锦袍上的／神韵拾不起散落的月光"。人称"四川虓将"的张珏在困境中坚信"溅落在时间刻度上的火星，注定／不会悄然熄灭。即使遁入尘埃，／也会成为沧桑黄卷中淡淡的残痕"。攻守之间，人物的性格与命运跃然纸上，牢牢地摄住了我们的眼睛和心灵。

以精短而致跌宕起伏，在长诗建制中敢于让每一个人物的诗性独白在十几行、二十来行的分节排列中不断爆发，且能气韵不失，赵晓梦做到了把长诗写短，其实也巧妙地达成了"短中见长"。这一稍显"冒险"的举措，被实践证明是成功的，为我们的长诗写作提供了很好的启示。

三、作为大诗的《钓鱼城》是小而具体的

所谓"史诗"，在很大程度上其实就是"重大历史事件之诗"。我国著名的民俗学家、民间文学大师、现代散文作家钟敬文认为，"史诗用诗的语言，记叙各民族有关天地形成、人类起源的传说，以及关于民族迁徙、民族战争和民族英雄的光辉业绩等重大事件，所以，它是伴随着民族的历史一起生长的。从某种意义上来说，一部民族史诗，往往就是该民族在特定时期的一部形象化的历史"。其间言及天地形成、人类起源、民族迁徙、民族战争、民族英雄等，无事不大，所以诗界常常将史诗称为"大诗"。从题材上看，《钓鱼城》无疑是一部"大诗"。

从内容和思想价值来看，《钓鱼城》也无愧"大诗"之谓。或许在民族主义者、民粹主义者眼里，钓鱼城之战应是讳莫如深的，这也是钓鱼城在很长一段时间里显得沉重而寂寞的根源。赵晓梦对此心知肚明，但他并不回避。他让蒙古人蒙哥、蒙哥夫人、汪德臣，汉族人余玠、王坚、张珏、王立、熊耳夫人、李德辉渐次登场，站在攻城、守城、开城这三个不同的立场和维度之中，吐露心声，感时抒怀，论事究理，不同的政治理念、民族情感、人生价值等在激烈的矛盾冲突中最终一一展现。而诗人作为导演或观察者，也在这个过程中表达了"不言之言"——对人性之光的擦亮和深度审视。赵晓梦自己说过，"历史已经过去，我们只能无限接近它，而不能武断地认为我们掌握的就是历史"。所以他的视野、胸怀和气度是十分开放的，他既无意于为家乡钓鱼城代言，也不想借此完成所谓的"自我精神救赎"。他只是在致力于"还原"，让读者看到"一个重大历史事件

中'何者为人''人能何为'",并且引导读者去思考"华夏文明何以绵延不息等命题"(诗人、历史学博士李瑾语)。我非常认同李瑾博士的观点,《钓鱼城》相当于"'活化石',它既秉持了时代对历史的反思,也承载了历史对当下的投射,从而具有了文献和文明的双重价值"。

从艺术创新来看,《钓鱼城》也有"大诗"质地。学者王本朝说"诗人赵晓梦把'钓鱼城之战'这段重要历史带进了文学史",我更认为,因为长诗《钓鱼城》,这段历史从此可以被称为"诗史",闪烁着与别的历史不一样的光彩。诚如著名诗人、作家、评论家宗仁发先生所言,诗人赵晓梦的"文学观、历史观因此有了非常合适、合理的把握尺度"。同时还要看到,但凡关涉历史人物的写作,很容易落入英雄赞歌式、正义审判式的窠臼,或者被简单的胜负、结果所左右,使得作品呈现出"高大上"或"扁平化"的样态。而《钓鱼城》采取的是个人化的视角、个性化的语言,设身处地,为九个人物安排了不同的境遇,设置了相对应的关系,进而通过独白凸显了各自不同的思想冲突和情绪表达。整首诗就像一部多幕剧,高潮迭起,十分生动,具有很强的艺术感染力。

我曾在一篇文章中谈到过,"大诗"多为"宏大叙事",而"宏大叙事"往往远离日常的生活体验,作为一种描述和揭示世间真理的理论体系,与其说是一种历史叙事,不如说是一种追求完满的构想,不免带有神话的色彩。所以,从史诗写作的操作性层面来看,"大而不当"是一个值得深思且需引起注意的问题。赵晓梦的《钓鱼城》在这一点上是清醒的,他给出的解决方案是:小而具体。

《钓鱼城》从一开始就是奔着"把大诗写小"的路子去的,他以"再给我一点时间"来调度全篇,把9个人物置于攻城、守城、开城的不同任务环境和具体场景之中,这就为读者的进入打开了方便之门。其次,《钓鱼城》中有两个反复出现的意象——鱼和石头,这是其作为抒情诗的重要标志。正如著名诗人、诗评家唐晓渡认为的那样,"鱼和石头的关系发生了反转,钓和被钓的关系也发生了反转,这里面更多体现了诗歌的力量"。吕进先生也认为,"'石头'与'鱼'给全诗增添了简约性和生动性,给读者以想象空间的辽阔"。必须指出的是,《钓鱼城》只是一首与历史有关的诗,其重心不在写史,而在写史中人物,在诗人以史为凭的想象中展现人物的命运沉浮,闪射人性之光。正因为写得小而具体,我们能感觉到这些人物是生动鲜活的,并与读者自己心中设计的人物形象形成互动。

比如著名诗人尚仲敏就认为，九个人物里面写得最好的是熊耳夫人，里面最好的一句是"如果你想我／就到后院竹林来吧"。

关于"把大诗写小"，还必须注意细节。《钓鱼城》的小而具体，也归功于诗人赵晓梦对细节的精心琢磨。人物所处的环境有细节，说话的语气有细节，语言中投射的心理变化也有细节……如果这首"大诗"能在每个人物出场前确切交代一下其身份、背景以及与其他人物的关系，而且在九个具有代表性的人物之外，设置一两个小兵或平民，让处于战争中的小人物"一展身手"，或许既可以丰富整首诗的细节，更能增强读者的"代入感"。

总之，一部《钓鱼城》把史诗写活了，把长诗写短了，也把大诗写小了。正如中国作家网有关"《钓鱼城》长诗单行本首发式暨研讨会"的新闻报道所及，"宏大叙事与个体抒情有机融合，历史意识与生命体验互渗互补，体现了诗人赵晓梦对复杂历史全新的解读能力，对抒情长诗罕见的掌控能力"。更为重要的是，赵晓梦的《钓鱼城》，注入了新的文人气质，构建了新的写作模型，为中国抒情长诗写作昭示了一个前所未有的新向度，堪称新的长诗蓝本甚至范本。

2020年6月5日，重庆

原载《散文诗世界》2020年第7期

〈作者简介〉

刘清泉，1970年生于四川安县，现任重庆师范大学美术学院党委书记、副院长、教授。中国作家协会会员、重庆市作家协会全委会委员、沙坪坝区文联副主席、沙坪坝区作家协会主席。出版诗集三部，文学评论集一部。

内卷的石与外翻的鱼

——读赵晓梦长诗《钓鱼城》

◇凸　凹

赵晓梦最新推出的一千三百行长诗《钓鱼城》，因其在结构、语言、意象、气韵以及史料处理等方面的异质性和排他性表现，而成为一部堪称诗化程度甚高、突破了既有桎梏、拓宽了诗写疆界的英雄史诗。作者也借此跨越式抵达了自己诗歌的新高峰。

《钓鱼城》按照事件发生的时间进程，用心良苦地部署了三个非时间渐进叙事的独立篇章，依次为"攻城者说""守城者说"和"开城者说"。无问孰敌孰友，作者跳出作品外一声不吭、一字不吐，仅这一往往只在小说中才施用的创意，就为这部史诗性作品收割的成功放下了吊桥、开启了城门。接下来要干的活儿只剩下入城、占城两项了。作者是一位多种门类文字写作的复合型操持者，单单写诗的"纯诗人"，基本想不到这个方向来。

作者不薄任何一方，让"攻城者""守城者"和"开城者"三个团队，分别用三位代表性人物站出来说话。代表攻城者的是在攻城期间离世者：蒙古大汗孛儿只斤·蒙哥、蒙哥随军夫人出卑和蒙军前锋指挥汪德臣。代表守城者的是顽强守城、永不放弃的宋军将领余玠、王坚、张珏。代表开城者的是宋军将领王立、脚踏两只船的熊耳夫人和蒙军将领李德辉。这九人虽有男有女，身份各异，但他们的内心独白不外乎是借助人事、山河、草木等万物，对一座城、一片草原尤其一宗战事的回忆、希望、失望、欣慰、自责、痛苦、不舍、抗争等情状倾泻情绪与感慨。并且，每一位的出场，都首先以"再给我一点时间"放大、陡立自己在时间面前的遗憾和无奈。再者，鱼和石头，是频繁进出、贯穿始终的两大意象。就是说，如是的设计，虽然走了新，但却给自己的写作，硬置了一大难度——重复、单调和沉闷。如果语言技艺乏善可陈、捉襟见肘，对九位当事人的内心嬗变和钓鱼城城况没有条分缕析、手术刀般的精准把握，是处理不了这种乱成一团麻的难度的。令人惊喜的是，作者让我们读到了他消解这种难度的超强能力。撇开诗艺不论，我把这归功于故土与游子的默默惦念与有效互动。

作者赵晓梦是一位忙碌的新闻媒体人，我没想到，他居然可以把《钓鱼城》写得这样慢、从容、宁静和优雅。诗的血肉丰满，扎实细密，与那些内容空洞、龇牙咧嘴、肋骨漏风的诗形成了醒目的反动与对峙。而这，最终衍化成了一部长诗不可或缺的、将读者强力吸卷进去的整体氛围与鬼魅气场。没有对桑梓的深爱、感恩、敬畏和宗教般笃定的信仰，做不到。

钓鱼城之战的双方，一方是大如天空的辽阔、自由、鹰、征服、马蹄、鞭子合成的鲸鱼群，一方是小如拳头的人的石头和石头的人；一方是主动的、放开的、凌厉的，一方是被动的、紧缩的、坚持的。诗人晓梦清醒地看到了这一点，并对这种大尺度反差形成的美学张力乐此不疲，深耕细作。"与大鱼搏斗，你得学会巧妙周旋，/像太极，发出四两拨千斤的力量。/甚至假装妥协，假装把自己置于险境，/直到大鱼咬牢这石头城做的钓鱼竿。"可以说，用内卷的石与外翻的鱼，来引擎、运载和完成《钓鱼城》，应该是晓梦创作这部长诗的闪电与撒手锏。在这一诗学方程与算式里，石和鱼是矛盾的、对立的，又是相辅相成的：鱼不惹石，石不内卷；石不内卷，鱼不外翻。内卷中，石头看不见了，或者说看见的是虚构的石头，梦中的石头，跟钓鱼城军民的人心完全一致的石头。外翻中，看不见的内心的鱼，浮在水面，翻白，看得见了。一块石头，钓了三十六年的鱼，去填大宋最后的永远救不回来的肚皮。同时，用吃鱼得来的力，再去钓鱼。三十六年，最终，鱼熬成狼，又变成火。一块叫王立的石头，在火的围困中的屈服，却是为了让所有内卷的石头走出来，从石头回到石头。"一城人低于粮食和水的紧迫，/足以打开英雄气短的城门，足以/逶迤群山的道德良心，直指人/虚荣、贪婪、自私的软肋。/……后世的非议，我已经无暇顾及！"

作为史诗向度上的作品，其诗化程度又很高，除了诗人的天赋、语言的道行，作者还在叙事上走了险、下了大功夫。就是说，他的诗，侧重的是对诗的叙事，而不是对事的叙事。他把事件的大背景小背景，把九位出场人物的生平，乃至钓鱼城及周遭地理事象——那些仿佛必写的"事"的部分——在很大程度上做了剔除和放弃处理。他把没有诗什么事的"事",交给了另一些文体完成,比如解说、通讯、散文、小说、戏剧什么的——这样的文字事实上已多如牛毛。虽则如此,我还是认为,这部长诗的后边,应该附一篇正写"钓鱼城之战"的文章,将诗中涉及的知识点纳入其中。否则,诗倒是纯粹了,却又为难了一些对钓鱼城历史不甚了然、又没专此补课的读者。只有在"事"中知道了,才会在诗中知道:钓鱼城是一坨大石头,而鱼,则是这座城的一起传说。

也有我不懂、不知道的。诗中意象熙来攘往,不懂,或不甚懂,实为正常。如果哪位读者宣称他读懂了《钓鱼城》每一个词,那要么他是神,要么诗就不是诗了。我就没能尽懂,诗行中为什么要多次出现"垂直阳光"?是说明钓鱼城了无遮蔽、什么时候都能被太阳晒到,还是表达钓鱼城的暑热天气?真是不好意思,我的双脚还从未踏上过钓鱼城的石头哩。我想,这就是自己活该不懂的里因。

原载《中国艺术报》2019年7月1日

〈作者简介〉

凸凹,又名成都凸凹,本名魏平。诗人、小说家、编剧。中国作家协会会员,成都市作家协会副主席,中国诗歌学会理事。出版有长篇小说《甑子场》《大三线》《汤汤水命——秦蜀郡守李冰》,中短篇小说集《花儿与手枪》,诗集《蚯蚓之舞》《桃果上的树》,散文随笔集《花蕊中的古驿》《纹道》,批评札记《字篓里的词屑》等二十余部作品。编剧有二十集电视连续剧《滚滚血脉》。

历史在审美中升华
——读赵晓梦长诗《钓鱼城》

◇廖家瑶

　　钓鱼城，一座背靠钓鱼山三面环水的城；一座被誉为"东方麦加城"和"上帝折鞭处"的城；一座因为七百年前的一场战争而被无数文人墨客感叹书写的城。在这，诗人赵晓梦，将对故乡的深沉情感凝结，在花费十余年时间收集钻研史料的基础上，伏案半年，创作出一千三百行的长诗《钓鱼城》。

　　艺术创作往往藏而不露，"用意十分，下语三分"。《钓鱼城》作为首部反映改变世界历史的"钓鱼城之战"的长诗作品，它既不单纯地回溯历史，也不止步于喻景抒情，而是"试图以诗歌的形式，还原发生在中世纪中国大地上这场游牧民族与农耕民族之间的冲突与较量，跟随历史的当事人，见证正在发生的历史"。打破固化的历史时间线，《钓鱼城》共分三章，由"攻城者说"（《被鱼放大的瞳孔》）、"守城者说"（《用石头钓鱼的城》）和"开城者说"（《不能投降的投降》）三方势力代表人物的内心独白依次展开。

这是一座攻不下的城

　　"再给我一点时间——长生天！/让我醒来，给草原的遗嘱留点时间。"开篇的一声呼喊，道尽了、放大了蒙哥弥留之际的遗憾与不甘。在"云梯不可接，砲矢不可至"的钓鱼城，骁将汪德臣死于飞石乱箭，蒙哥中砲受伤病殁。曾经许下"我得用鞭子，把它们圈进成吉思汗的版图！"壮言的蒙哥，"最终还是没能逃脱客死他乡的宿命"。那"不讳以后，若克此城，当尽屠之"的扎撒，写出的是他痛苦、仇恨、挣扎的心。

意象，作为诗人情感思想的对应物，可通过情感的驱动，化物体的静态为动态，使其具备一种流动的美感，构建动态美的画面，使诗歌愈加清新、活泼、充满生气。在赵晓梦的笔下，意象被精心设计，蒙哥、汪德臣、出卑皇后对篝火、江风、暴雨、山河、草木、大雪的一言一语都被精心雕琢与装饰，"血液的腥甜跑出西风的加速度，/八千里路云和月被吹入毡帐。/牧群和鸟群重新定义飞禽走兽，/河流忙着纠正山脉方向"。翻涌的血液、咆哮的旋风、奔飞的禽鸟、澎湃的河水，还有恸哭的游鱼，一切都是流动的意象，凝练的诗句引发读者无数的遐想，让人身临其境，如痴如醉。

在这座攻不下的城面前，希望、失望、欣慰、自责、痛苦、不舍以及抗争的复杂情感蕴藏在巴蜀之地湿热的风中，久飘不散。

这是一条阻不断的江

"再给我一点时间。我得给自己/寻找一个敞开的城门。"守城将士余玠如是说。被嘉陵江、渠江、涪江三江交汇环绕的钓鱼城城池星罗棋布，互为声援。余玠与冉琎、冉璞兄弟构建了依山为点、以江为线、层次分明的山地城池防御体系，不习水战的蒙军难以进攻与封锁。在这条涌流不息，时间阻不断的江边，他们曾"用石头的城钓鱼。用内水外水做鱼饵/用山的形状做成鱼竿，用激流和悬崖/做成钓台，用垂直阳光做成宫殿的/护城河，以十年为期，/筑出'川中八柱'、八十三堡垒的/死亡容器，收纳顺江而下的鱼尸"，最后却只能落笔于"从钓鱼者到被钓者"的悲哀。在那羸弱不堪的南宋，固守钓鱼城三十六年的将士在诗人笔下有着他们的豪气与担当，也有因无法帮皇帝"钓起"江山的遗憾与懊恼。

杜夫海纳曾说："意义产生在人与世界相遇的时刻。"诗歌中的隐喻意义来自一种顿悟，《钓鱼城》中的隐喻不是一种谜语式的修辞手段，而是一种直接认同。"与大鱼搏斗，你得学会巧妙周旋/像太极，发出四两拨千斤的力量/甚至假装妥协，假装把自己置于险境/直到大鱼咬牢这石头城做的钓鱼竿。"大鱼、搏斗、石头城，隐喻的是一场战争中的曲折智慧，构筑的是一幅从容、宁静和优雅的画面，历史，在诗人语中变得诗意。

这是一片凿不开的山

随着诗歌章节的跟进，战争的攻方、守方次第出现。我开始好奇，诗人会如何写"投降者"，写他们是怎样"凿开"这片安如磐石的"山"的呢？

"再给我一点时间。一城人的心跳／严重脱水。寒冷和干旱坐实了／我们的饥荒。""再给我一点时间"作为第三章的开篇，我却不敢重读这句话，因为此时的钓鱼城已禁不住丝毫摧折。有人曾言三面环水的钓鱼城半岛是一座"粮仓"。山麓田地面积广阔、水源丰富，"春则出屯田野，以耕以耘；秋则运粮运薪，以战以守"。但诗人通过史料考据，"两千人一年的口粮养不活十七万人避难的钓鱼城"。连续的秋旱冬旱，哀鸿遍野的现实将主帅王立逼入了绝境，倚靠着这座凿不开的山的人，不得不开城投降。

陈超在勾勒20世纪90年代末诗歌想象力的种种新变时判断："我对未来先锋诗歌走向的瞻望，也不会离开以上的历史想象力的向度。"《钓鱼城》中诗人个人化的"历史想象力"，试图超越诗人群落的分化及流行的诗学标签，拨开纷乱的表象，解开"不能投降的投降"的死结。关于王立、熊耳夫人、李德辉等投降者的功过是非争议持续至今，"美丽忧伤的故事"各种版本呈现。"我必须纠正这些错误，必须创造／新的身份认同，消除眼中的敌意，／为泛黄的记忆拨出江风的杂念。"历史的诗意想象，让诗歌更可信，让历史更动容。

如今，悠悠钓鱼城，静静地矗立在三江交汇之处，替世人铭记着那些为守护国家，保卫家乡的历史。从合州军民身上，我们看到了中华民族永久不变的爱国主义民族精神，在历史的长河冲刷了近千年，仍熠熠生辉。

赵晓梦说："我写钓鱼城，不是去重构历史，也不是去了解历史，我要做的，就是跟随历史的当事人，见证正在发生的历史。"历史在《钓鱼城》马蹄声狂、纠结挣扎、呼啸沧桑的诗语中被反复咀嚼、回味与升华。他写的也许未必是真相，但一定是人类心灵情感的释放，因为只有这沉郁的悲歌，方能让人久读不弃，与诗人一道陷入历史的回溯与现实的远眺。

2019年12月21日，重庆北碚

原载《中国新闻出版广电报》2020年7月6日

〈**作者简介**〉

廖家瑶，西南大学新闻传媒学院硕士研究生。

诗的灵动与史的厚重

——略论赵晓梦《钓鱼城》中的史料注释价值

◇庞惊涛

赵晓梦长诗《钓鱼城》（中国青年出版社，2019）用接近一半的篇幅，对他的一千三百行长诗进行审慎而翔实的注释，不仅极大地增强了长诗本身的可读性，也为长篇叙事诗增加了厚重的历史感。诗宜隐讳，尤其是当代诗，注释往往被看成"画蛇添足"而多被诗人所不取。《钓鱼城》注释的出现以及执意强化，无疑为当代新诗、尤其是长篇叙事诗创作技法的创新和突破提供了一个有价值的示范。

《钓鱼城》诗注的方法

和历史上的古典诗注传统理路不一样，《钓鱼城》的诗注不是后人对前诗的补注，而是作者在创作《钓鱼城》时即已架构好的一个重要内容，是诗人自己写作并自己注释的。细读《钓鱼城》的十七条注释，可略窥作者赵晓梦的传统阐释学旨趣。他对《钓鱼城》的创作，在明确诗史互重的前提下，实则更偏向于"史"，即通过注释来完成对历史的解析求证，而不是通过注释来延长诗的抒情。由于《钓鱼城》呈现了一定的古典注释学的面貌，这就使《钓鱼城》的整体文本显示了史著严谨客观的学术气质，而不单纯体现为诗的浪漫与灵动，因此较之其他相类的长篇叙事诗，更具有启发性和创造性。

中山大学中国古文献研究所研究员、中文系博士生导师陈永正先生在他的《诗注要义》一书里，对诗注提出了文学与文献学兼重的学科要求，以此可以移来解释《钓鱼城》的诗注方法论：长篇叙事诗高度的文学性与文献高度的严谨性统合，两种学科在赵晓梦精巧的糅合下，使诗的部分呈现了文学的灵动，而文献的部分则呈现出了史的厚重，实则体现为历史的分量，二者相得益彰，互借光辉，合成双璧。

在具体的注释选择上，《钓鱼城》显示了作者便于读者理解和历史辩论为主的原则。因此，十七条注释，几乎没有一条和诗本身的情绪以及意境相关，而是紧扣历史人物、地名以及名物展开。其材料选取，也注意在充分利用《元史》等官方正史资料的基础上，兼而采用地方文献、志书、行状、笔记、见闻录乃至出土文物，以客观呈现诗所不能呈现的历史面目，给读者提供一个自行辨别历史的机会。如关于蒙哥死因和死地的注释、蒙哥葬地"起辇谷"的注释，都最大可能地将作者所掌握的史料客观呈现，读者在激发诗情之余，也可以通过注释，弥补蒙元史认知的不足，并构成自己的史实判断。这种诗注方法，也使《钓鱼城》这个长篇叙事诗，兼有了历史随笔的副翼。

特别值得一提的是，《钓鱼城》中对内部资料的运用，可能会为正统史家所忽略和轻视，但赵晓梦却理直气壮地将它引在了注文中，体现了一种诗注的开放态度。显示为内部资料的《钓鱼城历史学术讨论会论文资料集》，是1981年10月15日至20日在合川召开的钓鱼城历史学术讨论会专家论文的结集。虽然是内部资料，但专家论文仍然很有史料价值。我在写作《杭州的儒家与书院文化》一书时，也特别注意杭州及所辖区（市）县编辑整理的"内部资料"，它们虽然不是正规出版物，但由于大多是地方政协牵头整理的文史资料辑，往往于史有补。赵晓梦在《钓鱼城》中的史料注释，特别注意对"内部资料"的运用，可能和他作为合川人，十分谙熟并能全面掌握地方文史资料相关。

《钓鱼城》诗注的情怀

古典诗注特别注重注者的才学，以"才学为注"历来是中国古代诗歌阐释的传统模式。《钓鱼城》的诗注，虽也不乏才学，但蔽见以为，《钓鱼城》诗注的可贵之处，仍在情怀，即诗人在注中所体现的历史态度和观念。

史家陈寅恪先生在《金明馆丛稿初编·读哀江南赋》中云："古今读《哀江南赋》者众矣，莫不为其所感，而所感之情，则有浅深之异焉。其所感较深者，其所通解亦必较多。"这种浅深之异体现在《钓鱼城》的注释中，正是注者本人所持的史观，是否为读者所感染认同。我注意到，赵晓梦在《钓鱼城》的注释中，倾注了诗人特别的敏感和人文关怀。如对王坚的抱屈，则不失为"史家"的诗性流露。

《钓鱼城》注释第十三条："蒙哥死后钓鱼城之围立解这是事实，这也是守城主将王坚最光辉的业绩，仅此一条他也足以位列南宋名将之列。但找遍《宋史》，竟未见为王坚立传，遂使一代抗蒙英雄湮没无闻，史家争议不休。"

这样的诗注，正是注者跳出冷静的历史，以诗人的热血，为英雄叫屈。事实上，他在注释过程中"找遍《宋史》"的这一举动，就流露出了他作为诗人的情怀，而非注者的冷静。在这里，"以才学为注"开始主动让位于"以性情为注"。

《钓鱼城》注释第十七条："姚从吾先生依据详实的史料考证了熊耳夫人的家世、王立与合州得救经过，指出李德辉不主用兵而与合州王立'妥协'（招降），乃是他的一贯主张，至于熊耳夫人的致书，实仅是一个助因与巧合罢了，《钓鱼山记》所说的，她姓王、曾为王立义妹、曾为李德辉做鞋有式等等，则全属圆谎、臆造，是故事而不是信史了。"

熊耳夫人为元王相李德辉写信做鞋，以使合州一城人得活的传奇，在合州抗元历史中具有很高的传播影响力。赵晓梦在注释中，除了充分展示这个传奇的各个源头之外，不忘用已故历史学家姚从吾的观点和地方文史专家的态度，摆正这一传奇在《钓鱼城》中的正确位置："那是一个故事！"注者的历史情怀在这样斩钉截铁的回应中，得到了充分的彰显。

《钓鱼城》的注释中，也充满了注者对忠与奸、正与反这两组历史人物的爱憎之情。同为余姓，前任四川制置史、知重庆府、抗元英雄余玠和继任四川制置史、知重庆府余晦，在注者的笔下忠奸分别、正反昭然。"从余玠部属的这一反应，不难推测余玠本人对朝廷轻率地把余晦派来四川的深深失望和愤慨，因为这不仅是对余玠个人的嘲弄羞辱，而且也是对神圣的抗战事业的玷污糟踏。"此类情绪，在《钓鱼城》中还有不少。这些注释，比之单纯学术性的、干瘪的、冷静的和毫无倾向性的注释，更加充满了诗性的人情味，正是《钓鱼城》诗注的价值之一种。

《钓鱼城》诗注的价值

在诗人的眼中，《钓鱼城》是一部灵动的历史叙事诗；而在历史爱好者眼里，《钓鱼城》不失为一本诗具史才、史蕴诗心的历史随笔。对新诗，我素来不敢发言，但对历史随笔，或许可以透过《钓鱼城》这个独特文本中的诗注，阐发一点它的价值。

一是诗史互重的写作倾向。《钓鱼城》在写作规划时，赵晓梦一定对史料的运用和摆放有全局的考量，这可以从选题的确立以及三个章节的命名上略窥他的旨趣。应该说，《钓鱼城》所选取的历史选题，首先就具有了历史的厚重与深广，在参考前已出版或见诸公开信息的历史资料的同时，这个选题本身就背负了厚重的历史感。从《钓鱼城》最终呈现的文本范式来看，如果裁取掉最后的注释部分，这个长篇历史叙事诗将会失去不小的分量。因此，一定程度上，诗人"诗史互重"的自觉，使得这一典型文本，为当代叙事诗注释传统的延续，做出了最好的示范。

二是情绪与史实的适度拿捏。诗人论史，最忌纵情失度，使历史成为情绪的奴隶；而史家为诗，则不免袖手拘束，让天真情怀被历史画地为牢。《钓鱼城》中的注释，作为与诗既独立，又高度融合的一部分，可谓诗具史才、史蕴诗心，是我认为最有情怀的历史随笔。注家在这部分里，既没有让情绪失控，也没有被历史拘牵，对情绪与史实适度拿捏，体现了诗人和历史随笔作家在这个融合题材上的优雅从容。

三是史证与时证的兼收并蓄。回到历史注释这个单纯技术层面的问题上来，《钓鱼城》中要面对的历史难题显然不少，有些难题，是它作为一部长诗的注释所无法解决的，因此，它需要在汲取过往历史证据的前提下，充分注意吸收时下的证据。比如出土文献，比如最新研究成果。而对于那些史证与时证都不能解决的问题，作为注家，他必须像史家那样，把它交给未来，交给时间。赵晓梦在注释中说，"时间是个好东西"，正是这种态度和立场的体现。

还需提出的是，《钓鱼城》中每一章诗结束之后的"我的旁白"，既可以看成诗与注释之间的连接，也可以作为一个特别的注释，即融合了诗人和注者的史观与情绪的特别注释。有些内容，同样也是赵晓梦历史情绪的真实流露：

"我一直在想，在江山改朝换代的大势面前，一个人的气节名声和一城人的生死，孰轻孰重？"

这个自问，是诗人对历史的叩问，不是注者对历史的叩问。我知道，在王立决定降元献出合川城之前，他一定想到了蜀国的谯周，历史记录下来的，更多是"劝主降魏"的非人臣所行之耻，而不是使一蜀人得活之虑。赵晓梦的旁白，穿透历史，让谯周和王立跨越时空，发出了沉重的千古一叹。

原载《四川经济时报》2020年10月12日

〈作者简介〉

庞惊涛，自署云栖阁主，号守榆居士。四川省作家协会会员，成都文学院签约作家，钱学研究者，蜀山书院山长。出版有《啃钱齿余录——关于钱锺书的五十八篇读书笔记》《钱锺书与天府学人》《青山流水读书声》等多部著作。近年专注于地方文史研究。

附录

名家云集合川 为长诗《钓鱼城》而来

2019年5月10日—12日，"钓鱼城中国名家笔会"在重庆合川召开，六十余位知名诗人、作家、学者参加笔会，深入钓鱼城古战场遗址、范家堰考古发掘遗址采风创作，参加合川籍诗人赵晓梦长诗《钓鱼城》单行本首发式暨研讨会，就长诗创作、"钓鱼城之战"等话题展开讨论。5月11日晚，在重庆师范大学涉外商贸学院举行的"江山如画——庆祝新中国成立七十周年"诗歌朗诵会上，参会诗人们纷纷登台朗诵自己的诗作。

此次活动由中国作家协会诗歌委员会、中国作家协会《诗刊》社、四川省作家协会、重庆市作家协会指导，中共合川区委宣传部、合川区文联、合川区文旅委主办，重庆师范大学涉外商贸学院、合川区钓鱼城研究院、合川区作家协会承办，中国诗歌网、成都市作家协会、《草堂》诗刊社、小众书坊、巴金文学院、成都文学院协办。

活动受到了《人民日报》（人民网）、新华社（新华网）、《光明日报》（光明网）、《解放军报》（中国军网）、《文艺报》、中新社（中新网）、《科技日报》（中国科技网）、中国诗歌网、《文汇报》、重庆卫视新闻联播、《重庆日报》《重庆晚报》《重庆晨报》《重庆商报》、环球人文地理刊系、《携程网》、封面新闻、上游新闻、看看新闻、新浪网、腾讯网、凤凰网、荆楚网、《钱江晚报》《扬子晚报》《大河报》《三秦都市报》《春城晚报》、今日头条、红星新闻、四川新闻网、北国网、《温州日报》、现代艺术、《河南商报》《郑州晚报》等全国一百一十一多家媒体及网站的关注和报道。华龙网对活动进行了全程直播。

名家云集合川，为《钓鱼城》而来

参加此次活动的嘉宾阵容强大，可谓名家云集。来自重庆市外的领导和嘉宾有：诗人、第十三届全国人大常委会委员、中国作家协会党组成员、副主席、书记处书记吉狄马加，诗人、中国作家协会诗歌委员会主任叶延滨，作家、中国作家协会全委会委员、四川省作家协会党组书记侯志明，诗人、中国作家协会全委会委员、中国作家协会诗歌委员会副主任、四川省作家协会副主席、成都市文联主席梁平，作家、诗人、中国作家协会全委会委员、吉林省作家协会副主席、《作家》主编宗仁发，诗人、作家、中国作家协会全委会委员、军事文学委员会委员、《解放军报》文化部主任刘笑伟，诗人、《光明日报》文化部负责人邓凯，诗人、《解放军文艺》主编姜念光，诗人、作家李瑾，诗人、四川省检察院政治部主任、四川省检察官文联主席刘红立，诗歌批评家、作家出版社编审唐晓渡，诗评家、中国作家协会《诗刊》副主编霍俊明，文学评论家、上海交通大学人文学院教授、当代中国文学与文化研究中心主任何言宏，诗评家、岭南师范学院文传学院副院长、教授张德明，诗人、"大学生诗派"领袖和代表诗人尚仲敏，诗评家、中国作家协会机关党委干部盛一杰，作家、巴金文学院院长赵智，作家、诗人、成都市作家协会主席、《青年作家》杂志执行主编、《草堂》诗刊执行主编熊焱，诗人、中国作家协会《诗刊》编辑李点，诗人、中国诗歌网编辑符力，作家、诗人、《人民日报》文艺部大地副刊编辑王子潇，《人民日报》（海外版）编辑、记者尹婕，诗人、封面新闻（《华西都市报》）首席记者张杰。

来自重庆市内的领导和嘉宾有：中共重庆市合川区委书记李应兰，中共重庆市合川区委副书记、区长徐万忠，《重庆日报》总编辑张永才，作家、重庆市作家协会党组书记、副主席辛华，作家、中国作家协会全委会委员、重庆市作家协会主席陈川，中共重庆市合川区委常委、宣传部部长卢波，合川区副区长张宏，重庆幼儿师范高等专科学校校长柳卫东，中国美协理事、重庆市美协秘书长魏东，合川区委宣传部常务副部长蒋永华、副部长李卫明，合川区文旅委副主任杨凤，西南大学文学院院长、教授、博导、教育部"长江学者"特聘教授、重庆市现当代文学研究会会长王本朝，诗人、重庆市作家协会荣誉副主席李钢，评论家、西南大学教授、博导、重庆市作家协会副主席蒋登科，诗人、西南大学美术学院教授、博导、重庆市文艺评论家协会副主席邱正伦，诗人、环球人文地理刊系总编辑李海洲，诗人、新华社重庆分社办公室主任王杰平，诗人、评论家、重庆出版集团科技分社社长吴向阳，诗人、重庆师范大学美术学院党委书记、沙坪坝区作家协会主席刘清泉，诗人、《重庆晚报》副刊部主任胡万俊，诗人、重庆隆鑫集团党委书记何房子，词作家、北京时间碎片新媒体公司CEO邹智勇，重庆师范大学涉外商贸学院党委书记马文华、院长李明海，诗人、合川区作家协会主席胡中华，以及合川诗人李苇凡、蒙建、大窗、一禾等。

据史料记载，重庆市合川区钓鱼城是我国保存完好的古战场遗迹。1259年，成吉思汗之孙、蒙古国第四任大汗蒙哥兵临钓鱼城，在当地将士顽强抗击下，蒙古大军不能越雷池半步。"钓鱼城之战"时长逾三十六年，写下了中外战争史上罕见的以弱胜强的战例。蒙哥汗亦在此役中身亡，迫使蒙古帝国从欧亚战场全面撤军，钓鱼城因此被欧洲人誉为"东方麦加城"和"上帝折鞭处"。这段历史传奇也因此吸引无数文人墨客感叹书写。

出生在钓鱼城下的诗人赵晓梦就是其中之一。2019年1月，《草堂》诗刊用二十三个页码，推出中国作家协会会员、合川籍诗人赵晓梦创作的一千三百行长诗《钓鱼城》，这也是首部以"钓鱼城之战"为背景写作的长诗作品。在这部作品中，赵晓梦表现出杰出的诗歌技艺、对复杂历史的解读诠释力，以及罕见的长诗掌控能力。2019年5月，由小众书坊出品、中国青年出版社出版的长诗《钓鱼城》单行本面世。著名诗人、中国作家协会副主席吉狄马加和著名诗评家、西南大学二级教授吕进为该书作序推荐。吉狄马加在序文中评价称："整首诗是一条滔滔东去的大河，更是展示诗人的心灵史。汹涌时是他的情感在释放，低缓时是他的思想在凝聚和结晶，而更多的时候出现的沉郁和细细的忧伤，是他对人类的悲悯心在鸣咽和弥漫。"吕进在序文中评论称："可以预计，这部长诗一定会给这座英雄城增添动人的旋律和诗的遐想。"

据悉，赵晓梦为了写作《钓鱼城》，进行了长达十余年的准备，光收集和钻研书籍资料就达三百多万字；创作历时大半年，数易其稿，有时为一个词的准确和一个意象的新颖，甚至花费数月工夫推敲。赵晓梦在钓鱼城下出生、长大，当年宋蒙（元）两军交战的"三槽山黑石峡"就在他家门口的龙洞沱沥鼻峡。对赵晓梦来说，钓鱼城是他学生时代的春游目的地、回乡探亲必经的指路牌，"我熟悉它古老而又年轻的模样，熟悉它的每一道城门每一个景点每一段历史"。钓鱼城所在的合川，是他成长的家乡；钓鱼城的人文历史，是他作为诗人要表达的对象。当成长的生命经验与诗歌创作交融，所写出来的作品，必然带有生命和记忆的体温。

《钓鱼城》单行本首发，川渝文学又一重要收获

2019年5月11日下午，赵晓梦长诗《钓鱼城》单行本首发式在重庆师范大学涉外商贸学院图书馆举行，参加"钓鱼城中国名家笔会"的领导和嘉宾出席了首发式。

中共合川区委书记李应兰首先致辞："今天我们非常高兴迎来了全国各地的著名作家和诗人，齐聚美丽江城重庆合川，共同参加《钓鱼城》单行本首发式和《钓鱼城》长诗研讨会。中国作家协会对这次研讨会高度重视，吉狄马加副主席百忙中亲临现场指导，我们深受感动、备受鼓舞。在此，我谨代表合川区委、区政府向《钓鱼城》长诗研讨会的召开表示热烈祝贺，向各位领导、各位嘉宾的到来表示热烈的欢迎，向大家长期以来给予合川的关心、关注表示衷心的感谢，向饱含深厚的家国情怀、以赞美家乡为己任的晓梦先生致以诚挚的敬意。

"合川三江交汇、物华天宝，这里诗词文化底蕴深厚。党的十八大以来，以习近平同志为核心的党中央高度重视文化自信，多次强调学思可以情飞扬、致高昂，为文化建设、诗词发展指明了方向、提供了遵循。近年来，我们坚持以习近平新时代中国特色社会主义思想为指导，认真贯彻落实中共中央《关于繁荣发展社会文艺事业的意见》，以习近平总书记参加第十三届全国人大会议一次会议重庆代表团审议时点赞'钓鱼城之战'为动力，以陈敏尔书记提出的以更高的站位标准加强历史文化保护为指南，大力推动诗词文化事业发展，合川文化发展日益繁荣，文艺创作日益活跃、文化活动有声有色，合川日渐成为诗意盎然的诗意之城。

"赵晓梦先生是故土情结深沉的诗人，他始终将目光放在故土，用文笔镌刻，在长诗《钓鱼城》的创作中，无论是写攻城者还是守城者，他都倾注了自己炙热的情感，让这些历史人物不仅有了血肉，更有了呼吸、有了气脉。《钓鱼城》长诗是英雄的骨架与细腻温暖情感的碰撞，与其说是写故事，不如说是重新照亮了这方历史天空，为钓鱼城这座千古名城增添了动力。

"我们坚信，通过各位文学大家的智慧创新，必将推动合川走向全国、走向世界，真诚期待各位作家继续将笔触聚焦合川、聚焦钓鱼城，创作更多思想情深、文笔精湛、内容精良的文学作品，为弘扬中华传统文化，讲好合川精彩故

事，书写时代光辉诗篇做出新的更大的贡献。"

重庆市作家协会党组书记、副主席辛华说："在全国上下喜迎新中国成立七十周年之际，我们相逢在三江之滨的合川，参加'钓鱼城中国名家笔会'，来到美丽的重庆师范大学涉外商贸学院，共同见证《钓鱼城》长诗单行本首发。在此我和陈川主席代表重庆市作家协会对《钓鱼城》长诗单行本的首发表示热烈祝贺，对长诗作者赵晓梦先生，对合川区和川渝两地文学的又一重要收获表示热烈的祝贺，对在百忙之中莅临合川关心指导和帮助工作的中国作家协会吉狄马加副主席、四川省作家协会侯志明书记等文朋诗友们表示衷心感谢。

"合川文学在重庆文学版图上有着重要的地位，办有《合川文学》双月刊、《合川文艺》季刊，每年度还向全国开展创意写作征文大赛，原来承办川渝散文论坛，后来改为西部论坛，影响较大。合川涌现出一批诗歌散文小说的优秀作家。这次合川籍诗人赵晓梦创作的长诗气势磅礴，《钓鱼城》单行本在合川首发，与合川文学一道助力合川文化自信，增添文旅魅力。我们市作家协会也将不负众望，将在中国作家协会的指导下，在兄弟省市四川省作家协会的支持下，在各位作家、诗人朋友们的关心下，在合川区的协作配合下，努力创作更多文学精品，发挥文学作用，积极助推社会经济发展。"

中国作家协会全委会委员、四川省作家协会党组书记侯志明说："赵晓梦同志是一位性情纯真的诗人。从他的诗中也不难读到这一点。这也是他人缘超好的原因。所以我为能参加《钓鱼城》长诗单行本的首发式和研讨会感到高兴。在此也谨代表四川省作家协会向活动的举办表示祝贺，向前来参加活动的吉狄马加副主席以及来自北京、上海、东北、西南及全国各地的学者、专家、文学家、诗人、编辑家、新闻记者表示欢迎和衷心的感谢。

"赵晓梦同志虽然是我们四川省作家协会的会员，但他是重庆人，也经常立足重庆开展创作，所以他这次研讨活动受到了四川省作家协会和重庆市作家协会的高度关注和支持，包括重庆市作家协会的辛华书记、陈川主席也亲临现场来站台。两个省市作家协会为一位诗人、作家举行这么隆重的活动还是不多见的。所以从这个意义上讲，我想也确实值得记忆、值得祝贺。

"赵晓梦同志是一位成名很早的年轻诗人，创作了大量的优秀作品，在诗歌界广受关注。他新创作的《钓鱼城》长诗，可以说是一部呕心之作、沥血之作，也是一部冷峻之作、激情之作，更是一部传承之作、创新之作。他以诗人的语言、哲学家的思考、历史学家的眼光、新闻记者的敏锐，以土生土长的合川子弟的情怀亲近了钓鱼城，抚摸了钓鱼城，倾听了钓鱼城，对话了钓鱼城，探讨了钓鱼城，最终创作了《钓鱼城》这首长诗。它是对弘扬优秀历史文化所作出的有益的探索和尝试。我认为这首诗对四川诗歌界、重庆诗歌界，乃至全国诗歌界也将起到积极的影响。而且它对合川的意义也是十分深远的。尽管它可能不像一个招商引资项目那么直接，不像一个产业那么吹糠见米，但对合川来说是可以载入史册的。从这个意义上来讲，赵晓梦不愧是优秀的合川儿女，合川也应该为有这样的儿女自豪。"

首发仪式由重庆师范大学涉外商贸学院院长李明海主持。首发式上，《钓鱼城》长诗作者赵晓梦，分别向合川区委宣传部、区文旅委、区文联、区钓鱼城研究院、重庆师范大学涉外商贸学院赠送新书。

在赠书仪式后，吉狄马加发表了讲话。根据录音整理如下：

吉狄马加：诗人们应立足大地，从历史长河中汲取创作营养

各位朋友、各位同志，非常高兴和大家相聚在这里，今天是一个值得祝贺的日子，因为今天在美丽的合川将举办赵晓梦的长诗《钓鱼城》的首发式，同时召开他的作品研讨会。我们知道合川是一个具有悠久历史文化传承的地方，首先，我要向诗人赵晓梦表示祝贺，要向《钓鱼城》这本长诗单行本的首发式和在这个地方举办的研讨会表示祝贺。

现在全国上下都在深入学习贯彻习近平新时代中国特色社会主义思想，特别是文学界一直在深入学习贯彻习近平总书记有关文艺的一系列重要论述。总书记有关文艺的一系列论述可以说是习近平新时代中国特色社会主义思想非常重要的组成部分。特别是十八大以来，以习近平同志为核心的党中央高度重视文学事业的发展，高度重视文学工作。总书记在几次非常重要的讲话里面，不管是在十八大之后，还是在他亲自主持的文艺工作座谈会上，包括在中国文联十大、中国作家协会九大开幕式上的重要讲话，有一个很重要的思想，就是要坚持以人民为中心的创作导向，很重要的一点就是要增强我们的文化自信。我们在学习贯彻过程

中我想很重要一点就是真正要推出作品、推出人才。赵晓梦这一部长诗大家都看了，我也专门为长诗写了一个序言，我觉得很重要一点就是怎么能真正立足于中华大地，怎么真正能在我们的写作中、在我们五千年文明的历史长河中去汲取创作的灵感和理念。

合川是一个历史文化传统很悠久的地方，特别是钓鱼城，可以说也是名扬中外。钓鱼城本身这个故事如果把它讲好，我想应该能更好地树立我们的文化自信，更好地宣传合川、宣传重庆，我认为都是一个很重要的标识，值得好好宣传的一个文化遗产。很重要的一点，这首长诗确实是立足于文化世界，特别是从文化遗产里面去获得了这样一个灵感。这首长诗给我们提供最主要的就是从一个事的角度去感受、去感知那样一个重大历史事件，而这个历史事件实际是深度改变了中国历史的进程，甚至对整个欧亚大陆、对整个世界都产生过很重要、很大的影响。如果是从更广远的时间概念上去看，可能这样一个事件既有它的偶发性，但是也有它的必发性，诗人真正在写这样一个长诗的时候，怎么更好地去回应历史，我觉得赵晓梦作出了他自己的思考和回答，这是一件非常有意义的事。

另外，我们现在也看到整个合川的发展，无论是经济发展、民生改善、生态保护，还包括文化事业的发展，都取得了很好的成就。现在我们每个地方也都对这些文化资源，包括文化遗产给予了高度的重视，所以我们今天上午看到了整个合川对钓鱼城的研究，包括从考古的角度、从调查的角度，已经给我们提供了很多值得了解的、值得很好去宣传的一些东西。像赵晓梦这首长诗也反映出诗人怎么依托文化遗产、依托历史上很重大的事件写作，尤其是重要的历史事件、军事事件，对我们深入了解社会的变化、了解人在这样一个历史变革中、历史变化中的命运、思想，提供了很好的范本，我想这是更重要的。

所以我想，一个是要向首发式表示祝贺，一个也期待在接下来的研讨会上能听到专家学者们就这首长诗发表很有见地的意见。我对长诗在文本上的一些东西包括对整个长诗的看法在序言里都已经说了，今天这样一个首发式和研讨会，最重要的就是希望在座的诗人、诗评家、专家学者，在置身钓鱼城这样一个现场的时候，从长诗的艺术性、思想性方面都可以谈一些真正对长诗有见地的意见。另外，对当下的长诗创作我觉得也是有意义的。我在序言里面也说了，当下的长诗写作非常活跃，现在有很多诗人都在写长诗，但是我个人感觉我们现在写长诗不能再像当年但丁写《神曲》那样了，那个时候的长诗强调的是叙事性，而这种方法实际上已经被后来的小说代替了，应该说今天的长诗更多的是叙事和抒情的融合，当下的长诗写作最主要的是要走出一条适合自己的路子，这对很多诗人的长诗写作实际上是提出了挑战。

所以我个人认为，现在长诗的写作真正最难的还是节奏，赵晓梦在长诗方面做了很多很好的尝试。我们今天关于长诗如何写，实际上看起来是一个老的话题，但是我想既然是一个研讨会，既然在合川开这样一个有启发意义、有特殊意义的研讨会，一个是针对赵晓梦的长诗，另外一个还可以把话题谈得更开，这对于当下的长诗创作才更加有意义。

我今天上午在现场去看钓鱼城的时候，实际上我也想了很多问题，如果是我当时先看了现场，可能写这个序还有别的一些话想在里面去写，为什么呢？其实很多长诗目前的写作，一个方面诗歌本身现在承载的价值之所以区别于小说、区别于别的文学样式，绝对是有诗歌得天独厚的东西。但是，我们也不可能像历史上一些伟大的诗人，在那个时候用那样一种叙述方式去写长诗，所以今天长诗的范本，我在《光明日报》一篇文章里也说到了，现在回过头去看，我们再看一些经典范本的时候，对我们今天写长诗一方面是很好的借鉴，当然我们还要有创新、要有新的艺术探索。最重要一点，我们今天在对待这样一个漫长的文明史的时候，在面对丰富的文化遗产时，这些东西实际也给我们写作长诗提供了很好的素材和内容。所以我很期许，一会儿的研讨会专家们能在这方面谈出一些真正有见地、有建设性的意见。我想这不仅对赵晓梦本人，对这首长诗是有意义的，而且对当下推动整体的长诗创作也会提供很多很好的意见。

我就说这么多，谢谢大家！

综合媒体报道

回望历史　长诗《钓鱼城》研讨会在北京举行

以诗歌的名义致敬屈原，以诗歌的名义回望历史、传承中华传统文化。2019年6月9日，端午节，由中国诗歌网、巴金文学院、成都文学院、小众书坊主办，重庆市合川区作家协会、重庆伍舒芳健康产业集团（希尔安药业）、成都迪康药业协办的"赵晓梦长诗《钓鱼城》研讨暨分享会"在北京成功举行。中国作家协会党组成员、副主席、书记处书记李敬泽，中国作家协会书记处书记、主席团委员邱华栋等五十余位专家学者和读者出席活动，人民网、新华网、光明网、中国军网等全国四十多家主流媒体报道了此次研讨会。

五十专家学者齐聚北京　研讨长诗《钓鱼城》

参加研讨会的嘉宾还有：散文家、中国作协全委会委员、人民日报海外版副总编辑李舫，诗人、中国作协《诗刊》主编李少君，诗人、中国作协全委会委员、《解放军报》文化部主任刘笑伟，中国人民大学文学院副院长、教授、博导、中国作协诗歌委员会委员杨庆祥，儿童文学作家孙卫卫，北京师范大学新闻传播学院副院长、教授、博导张洪忠，新华社新闻研究所文化产业室主任周燕群，诗人、中国诗歌网副总编辑蓝野，诗人、《方圆》杂志主笔邰筐，青年评论家、中国作家协会创作研究部李壮，诗人、《天津诗人》总编辑罗广才，书画家、北京大道堂艺术馆馆长陈仕彬，外交学院汉语教研室主任向道华，小众书坊创办人彭明榜，中国冶金作协副主席齐冬平，科幻儿童文学作家、中国作家网编辑超侠，诗人、书画家、中国社会主义文艺学会书画院副院长杨清茨，诗人、山东航空北京分公司总经理王峰，诗人、作家、美食家、《舌尖上的中国》美食顾问二毛，诗人喻言、丁一鹤、黄尚恩、艾诺依、中岛、梁子、王洪、罗亚蒙、张建平、刘亚庚、今之、马金龙、李硕，以及专程从美国回国参会的诗人冯桢炯、洪君植，从宁夏赶来参会的诗人唐荣尧，从成都赶来参会的诗人、书法家、《星星·诗词》执行主编杨宗鸿等五十余位专家和读者。研讨会由青年评论家、《人民文学》编辑赵依主持。

《人民日报》（人民网）、新华社（新华网）、《光明日报》（光明网）、央视网、中新社（中新网）、《中国青年报》《中国新闻出版广电报》《中国文化报》《文艺报》《北京青年报》、香港《大公报》（大公网）、《中华读书报》、中国网、《文汇报》《钱江晚报》、凤凰网、《新京报》、新浪网、搜狐网、今日头条、中国作家网、中国诗歌网、华文作家网、《作家报》、中诗网、四川新闻网、中国南方艺术网、一点资讯、雪球财经、中纺网、《淄博晚报》《重庆晚报》、封面新闻、上游新闻、红星新闻、《读者报》、摄影网、《合川日报》等全国四十多家媒体对此次研讨会进行了聚焦报道。凤凰网"风直播"进行了现场直播。

据史料记载，1259年，成吉思汗之孙、蒙古帝国大汗蒙哥本人在重庆合川钓鱼城下"中飞矢而死"。于是，世界历史在钓鱼城转了一个急弯，正在欧亚大陆所向披靡的蒙军各部因争夺可汗位置而急速撤军，全世界的战局由此改写。钓鱼城因此被誉为"上帝折鞭处"，南宋也得以延续二十年。在钓鱼城下出生、长大的诗人赵晓梦，怀着对故乡深沉的感情，用十余年的时间收集钻研史料，写作大半年，创作出一千三百行的长诗《钓鱼城》。这部长诗，既是赵晓梦的第一部长诗，也是首部反映改变世界历史的"钓鱼城之战"长诗作品。长诗《钓鱼城》所叙写的虽是这场艰苦卓绝的战争，但它并没有依照历史的时间连贯性而次第展开，它由攻城者、守城者和开城者三个方面的主要人物的内心自白构成全诗，一共三章。第一章《被鱼放大的瞳孔》，以蒙哥开始，蒙哥夫人、前锋总指挥汪德臣押后，披露了这三个人在弥留之际的遗憾、痛苦、仇恨、挣扎。第二章《用石头钓鱼的城》，展开了钓鱼城守将余玠的无奈、王坚的郁愤、张珏的悲凉。第三章《不能投降的投降》，王立、熊耳夫人、西川军统帅李德辉相继登场。2019年1月，《草堂》诗刊用二十三个页码推出了这部长诗；4月底，《钓鱼城》长诗单行本由小众书坊出品、中国青年出版社出版，引起诗坛关注。

李敬泽：钓鱼城一根钓竿钓起了世界，值得书写

在研讨会上，中国作协副主席、著名文学批评家李敬泽对《钓鱼城》进行了深入的分析。他认为赵晓梦选择"钓鱼城"这个题材非常好，"我们民族的历史中有很多至今不为人熟知的英雄业绩，'钓鱼城之战'就是其中之一，它在一个世界规模的事件中发挥了影响，一根钓竿钓起了世界之重，它值得被书写。诗人赵晓梦做了个'大梦'"。

长诗的写作，最能考验一名诗人的功底。李敬泽谈到事关历史的长诗如何平衡叙事性与抒情性。他高度认可赵晓梦在《钓鱼城》的写作中，舍弃了人对人的外部的观察，而力图从内在性抵达史诗效果。"对历史上这样一个非常宏大、复杂的大规模事件进行创作，很有挑战性，但赵晓梦用了一个很巧的办法。史诗包含着大规模的人类行动，是大规模的人类行动的记忆。行动包含着叙事，你就要讲事。现在不仅不是讲故事的问题，赵晓梦把笔都放到了每个人的内部，也就是说对人的外部的观察舍弃了，直接从内部去看，这个我觉得是一个非常大胆和非常有意思的办法。"

《钓鱼城》长诗中有九个不同人物，三个人一组，攻城的、守城的和最后开城的，赵晓梦用内心独白的方式，进行对话，让李敬泽感到"很有意思"，他认为"《钓鱼城》还可以做得更好，打得更开，胆子还可以更大，还可以让这九个人对话性更强。甚至这九个人要发生争辩，这种争辩不一定是面对面的争辩，是世界观的争辩。你可以想一想蒙哥的世界观是什么样的世界观？是空间主导的，一往无前的，地有多远马就要踏多远，风吹到哪他的马就要到哪，这是一个草原大汗的世界观。余玠的世界观是深深扎根在农耕文明，这样的一个儒生，是一个钉钉子的世界观，是要深深扎在这里不动的世界观。实际上发生在钓鱼城就是这个冲撞，这样的对峙，我觉得如果把它变得更突出、更鲜明，形成一个内在性的多声部的交响乐，可能会更好"。

同时，李敬泽认为，赵晓梦的《钓鱼城》还没写完，《钓鱼城》不能画句号，"像《钓鱼城》这样一个伟大史诗值得反复斟酌、反复去写、反复发现。目前这个《钓鱼城》是第一版，甚至可以写到二、三、四版，写到六十岁、八十岁。到时

候，我们可能会看到一部真正的铭刻着我们民族的伟大的业绩和记忆的，同时又蕴含着我们这个时代对于时间、空间、历史、文明、生死等等一系列我们民族生活的深刻思考的这样一部伟大的史诗，我们非常期待"。

专家热议 《钓鱼城》已构成了一个"诗歌事件"

中国作家协会书记处书记、主席团委员邱华栋从读者和写作者的角度点评了《钓鱼城》："我觉得晓梦在这首长诗里面，非常棒地尝试了将一个历史事件以一种叙事性的方式，把它结构成一首一千三百行的长诗，而且是非常成功的。"

《诗刊》主编李少君认为，《钓鱼城》已经构成了一个"诗歌事件"，它复活了一个史诗般的战争，同时，它与合川钓鱼城"申遗"关联在一起，将带来更大的想象空间，包括电视剧、舞台剧、音乐剧。此外，李少君也从写作专业角度肯定了《钓鱼城》的意义——用诗意的叙述方式进行史诗创作，这种探索将引起包括诗歌界在内的广泛关注。

人民日报海外版副总编辑李舫重点谈及新闻工作与诗歌创作两种完全不同甚至相斥的语境与话语体系，而赵晓梦兼具新闻工作者与诗人的双重身份，"我觉得这样的人非常少"。在点评《钓鱼城》时，李舫认为整首诗结构上关联紧密，用"再给我一点时间"这种极具抒情性的语言串起了三章九节的人物。

中国人民大学文学院副院长、教授杨庆祥认为，《钓鱼城》在平等、自由、普遍的人类精神追求等意义上，提供了一个非常好的启示性的探索，比如，诗中的九个人物在出身、历史位置中都不一样，但是在诗中的精神层面上达到了平等，"这种平等性在某种意义上，我觉得是一个人类的视角"。

《解放军报》文化部主任刘笑伟从军事学角度分析了"钓鱼城之战"的战场意义和精神意义，"对于南宋来说，钓鱼城的意义就是跟马六甲是一样的"，钓鱼城之战的意义在于水道，相当于现在的治海权。同时在蒙古大军所向披靡的形势下，钓鱼城依然顽强坚守了三十六年，这种意义正是面对强敌时精神上的坚守。

与会专家们认为，这首长诗最大的特点是诗人主体对历史的穿透力，不是玩技巧，是一种对历史的抚摸，贴近历史、走出历史，最后以他温润而强大的心灵把钓鱼城的历史穿透，带进了这首诗歌。在《钓鱼城》这部作品中，都是诗中的人物在表白，诗人从所写对象里退去了，这首诗的突出结构特征就是钓鱼城和曾经与它结缘的各种人物仿佛在自出现，自说话，不需要诗人的解释或解构，也不需要诗歌的再现或再造。这是历史的外在痕迹和诗人内心生活的和谐，仿佛是历史现实本身，其实是诗的太阳重新照亮历史的天空。

谈及创作感受，赵晓梦说钓鱼城是中国历史文化的一个重要符号，作为一个合川籍诗人，有责任和义务来梳理它的精神脉络、所蕴含的精神资源。尤其是他离开家乡多年之后，在更深厚的积淀、更开阔的视野中反观钓鱼城及其历史，能够更好地发现它的独特地位与价值。面对这座记录历史的文化遗迹，如何用文学的形式讲述历史、讲好钓鱼城的当代故事？赵晓梦坦言，他写钓鱼城，不是去重构历史，也不是去解读历史，而是以诗歌的名义，去分担历史紧要关头，那些人的挣扎、痛苦、纠结、恐惧、无助、不安、坦然和勇敢，用语言贴近他们的心跳、呼吸和喜怒哀乐，感受到他们的真实存在，尽最大努力还原历史的本来面目。

重庆伍舒芳健康产业集团企业文化部经理谭强说，钓鱼城是我国保存最完整的古战场遗址，是历史文化遗产，而"伍舒芳"是现存于世历史最悠久的重庆老字号，这次在北京举办长诗《钓鱼城》研讨会又逢端午节，无疑对传承中华优秀传统文化有极好的助推作用。他说，城因人而生，人因城而流传，在时间的长河里，每个人都有一个城的故事，这是他读《钓鱼城》长诗最大的体会。

综合媒体报道

归档：一座城，一个人，一首诗

◇梁　平

钓鱼城在合川只是一个遗址，南宋的马蹄、军帐、硝烟与炮火都嵌进那里的每一块石头。石头不能说话，一个人在说话，在用诗歌说话。这是他多年积攒在胸中的许多想说的话，从胸腔直接往上汹涌，然后在喉结处逗留了几乎整整一年，以一种强大的气流冲出口腔，形成决绝的"爆破音"轰然掷地，我们感受到了这片土地的摇晃。

这座城是世界战争史上的一座城。这个人是钓鱼城的人，赵晓梦。这首诗就是赵晓梦一千三百行的长诗《钓鱼城》。这个人和这首诗，是这座城千年以后生命的一次复苏，毫无疑问，它们也将成为这座城不可分割的一个很重要的标记。

赵晓梦长诗《钓鱼城》2019年1月在《草堂》诗刊首发以后，中国青年出版社又以单行本一版、再版，到现在还保持了最初的热度。

2019年5月10日—12日，"钓鱼城中国名家笔会"在重庆合川召开，六十余位诗人、作家、学者对《钓鱼城》进行学术研讨。活动由中国作家协会诗歌委员会、中国作协《诗刊》社、四川省作家协会、重庆市作家协会指导。诗人、诗评家吉狄马加、叶延滨、侯志明、辛华、陈川、宗仁发、唐晓渡、霍俊明、何言宏、王本朝、李钢、蒋登科、张德明、刘笑伟、邓凯、姜念光、李瑾、尚仲敏、熊焱、邱正伦、李海洲、吴向阳、王杰平、刘清泉等在会上被点燃的激情，都落在了白纸黑字上。《人民日报》（人民网）、新华社（新华网）、《光明日报》（光明网）、《解放军报》（中国军网）、《文艺报》、中新社（中新网）、《科技日报》（中国科技网）、中国诗歌网、《文汇报》以及重庆卫视、重庆日报、封面新闻、上游新闻、看看新闻、新浪网、腾讯网、凤凰网、今日头条、红星新闻、四川新闻网等全国一百一十一多家媒体及网站做了相关报道，华龙网进行了全程直播。

2019年6月9日，"赵晓梦长诗《钓鱼城》研讨暨分享会"在北京举行。作家、诗人、评论家李敬泽、邱华栋、李舫、李少君、孙卫卫、张洪忠、周燕群、蓝野、邰筐、李壮、赵依、彭明榜、齐冬平、杨清茨、二毛、喻言、丁一鹤以及专程从美国赶来的诗人冯桢炯、洪君植等四十多位专家和读者现场分享了长诗《钓鱼城》发出的爆破音。《人民日报》（人民网）、新华社（新华网）、《光明日报》（光明网）、央视网、中新社（中新网）、《中国青年报》《中国新闻出版广电报》《中国文化报》《文艺报》《北京青年报》、香港《大公报》（大公网）、《中华读书报》、中国网、《文汇报》、凤凰网、《新京报》、新浪网、搜狐网、中国作家网、中国诗歌网、中诗网、四川新闻网等，又是四十多家媒体对此进行了聚焦，凤凰网"风直播"做了现场直播。

长诗《钓鱼城》的热，在纸媒、在网络、在微信圈、在朋友的饭后茶余，持续了好长一段时间。我算是《钓鱼城》从初稿落笔，到二、三、四稿改稿，到杂志发表和出版社单行本出版，最忠实的读者和见证者。现在闭目一想，一只好鸟，从孵化、破壳到羽毛丰满的亮翅，应该有太多的不眠之夜，太多的迟疑、彷徨和决绝。这期间，最直接的变化就是大嘴大嗓门的赵晓梦变得安静了，即使落座朋友的聚会，也时常有孤寂状、痴呆状，这是赵晓梦装不出来的状态，是他整个人都还在南宋的那场战争硝烟里不能自拔。

《钓鱼城》从面世到现在，可谓好评如潮。也许是两个研讨会时间局限，或者板凳太少，来的人发言余兴未尽，没来的人还有话要说，在后来我又陆续读到了关于《钓鱼城》的近三十篇精彩评论。吉狄马加、李敬泽、邱华栋、叶延滨、吕进、李少君、李舫、唐晓渡、霍俊明、宗仁发、王本朝、杨庆祥、何言宏、邓凯、刘笑伟、姜念光、李明泉、蒋登科、张德明、李瑾、邰筐、凸凹、蒋蓝、刘红立、邱正伦、唐政、刘清泉、廖家瑶、庞惊涛等作家、诗人、评论家从不同的角度对《钓鱼城》进行了解读和评判。

吉狄马加说，现在依托重大历史事件作出的反映，包括我们对一些文化遗产、包括在更大的精神背景依托下的长诗，有的时候是需要契机的。诗人与历史学家、考古学家最大的不同点，就是诗人会在他所描绘的历史事件中注入他的精神，而这个精神是需要形而上的东西，所以这是赵晓梦的这首长诗的可贵之处。

李敬泽说，写《钓鱼城》特别难，此事庞大而遥远，传统上只有以史诗那样的规模和尺度才能把握它，很难想象一个现代诗人写一部《伊利亚特》。现代诗人更倾向于举重若轻，而不是直接移山倒海。晓梦就想了一个很巧的办法，九个人、九个视角，三个人一组，攻城的、守城的和最后开城的。和传统史诗不一样，《钓鱼城》不是叙事性的，九个人都是内心独白，打开每个人的内在性。

邱华栋说，作为一个读者和写作者的理解来讲，赵晓梦在《钓鱼城》里面探索了当代诗坛少有的一种叙事性。我们写诗抒情的能力和抒情的成就非常高，但在"叙事性"方面，这些年比较少了。在诗歌的写作上，当代诗人探索的也少。晓梦在这首长诗里面，非常棒地尝试了将一个历史事件以一种叙事性的方式把它结构成一首一千三百行的长诗，而且是非常成功的。

叶延滨说，赵晓梦的诗歌语言，会给很多诗者提供怎样写诗的基本方向。我们既要继承传统，同时在创新的时候，怎么把活泼的语言变成诗歌的语言，而不要把诗歌的语言变成口号标语，我觉得这是非常重要的思考。我记了三个关键词，叫作命运、时间、语言。他用命运来解惑这个大的历史事件，用时间把事件推进，然后又用有张力的语言，把他的文字像一块一块的石头砌成了属于赵晓梦的《钓鱼城》。

还有李舫、李少君、唐晓渡、宗仁发等专家、学者的众多高论，我不能一一列举了。我对赵晓梦说，关于《钓鱼城》的评说，应该归个档，于是就有了这本《赵晓梦〈钓鱼城〉档案：长诗的境界与魅力》。这可能还不是《钓鱼城》画上的句号，也许是顿号，也许是省略号，我更期待把这个档案留下来，或许多年以后，人们会继续谈及这个版本，或者更新这个版本。那个时候，我希望看到的是一个巨大的惊叹号！

2020年10月31日于成都·没名堂